SOUS L'ŒIL DES VOISINS

Christian White

SOUS L'ŒIL DES VOISINS

ROMAN

Traduit de l'anglais (Australie)
par Isabelle Maillet

Albin Michel

Édition originale australienne parue sous le titre :
WILD PLACE

Pour mes frères et ma sœur,
Niki, Peter et Jamie

PROLOGUE

Vendredi
8 décembre 1989

« On peut croire ou non à l'existence de Satan, mais celle du satanisme est indéniable. Les ténèbres rôdent derrière les paroles de la chanson préférée de votre enfant, sur les rayonnages de votre loueur de vidéos, dans vos foyers, dans les écoles et les parcs de toutes les petites villes du pays. Ce soir, *Special Look* vous emmène dans les tréfonds du monde dangereux et perturbant des adorateurs du diable. C'est une épidémie qui se répand à toute allure. Personne n'est à l'abri. Et surtout pas vos… »

Nancy Reed coupa le son de la télé, ce qui ne changea pas grand-chose : il y avait toujours autant de bruit dans sa tête. Ses deux occupations du moment, boire en solo et réfléchir à sa vie, auraient valu une bonne déprime à n'importe qui un vendredi soir.

Quelque part en cours de route, quelque chose avait mal tourné. Voilà pourquoi, à quarante et un ans, elle se retrouvait sans travail et en instance de divorce. Pourtant, quand elle se penchait sur le passé pour pratiquer une sorte d'autopsie de son existence, aucun accident majeur ne lui sautait aux yeux. Elle ne voyait qu'une succession d'erreurs de trajectoire et de mauvaises décisions. La cause de la mort, semblait-il, c'était la vie.

Il serait bientôt vingt-trois heures. Autant dire, une heure tardive pour la banlieue. Sa fille dormait chez une amie, et son mari – *ex*-mari, se reprit-elle – était au Motor Inn de Camp Hill, dans la chambre de motel premier prix où il s'était installé le temps qu'ils finalisent la procédure de divorce. Elle était donc seule, et libre de sombrer dans un gouffre de désespoir et d'auto-apitoiement.

Un exemplaire du quotidien régional, *The Camp Hill Leader*, était posé sur la table basse devant elle, ouvert à la page des offres d'emploi. Il voisinait avec son surligneur jaune, dont elle n'avait même pas eu besoin d'ôter le capuchon. Les rares jobs pour lesquels elle semblait qualifiée étaient employée de mise en rayon dans un supermarché, caissière ou préposée à la cuisson des steaks hachés dans un fastfood. Elle n'était pas désespérée à ce point. Pas encore. Le problème, pour une mère au foyer comme elle, c'était qu'aucune de ses compétences n'était transposable sur le marché du travail. Dix-sept années passées à élever un enfant auraient pourtant dû la mettre en pole position pour un poste de négociateur de crise ou de cadre dans un hôpital psychiatrique…

Si elle en était là, c'était à cause d'Owen, qui avait insisté pour qu'elle arrête de travailler. C'était son côté vieux jeu. Peut-être avait-il cherché ainsi à racheter ses erreurs de conduite. Mais sans doute avait-il compris aussi que, quand on dépend entièrement de quelqu'un, c'est plus difficile de partir.

Amère, Nancy se resservit et vida son verre.

Crac.

Le bruit avait résonné quelque part derrière elle. Elle se retourna pour regarder au-dessus de son fauteuil. Presque toutes les lampes de la maison étaient éteintes. Comme elle allait bientôt devoir régler elle-même les factures d'électricité, elle voulait s'habituer à faire des économies. Le téléviseur projetait des ombres mouvantes sur les murs, mais il n'y avait personne dans la pièce. Du moins, pour autant qu'elle puisse en juger.

Elle se leva dans la pénombre, aux aguets. Et entendit de nouveau quelque chose : un léger *clic*, suivi d'un nouveau *crac*, plus long, plus lent. De toute évidence, quelqu'un essayait d'ouvrir une fenêtre de l'extérieur. Elle traversa la cuisine sur la pointe des pieds et s'immobilisa à l'entrée du couloir.

Silence.

Avant de poursuivre ses investigations, elle jeta un coup d'œil à la crédence à laquelle étaient accrochées les lourdes poêles à frire, puis au bloc de couteaux Ginsu, tous suffisamment tranchants pour découper une chaussure en cuir. *Non, attends*, se dit-elle, *il doit y avoir mieux*... Pour finir, elle attrapa l'annuaire.

Une arme à feu aurait été plus dissuasive, évidemment. Il y en avait bien une chez eux, un fusil dont Owen se servait pour chasser les lapins lorsqu'il allait voir ses cousins – plus au nord, dans le trou du cul du monde –, mais il était rangé à l'autre bout de la maison, sur la plus haute étagère de la penderie, dans un étui verrouillé. Et la clé se trouvait dans la poche du jean de son ex-mari, qui était probablement en ce moment même abandonné sur une chaise dans sa chambre au motel.

Nancy envisagea un bref instant de lui téléphoner, avant de se dire qu'elle préférerait encore être démembrée et ensevelie n'importe où plutôt que de lui donner cette satisfaction. Il lui en aurait coûté de l'admettre – surtout devant quelqu'un –, mais dans ces moments-là elle regrettait de ne pas avoir d'homme sous la main. Même si elle commençait à se sentir plus à l'aise dans son rôle de mère célibataire, elle aurait bien voulu parfois qu'il bénéficie d'une option pour les cas d'urgence. Un représentant du sexe fort qu'elle aurait pu envoyer aveuglément au cœur du danger.

Elle tendit la main dans le noir et appuya sur l'interrupteur, pour découvrir à son grand soulagement qu'il n'y avait pas de psychopathe embusqué dans un coin, prêt à se jeter sur elle. Serrant plus fort l'annuaire, elle avança dans le couloir. À mi-chemin, elle entendit du mouvement. On avait allumé quelque part. Un fin rai argenté filtrait à présent sous la porte de la chambre de Tracie. Encore deux pas, et Nancy distingua un bruit de tiroirs qu'on ouvrait pour fourrager à l'intérieur. Si l'intrus avait entrepris de mettre à sac n'importe quelle autre pièce, elle se serait certainement précipitée chez un voisin pour appeler la police.

Mais il était dans la chambre de sa fille… À cette pensée, son bon sens la déserta, remplacé par une colère noire. Elle brandit l'annuaire dans sa main droite, posa la gauche sur la poignée et ouvrit la porte à la volée.

En face d'elle se tenait une petite silhouette menue à l'étonnante chevelure blond platine, décolorée depuis peu à en juger par les émanations chimiques qui flottèrent jusqu'à elle.

– Tracie ?

Sa fille lâcha une exclamation de stupeur et recula si brusquement qu'elle renversa une pile de cassettes posées sur sa table de chevet. Puis elle poussa un soupir de soulagement.

– Oh, bon sang, m'man ! Tu m'as foutu une de ces trouilles !

– Moi ? J'ai cru qu'il y avait un voleur ici !

– Et tu voulais lui appeler un taxi ?

Nancy soupira à son tour, sourit et baissa l'annuaire.

– Qu'est-ce que tu as fait à tes cheveux ?

Lorsque Tracie était partie en début de soirée, elle était brune. Une jolie brune au naturel. Elle ressemblait désormais à Debbie Harry, la chanteuse de Blondie.

– J'avais envie de changer de tête, répondit l'adolescente. Pour m'affirmer, quoi. Ça te plaît ?

– Euh, oui.

Non.

– Tu sais, reprit Nancy, en général les ados passent par la fenêtre de leur chambre pour sortir, pas pour rentrer.

– J'avais oublié ma clé et je ne voulais pas te réveiller.

– Mais tu ne devais pas passer la nuit chez Cassie ?

– On s'est engueulées, déclara Tracie en ôtant ses baskets. Alors, où t'en es de ta recherche de boulot ?

– Nulle part.

– Bien. De toute façon, c'est pas un boulot qu'il te faut, c'est un mec.

– Je préférerais me faire sauter la cervelle, mais merci quand même pour le conseil.

– Oh, arrête, maman. T'es canon, t'es marrante et t'es pas vieille – enfin, pas trop.

– La place de ton père est encore chaude.

– Peut-être, mais je ne serai pas toujours là pour toi, souligna Tracie.

Nancy se sentit plus affectée par cette remarque qu'elle ne l'aurait pensé. C'était vrai, bien sûr. Tracie venait de terminer le lycée. Elle entrerait bientôt à l'université, ensuite il y aurait le boulot, les petits copains, le mariage et les gosses, et elle-même finirait ses jours seule.

Ce n'était cependant pas ça qui la troublait le plus. Ou, plutôt, ce n'était pas ça qui la troublait le plus à cet instant précis. Non, son malaise venait du ton que Tracie avait employé. « Je ne serai pas toujours là pour toi. » C'était le genre de chose qu'un parent disait à un enfant, pas l'inverse. Mais depuis la séparation, Tracie avait vieilli. Cela pouvait paraître étrange de faire un tel constat au sujet d'une adolescente de dix-sept ans, pourtant c'était vrai. Son regard s'était assombri.

– Tout ira bien pour ton père et moi, la rassura Nancy. Tu n'as pas à t'inquiéter pour nous.

– Je ne m'inquiète pas pour papa. Pas de la même façon que pour toi, en tout cas. Lui, il épousera la première bimbo venue.

– Il n'est pas comme ça.

– Il est capable de se relever de tout, même du pire.

– Et moi alors ? protesta Nancy.

Tracie secoua la tête.

– C'est juste que je ne supporte pas l'idée de te savoir toute seule dans cette grande baraque.

Nancy soupira, puis s'assit sur le lit et aida sa fille à se glisser entre les draps. Un souffle d'air chaud entrait par la fenêtre ouverte.

– Bon, parle-moi de tes cheveux, ma chérie.

– Pourquoi ?

– En général, quand une femme se lance dans une transformation aussi radicale, c'est parce qu'elle a l'impression de perdre la maîtrise d'un aspect important de sa vie. C'est une manière pour elle de reprendre le contrôle, en quelque sorte. Oh non… C'est à cause du divorce ?

Tracie esquissa un sourire qui s'évanouit presque aussitôt.

– Ça n'a rien à voir avec vous, maman. Ça va peut-être te sembler dingue, mais je voulais changer d'apparence. Je… j'ai l'impression d'être suivie.

Nancy se pencha en avant.

– L'autre soir, quelqu'un a téléphoné ici, expliqua sa fille. Quand j'ai décroché, la personne au bout du fil a gardé le silence, mais j'ai entendu une respiration. Et depuis, j'ai cette sensation de, je sais pas… d'être observée. C'est arrivé l'autre jour, sur la piste de roller. Et encore ce soir, au cinéma.

Nancy attendit la suite, avant de demander :

– C'est tout ?

– Comment ça, c'est tout ?

– Est-ce que tu as vu quelqu'un ?

Tracie la gratifia d'un regard noir.

– Pas exactement.

– Tu ne serais pas devenue un peu parano, à force de jouer les espionnes ?

– Je n'espionne pas, maman, je traque la vérité. C'est le b.a.-ba du journalisme.

– Écoute, ma puce, je suis désolée, mais ce n'est pas la première fois que tu réagis comme ça. Le mois dernier, tu étais persuadée qu'il y avait quelqu'un derrière ta fenêtre qui griffait la vitre, mais le bruit a disparu comme par enchantement quand j'ai taillé le citronnier. Le mois d'avant, tu pensais qu'un esprit déplaçait des objets dans la maison, jusqu'au moment où on a découvert que la fenêtre dans la chambre d'amis était restée ouverte. Tu as une imagination débordante,

Tracie. C'est une des choses qui te rendent si spéciale. Mais ça te rend aussi…

Nancy choisit soigneusement le terme.

– … ultrasensible.

– Je croirais entendre Cassie. D'après elle, c'est parce que je suis fille unique et que j'ai besoin de plus d'attention.

– Je suis désolée de te dire ça…

– Alors ne le dis pas.

– … mais Cassie n'a peut-être pas tort.

– Je te déteste.

– Je t'aime aussi, ma chérie. C'est pour ça que tu t'es disputée avec elle ?

– Non, en fait, c'est à cause de papa et toi, répondit Tracie, les traits soudain plus durs. Écoute, maman, je vais te poser une question et je veux que tu me dises la vérité. Sans édulcorer, ni tourner autour du pot ou essayer de noyer le poisson comme vous le faites tout le temps, papa et toi.

– Je ne suis même pas sûre de connaître le sens du mot « édulcorer ».

– Maman ! Je suis sérieuse, là.

Et elle l'était, Nancy le voyait bien. Ce constat la rendit nerveuse.

– Ça concerne le divorce, reprit Tracie. Est-ce que papa a… Est-ce qu'il…

Elle s'interrompit, le temps de se ressaisir.

– Est-ce qu'il avait quelqu'un d'autre ?

Le lendemain, Tracie Reed avait disparu.

1

Jeudi
28 décembre 1989

Tom Witter était professeur de littérature au lycée catholique de Camp Hill. Au moment de la disparition de Tracie Reed, au cours des grandes vacances de décembre 1989, il avait quarante-quatre ans. Il entendit parler d'elle à une réunion de quartier, trois jours après Noël. Ces réunions avaient lieu deux fois par mois chez Lydia Chow. Un représentant de chaque foyer de Keel Street était censé y assister, et ce soir-là, c'était lui qui avait tiré la paille la plus courte.

Bill Davis l'avait acculé près de la table des rafraîchissements. Il habitait la grande maison au numéro 4 et avait la taille et la corpulence d'un grizzly. Connie, la femme de Tom, le surnommait « le vampire social » car, quand un malheureux se retrouvait engagé dans une conversation avec lui, Bill le vidait de sa substance vitale avant de partir en quête d'une nouvelle victime.

– Vous serez des nôtres pour la petite fête du 31, ta moitié et toi ? demanda-t-il. Vicky n'a pas encore reçu votre réponse.

– Je ne suis pas sûr qu'on viendra cette année, dit Tom. Connie voudrait passer un réveillon au calme.

– Elle est toujours furieuse à cause de la distribution des prix, c'est ça ?

Tom garda le silence.

Pour le 31 décembre chez Bill et Vicky l'année précédente, Bill avait remis à tous les invités des trophées de sa fabrication. Tom avait été désigné « Cerveau le plus brillant de Keel Street », ce qui n'avait pas manqué de le flatter. Connie, elle, avait eu droit à « Plus joli cul ». Elle s'était empressée de souligner que, si c'était tout à fait incontestable, leur hôte avait néanmoins omis ce qu'elle estimait être ses principaux atouts : l'intelligence et le sens de l'humour.

Bill balaya la pièce du regard en soupirant.

– Comment on appelle ce truc entre les couilles et le trou du cul, déjà ?

– Le périnée, déclara Tom.

– Le *pé-ri-née*, donc, répéta Bill en faisant rouler le mot sur sa langue. Eh bien, ces réunions sont aussi inutiles que le périnée.

– Tu aurais pu tout aussi bien choisir l'appendice ou le lobe de l'oreille, fit remarquer Tom. Mais bon, oui, je vois l'idée.

Lydia, leur hôtesse, s'immisça entre eux.

– Attention, le périnée est très important, affirma-t-elle. Il permet de séparer le gland du trou du cul, comme je le fais en ce moment.

Tom parvint à esquisser un sourire. Bill partit d'un gros rire, les yeux rivés sur les fesses de Lydia qui s'éloignait.

Mince, âgée d'environ quarante-cinq ans, elle avait rassemblé ses cheveux en une queue-de-cheval haute qui se balançait à chacun de ses petits pas pressés. Elle portait souvent des décolletés plongeants et des jupes courtes, et avait la réputation d'aimer flirter. En réalité, elle s'ennuyait, tout simplement, aussi s'était-elle investie à fond dans son rôle d'animatrice de ces réunions. Il n'arrivait jamais rien à Camp Hill mais, si une taupinière apparaissait en ville, on pouvait compter sur Lydia pour en faire une montagne.

– Bon, si vous voulez bien passer au salon, on va commencer ! lança-t-elle.

Tom et Bill obéirent docilement.

Tous les meubles de la pièce avaient été poussés afin de libérer la place nécessaire à trois rangées de chaises en plastique. La plupart des participants étaient déjà assis et affichaient divers degrés d'enthousiasme. Rob, le mari de Lydia, au dernier rang, buvait une vodka tonic tout en luttant pour garder les yeux ouverts. Ellie Sipple, du numéro 6, s'était installée tout devant et faisait cliqueter le bouton-poussoir de son stylo à bille. Son voisin, Donnie Hincs, dirigeait sa propre agence immobilière et en était à sa troisième ou quatrième femme.

Tom trouva une place au milieu du groupe et Bill dénicha un siège dans la rangée derrière lui. Lydia alla se poster devant la petite assistance et, en guise de coup de maillet, frappa dans ses mains. Fort.

– Bienvenue à tous les membres du comité de surveillance de Keel Street, déclara-t-elle. Nous sommes aujourd'hui le 28 décembre. Ellie ici présente se chargera comme d'habitude du compte rendu. Je déclare la réunion ouverte.

Elle s'interrompit un instant, comme si elle attendait des applaudissements. Il n'y en eut pas.

– Bon, premier sujet à l'ordre du jour, reprit-elle. Nous avons encore besoin de signatures pour la pétition en faveur de la mise en place d'un dos-d'âne dans Johnson Avenue. Je tiens à souligner l'importance d'un tel dispositif. Cette rue est devenue un aimant à chauffards, et ce n'est qu'une question de temps avant qu'un animal domestique – ou, Dieu nous garde, un enfant – se fasse écraser.

Sur son siège au dernier rang, le mari de Lydia bâilla.

– Je t'empêche de dormir, Rob ? demanda sa femme.

Rires étouffés dans l'assistance.

– Ensuite, on nous a signalé un cambriolage à Mount Eliza, poursuivit Lydia. Un voleur que personne n'a vu a fracassé la vitre d'un véhicule utilitaire et est reparti avec des outils. Il y en avait pour trois cents dollars. C'est un bon avertissement, qui devrait tous nous inciter à rentrer nos voitures la nuit – ce qui, accessoirement, nous épargnerait quelques taches noires dégoûtantes sur le bitume. Oui, Gary, c'est bien à toi que je m'adresse.

Gary Henskee, du numéro 9, conduisait une Mitsubishi Scorpion de 1979 qui perdait toujours de l'huile à l'entrée de son allée.

– Je ne suis pas sûr que ma voiture et mon allée dépendent de ta juridiction, Lydia, riposta l'intéressé.

– Oh, bon sang, Gary ! s'exclama-t-elle. Le chemin de la sainteté passe par la propreté, blablabla. Et tant que j'y suis, tu n'as toujours pas réparé ton éclairage extérieur. Une rue bien éclairée est une rue sûre. Et, oui, je suis d'accord avec vous : la phrase aurait été beaucoup plus accrocheuse si elle avait rimé, mais bon, dans la vie, il faut faire avec ce qu'on a.

Norma Spurr-Smith, du numéro 8, s'éclaircit ostensiblement la gorge.

– Ah oui, enchaîna Lydia, qui avait reçu le signal. Le nain de jardin de Norma n'a toujours pas été retrouvé. Si vous savez quelque chose, ayez la gentillesse d'aller lui parler après la réunion.

Bill tapa sur l'épaule de Tom en murmurant :

– Qu'est-ce que je t'avais dit ? Aussi inutile que le périnée.

– Le troisième et dernier point à l'ordre du jour, reprit Lydia, est de la plus haute importance. Ellie, s'il te plaît ?

Ellie Sipple coinça son stylo derrière son oreille puis se leva. Elle ouvrit une chemise cartonnée, en sortit une liasse de photocopies et les distribua.

Tom supposa qu'il s'agissait d'une liste mise à jour des coordonnées de tout le monde ou d'instructions détaillées sur la meilleure façon d'obtenir des bordures nettes quand on tond la pelouse. Mais ce fut une photo en couleur qu'il découvrit : celle d'une adolescente aux boucles brunes et aux grands yeux. Elle souriait. D'un sourire radieux, éclatant. Elle portait autour du cou un casque audio de Walkman, dont l'un des écouteurs était rafistolé avec un bout d'adhésif rouge.

Sous la photo figuraient les mots :

AVIS DE RECHERCHE

Tracie Reed, 17 ans, a été vue pour la dernière fois dans la maison de ses parents à Bright Street, Camp Hill, le vendredi 8 décembre 1989. Si vous avez aperçu cette jeune fille, si vous savez où elle est ou si vous avez des informations permettant de la localiser, veuillez contacter le numéro ci-dessous ou le 000.

AIDEZ-NOUS À RETROUVER TRACIE !

Tom contempla le visage de la jeune fille tout en écoutant d'une oreille distraite les commentaires échangés par les participants.

– Elle n'a pas donné signe de vie depuis presque trois semaines, précisa Lydia. À vol d'oiseau, Bright Street n'est qu'à quelques centaines de mètres, juste de l'autre côté de la Jungle.

La « Jungle », c'était le surnom de la forêt communale qui formait une barrière naturelle entre les différents quartiers de Camp Hill. Elle n'était pas grande – un peu plus d'un kilomètre de long sur cinq cents mètres de large –, mais elle était épaisse. Les arbres, surtout des eucalyptus mouchetés et des gommiers doux, fourmillaient d'oiseaux. Du côté de la rue où habitait Tom, toutes les maisons donnaient sur la Jungle, à laquelle des portillons permettaient d'accéder.

– Ça va, Tom ? s'enquit Lydia.

Il devait faire une drôle de tête, parce qu'elle le dévisageait. Cela n'était pas rare – il avait le syndrome Gilles de la Tourette. En général, quand les gens l'apprenaient, ils imaginaient quelqu'un criant « Merde bordel fils de pute ! » en plein milieu d'un supermarché bondé ou dans un bus. Mais dans le cas de Tom, comme chez la plupart des personnes atteintes de cette pathologie, les manifestations étaient plus subtiles : tics, tressaillements, spasmes incontrôlables. Il se mettait parfois à cligner rapidement des yeux, faisait des bruits de gorge étranges et, de temps à autre, ne pouvait retenir un brusque mouvement de tête vers la droite ou vers la gauche. Au fil des ans, il avait appris à dissimuler la plupart des symptômes, à les contenir tant qu'il n'était pas seul. Mais dans les moments où il se sentait particulièrement stressé, inquiet ou excité, ils reprenaient le dessus.

– Oui, ça va, répondit-il. Mais je connais cette gamine. Je l'avais dans mon cours de littérature.

Le visage de Lydia s'éclaira.

– Ah oui ? Et elle était comment ?

– Je ne m'en souviens pas vraiment.

– Eh bien, comme la police n'a aucune idée de l'endroit où elle peut être, sa famille a décidé de solliciter l'aide de la population, autrement dit la nôtre, expliqua Lydia. Entendons-nous bien, c'est de Camp Hill qu'on parle, alors l'hypothèse d'un tueur d'enfants rôdant dans les parages paraît fort peu probable. Connaissant les filles de son âge, je dirais qu'elle a sûrement fugué avec un garçon, et qu'ils ont sans doute en ce moment même un rapport non protégé, aussi maladroit que passionné. Quoi qu'il en soit, je crois que nous devrions tout de même ouvrir l'œil et signaler toute activité qui nous semblerait suspecte.

– Quel genre d'activité suspecte ? s'enquit Cheree Gifford, qui vivait dans la maison à la porte bleue, au numéro 14.

– Des inconnus qui traîneraient dans le coin, des véhicules louches..., dit Lydia. Tout ce qui sort de l'ordinaire. Dans l'intervalle, je vais avoir besoin de quelqu'un pour placarder ces affiches. Je le ferais volontiers moi-même si je n'étais pas aussi occupée avec la pétition pour le dos-d'âne. Bon, on sait tous ce qui se passe quand je demande des volontaires : la pauvre Ellie est toujours la seule à répondre et c'est chaque fois elle qui s'y colle.

– Ça ne me dérange pas, je vous assure, souligna Ellie Sipple.

Comme si elle ne l'avait pas entendue, Lydia lança :

– Tom ? Pourquoi pas toi ?

Il leva les yeux.

– Moi ?

– Tu as un lien avec cette gamine, puisque tu étais son prof. Et toi, au moins, tu as le temps.

Tom n'aurait pu la contredire sur ce point. Le lycée était fermé pour les vacances de Noël et il avait devant lui cinq longues semaines d'oisiveté.

– Alors ? le pressa Lydia. Qu'en dis-tu ?

Avait-il vraiment le choix ?

2

Après la réunion, Tom sortit dans la douce chaleur du soir et se dirigea vers sa maison, située de l'autre côté de la rue, quatre numéros plus loin. Bill fit le court trajet avec lui en tirant sur sa cigarette comme si sa vie en dépendait.

– Si je ne marche pas trop vite, je parviendrai peut-être à la finir avant d'arriver, dit-il. Vicky m'interdit de fumer à l'intérieur. Elle a acheté un de ces petits panneaux « Interdit de fumer » et l'a accroché sur la porte d'entrée. Ça me donne l'impression de ne plus être chez moi dans ma propre baraque.

Keel Street était bordée de grandes demeures familiales devant lesquelles s'étendaient de vastes pelouses verdoyantes. Les lumières extérieures brillaient, les voitures étaient bien garées dans les allées (sauf la Scorpion de Gary Henskee) et un souffle de brise estivale balayait le trottoir.

Mark Devlin buvait une bière dans son garage dont la porte automatique était relevée. Il salua les deux hommes de la main quand ils passèrent devant chez lui. Irene Borschmann avançait dans leur direction avec ses deux chiens, Lola et Dude, un rottweiler et un chihuahua, duo aussi improbable que celui d'Arnold Schwarzenegger et de Danny DeVito dans *Jumeaux*.

– Bonsoir, Reenie ! lui lança Bill. Comment on soigne un ongle incarné ?

Irene et son mari Red habitaient à deux numéros de chez Tom. Comme ils tenaient la pharmacie locale, ils connaissaient bien trop de détails intimes sur leurs voisins. Entre autres : la grande bataille de Tom contre les hémorroïdes en 1987. Avant sa vasectomie, il préférait aller jusqu'à Frankston pour acheter des préservatifs.

– Un sérum apaisant peut aider, déclara Irene. Passez demain, je vous ferai un prix.

– Vous n'avez pas besoin de voir l'ongle ?

– Ah non, merci, j'ai déjà assez de mal à dormir comme ça !

Comme Lola s'était arrêtée pour chier dans le massif d'agapanthes de Patti Devlin, Tom et Bill s'éloignèrent.

Tom, qui tenait la liasse d'affiches remise par Ellie, l'orienta vers la lumière du lampadaire pour examiner le visage de Tracie Reed. Ayant remarqué son geste, Bill demanda :

– Qu'est-ce qu'il lui est arrivé, à ton avis ?

– Aucune idée. Elle a peut-être fait une fugue. Camp Hill, c'est comme une prison pour les jeunes de son âge.

– Et si elle avait été assassinée ?

– Oh, bon sang, Bill !

– C'est juste une supposition. Une fille aussi mignonne… C'est difficile de ne pas penser au pire. Bon, je t'offre un dernier verre pour la route ? Je ne t'ai pas encore montré notre nouvelle table de billard.

– Une prochaine fois, d'accord ?

Tom traversa la rue pour rentrer chez lui. Bill poursuivit son chemin à pas lents en tirant de longues bouffées de sa cigarette. De temps à autre, il se retournait comme s'il espérait encore que Tom change d'avis. Ce ne fut pas le cas.

Au moment où il gravissait les marches du perron, Tom entendit une petite voix maugréer :

– Bordel de merde !

Il jeta un coup d'œil par-dessus la clôture. Sa voisine, Debbie Fryman, était agenouillée devant sa porte d'entrée, un tournevis à la main.

– Tout va bien, Deb ?

– Tout dépend de ce qu'on entend par là, répliqua-t-elle. J'essaie d'installer ce fichu verrou... Le gars du magasin de bricolage m'a dit que c'était facile à poser, mais je commence à me dire que c'était de l'ironie.

– Personne ne verrouille sa porte dans le quartier, souligna Tom.

– Ce serait tout de même appréciable d'en avoir la possibilité.

– Attends, je vais regarder.

Tom plaça les affiches sur le perron, redescendit les marches et rejoignit Debbie. Elle l'accueillit d'un sourire à la fois chaleureux et las, puis lui tendit sa « caisse à outils » : un vieux bac à crème glacée qui contenait des vis de différentes tailles, un paquet de clous tout neuf et deux clés à molette. Tom s'arma du tournevis. Il n'avait pas la moindre idée de ce qu'il allait en faire – question bricolage, il avait deux mains gauches –, mais le code d'honneur masculin exigeait qu'il tente quelque chose.

– À propos, Debbie, pourquoi est-ce que je ne t'ai pas vue à la réunion de quartier, tout à l'heure ?

– J'étais trop occupée à me donner des coups de marteau sur les doigts.

Tom éclata de rire.

– Que ce soit ennuyeux, c'est une chose, reprit-elle. Mais j'ai du mal à supporter les regards haineux de Lydia.

– Elle ne te hait pas.

– OK, peut-être pas. Mais elle ne m'aime pas non plus. Une mère célibataire avec des horaires de boulot démentiels au beau milieu d'une banlieue résidentielle… Ça suffit à faire de moi quelqu'un de bizarre aux yeux de pas mal de gens.

– J'espère que tu ne m'inclus pas dans le lot…

– Tu es du côté des gentils, Tom.

Sauf que ce n'était pas tout à fait exact. Tom n'avait jamais vraiment cherché à établir des liens avec elle. C'était d'autant plus étonnant que leurs enfants avaient été proches autrefois : Sean, le fils de Debbie, et Marty, l'aîné de Tom, avaient grandi ensemble, et avaient même été pendant un temps les meilleurs copains du monde. L'explication tenait peut-être à la différence d'âge – Tom et Connie avaient bien dix ans de plus qu'elle – mais, et Dieu sait qu'il rechignait à l'admettre, son statut de célibataire n'arrangeait rien. Ça créait une dynamique étrange. Ce n'est pas un hasard si les tables ont quatre pieds.

En cet instant, Debbie se tenait debout à côté de lui, les mains sur les hanches. Baignée par la chaude lumière orange de la lampe extérieure, elle était superbe. Il ne voyait pas d'autre mot pour la qualifier. Elle avait des cheveux roux soyeux, des yeux d'une nuance de vert saisissante et une peau si claire et satinée qu'elle évoquait pour lui un nuage de lait froid dans une tasse de café noir.

– Marty va bien ? s'enquit-elle.

– Il va quitter la maison.

– C'est une blague ?

Tom secoua la tête d'un air mélancolique, puis jeta un coup d'œil vers chez lui.

– Il nous l'a annoncé il y a quelques semaines, expliqua-t-il. Il a trouvé un appartement à louer à Frankston avec un copain. Il veut se rapprocher de la fac. Du moins, c'est comme ça qu'il nous a présenté les choses, à Connie et à moi. Il continue ses études d'architecture. Lui qui n'avait jamais tenu un crayon avant ses sept ans va dessiner des baraques pour gagner sa vie.

– Ça te fait quoi, qu'il parte ?

– Je sens arriver la crise de la cinquantaine. À ton avis, je m'offre une décapotable ou je prends une maîtresse ?

– La décapotable, sans hésitation. Ça au moins, Connie pourra te le pardonner.

Sachant que si les gens vous interrogent sur vos enfants, c'est en général pour parler des leurs, Tom demanda :

– Et Sean ?

Debbie haussa les épaules et, pour la première fois depuis le début de leur échange, son sourire s'évanouit.

– Je le tanne pour qu'il commence une formation professionnelle ou qu'il cherche un boulot. Il est bourré de talent mais… il le gâche.

Elle poussa un profond soupir.

– Je me sens dépassée, Tom.

Si Marty et Sean avaient été inséparables à une époque, ils n'auraient pu évoluer de manière plus différente. Marty était brillant, motivé et sportif. Sean était devenu gothique : il avait de longs cheveux gras, teints en noir corbeau, et ne portait que des trenchs sur des T-shirts trop larges à l'effigie de groupes de musique dont Tom n'avait jamais entendu parler.

– Bah, c'est sûrement une phase, répliqua-t-il, faute de mieux.

Debbie se retint de justesse de lever les yeux au ciel. Elle avait dû entendre cette remarque une bonne centaine de fois.

– Oui, peut-être.

– Bon, il faut que je t'avoue quelque chose, Deb.

– OK.

– Je ne sais absolument pas quoi faire de ce tournevis.

Le sourire las reparut sur le visage de Debbie.

– On est deux, alors. En tout cas, merci d'avoir essayé.

Il lui souhaita une bonne nuit, puis rentra chez lui. Arrivé devant sa porte, il se retourna. Sa voisine était de nouveau à genoux, en train de tripoter le verrou. Au-dessus d'elle, à l'une des fenêtres en façade, un rideau s'écarta, révélant une silhouette. C'était Sean. Tom lui adressa un petit salut de la main, que le fils de Debbie ne lui rendit pas. C'était un peu troublant, mais typique de sa part – lui, l'adolescent monochrome dans une banlieue en Technicolor.

Un instant plus tard, il avait disparu et le rideau retomba.

Les Witter habitaient une maison sur deux niveaux, avec quatre chambres, décorée dans des tons bruns et jaunes. Les murs disparaissaient sous les photos de famille encadrées. L'une d'elles en particulier, accrochée dans l'entrée, juste à côté de la porte, insupportait Tom : un portrait glamour de Connie et lui, pris par un photographe professionnel, tout en flou artistique et regards langoureux vers l'objectif. Sa femme était magnifique : teint de pêche, cheveux blonds bien disciplinés et ce petit sourire entendu qui était sa marque de fabrique. Tom se trouvait nettement moins à son avantage. Il ressemblait à l'archétype du quadragénaire de banlieue – ce qu'il était, à vrai dire. Pire, il portait des rayures horizontales le jour du rendez-vous au studio, et il était obligé de revivre cette erreur encore et encore, chaque fois qu'il rentrait chez lui.

Il referma la porte, se débarrassa de ses baskets et se dirigea vers le salon. Connie s'entraînait devant la cassette vidéo de Jane Fonda que sa sœur lui avait offerte pour Noël. Elle ne tourna même pas la tête quand il pénétra dans la pièce.

– Le dîner est dans le four, dit-elle, le souffle court. J'espère que tu n'en as pas trop marre de manger les restes de Noël. À mon avis, on a de quoi tenir jusqu'au début des années 1990 ! J'exagère à peine.

– Ça se passe bien, ta séance ?

Elle moulina des bras – du moins, ce fut l'image qui vint à l'esprit de Tom – avant de répondre :

– Apparemment, c'est comme ça qu'on se débarrasse de, je cite, « la peau qui pend » sous les bras. Le vin aide aussi.

Elle s'interrompit pour avaler une gorgée du verre de blanc posé sur la table basse.

– Je ne suis pas sûr que l'alcool et l'aérobic fassent bon ménage, risqua-t-il.

– C'est un cours de gym, pas d'aérobic.

Keiran, leur cadet, assis sur le canapé, n'avait d'yeux que pour Jane Fonda. Il avait treize ans. Si, durant l'année scolaire, il ressemblait à un adolescent normal, propre et soigné, il se transformait pendant les vacances en une créature tout droit sortie de *Sa Majesté des mouches* : cheveux en bataille et trempés de sueur, traces de terre sur les joues et sous les ongles… Un vrai petit sauvageon.

– Salut, mon grand, lança Tom. Elle a l'air de te plaire aussi, cette vidéo.

– Maman m'a dit que je pourrai regarder la télé quand elle aura fini, répliqua Keiran. Y a *K 2000* ce soir.

Il détacha ses yeux du justaucorps de Jane Fonda juste assez longtemps pour remarquer les affiches sous le bras de son père. Il pencha alors la tête pour lire à voix haute :

– « Avis de recherche » ?

Il écarquilla les yeux.

– Ben merde alors !

– Pas de gros mots ! s'exclamèrent Tom et Connie à l'unisson.

– Oh, OK. Désolé. Mais je la connais, cette fille. Enfin, je la connais pas vraiment, mais elle est dans mon bahut.

– Et c'était une de mes élèves, précisa Tom. Elle était une classe en dessous de Marty. Où il est, d'ailleurs ?

– En train de faire ses cartons, répondit Connie.

Tom grommela.

– C'est toi qui as voulu savoir, souligna sa femme.

Elle s'accorda une pause dans ses exercices pour avaler encore un peu de vin et examiner les affiches.

– Qu'est-ce que tu vas en faire ?

– Lydia m'a désigné volontaire pour les placarder un peu partout, expliqua Tom.

Connie vida son verre. Elle avait augmenté sa consommation depuis que Marty leur avait annoncé son départ.

– Ah oui ? Il faut que je te remontre la liste, peut-être ? demanda-t-elle.

Elle lui avait donné une liste de tous les petits travaux qu'il aurait à effectuer avant de reprendre les cours en janvier : réparer la fuite dans la salle de bains à l'étage, repeindre la lingerie et résoudre le problème de la porte-moustiquaire qui claquait la nuit comme un cœur qui bat.

– Qu'est-ce qui lui est arrivé ? interrogea Keiran. Y a un psychokiller qui rôde dans le coin, un truc comme ça ?

– Non, répondit Tom. Mais par prudence, je préfère que tu n'ailles pas jouer dans la Jungle pendant un moment.

– J'ai treize ans, papa. Je joue pas.

– Tu fais quoi, alors ?

– Rien. Je traîne avec les copains. Je glande.

– Dans cet ordre ?

– Ça dépend.

– Bon, eh bien, je ne veux pas que tu ailles traîner ou glander dans la Jungle.

Keiran leva les yeux au ciel.

– On t'a déjà dit que t'étais complètement parano ? Sérieux, tu devrais aller consulter un psy.

– Il n'a pas tort, Tom, intervint Connie. Après l'affaire des meurtres au Tylenol en Amérique, tu as interdit les antalgiques à la maison pendant des mois. J'étais obligée de rapporter en douce de l'ibuprofène chaque fois que j'avais mes règles.

– Beurk, maman ! Parle pas de règles, s'te plaît.

– En tout cas, reprit Tom à l'adresse de Keiran, promets-moi d'éviter le bush pour l'instant.

L'adolescent se tourna vers sa mère.

– Maman ?

Elle écarta les bras en un geste d'impuissance. Keiran reporta son attention sur son père.

– Bon, d'accord. Promis.

Après le dîner, Tom monta voir Marty. Il le trouva occupé à rouler l'affiche de *Full Metal Jacket*. C'était à l'évidence la seule chose qu'il allait emporter en plus de ses vêtements. Apparemment, il avait décidé d'abandonner sa collection du *Club des Cinq* et le petit panier de basket en plastique ventousé à la porte de sa penderie. Et son père, bien sûr.

Sans lever les yeux, Marty lança :

– Alors, comment s'est passée la réunion ? Ils ont retrouvé le nain de jardin de Norma ou ils attendent toujours que le kidnappeur appelle pour demander une rançon ?

– Le nain-nappeur, tu veux dire ? plaisanta Tom.

Marty fit la grimace.

– Elle est nulle celle-là, papa.

– Tu vas regretter mes blagues quand tu seras parti.

– Si tu le dis…

Du petit poste de radio posé sur le rebord de la fenêtre s'échappait en sourdine une chanson de Fleetwood Mac. Marty fredonnait en même temps. C'était un beau garçon à la mâchoire bien dessinée, au teint clair et à l'épaisse chevelure blonde qui semblait toujours se mettre en place naturellement. Tout ça, il le tenait de Connie. Tom, lui, n'avait plus beaucoup de cheveux.

– Ça te fait quoi de quitter ta bonne vieille chambre ? interrogea-t-il. Je parie qu'elle va te manquer lorsque tu seras obligé de cohabiter avec six autres jeunes.

– J'emménage avec un seul coloc, papa. Et arrête de dire « jeunes » comme ça, je croirais entendre un…

– Laisse-moi deviner. Un vieux ?

– Un pervers.

Tom s'assit sur le lit et regarda son fils trier ses affaires.

– Tu es sûr que tu as bien réfléchi à ce déménagement, Marty ?

– Ne commence pas, s'il te plaît.

– Je ne commence rien, c'est juste qu'avec ta mère, on pensait profiter de toi encore quelques années. Au moins jusqu'à ce que tu termines tes études. Ça nous paraît brutal, tu comprends ? Est-ce que quelque chose a… changé ?

Marty scotcha un carton avant de reporter son attention sur son père.

– Moi, j'ai changé, déclara-t-il. Quand j'étais gosse, j'avais l'impression que Camp Hill, c'était le monde entier. Aujourd'hui, je me rends compte que c'en est juste une toute petite partie.

– T'es encore un gosse, Marty.

– Pourquoi on m'a donné un permis de conduire, alors ?

– OK, tu marques un point. Oh, au fait, tu connais Tracie Reed ?

– Du lycée ?

– Elle était une classe en dessous de toi, oui. Elle a disparu.

– Ah bon ?

Tom lui tendit une des affiches.

– Tu pourrais te renseigner ? Peut-être qu'un de tes copains l'a vue ou a eu de ses nouvelles…

– Peut-être, oui. En même temps, on n'a pas vraiment de potes en commun.

– Tu ne la connaissais pas ?

– On n'avait qu'un cours ensemble, celui sur les médias. Elle avait le droit de le suivre avec les terminale, sûrement parce qu'elle était brillante. Elle le savait, d'ailleurs.

– Comment ça ?

Marty haussa les épaules.

– Bah, c'était juste une de ces nanas qui se croient mieux que tout le monde, dit-il.

Il fronça les sourcils.

– Papa ? Tu penses qu'elle va bien ?

– Je l'espère.

Tom s'approcha de la fenêtre et regarda dehors. Le jardin descendait en pente douce vers la clôture en bois et le portillon. Au-delà s'étendait la Jungle, sombre, profonde, peuplée d'ombres. La végétation du bush oscillait sous la brise. Une image étrange, dérangeante, s'imposa à lui, surgissant dans son esprit comme un souvenir ou une hallucination. Il vit un homme sans visage rôder sous les arbres, attraper Tracie Reed et l'entraîner dans les ténèbres. Puis ouvrir grand sa bouche luisante de bave pour la dévorer.

Après avoir dit bonsoir à Marty, Tom redescendit. Pour la première fois depuis longtemps – il ne se rappelait même plus à quand remontait la dernière fois –, il ferma la porte d'entrée à clé.

3

Vendredi
29 décembre 1989

À 7 h 03, Owen Reed était assis sur un banc dans le couloir climatisé de la morgue située derrière le tribunal. Il consulta sa montre. L'inspecteur avec qui il avait rendez-vous aurait dû être là depuis déjà trois minutes. Il était en retard.

Sur la petite table basse blanche devant lui s'empilaient magazines, journaux et livres : *Reader's Digest*, *Time*, *Vogue*, *La chenille qui fait des trous*. En voyant ce dernier titre, Owen sentit sa gorge se nouer. Comment imaginer qu'on puisse lire un album pour enfants dans un endroit pareil ?

Il jeta un nouveau coup d'œil à sa montre. Quatre minutes de retard.

Owen Reed était grand. Non, à vrai dire, le terme ne lui rendait pas justice. Il était impressionnant : plus d'un mètre quatre-vingt-dix, des épaules de joueur de rugby et un nez de boxeur. Il avait toujours pris soin d'être rasé de près et de faire couper en brosse ses cheveux grisonnants mais, depuis la disparition de Tracie, il négligeait son apparence. Une barbe sombre et broussailleuse lui dissimulait à présent le menton. Quant à sa chevelure, elle ressemblait de plus en plus à une touffe d'herbe à chat.

Pour tromper l'attente, il regarda le mur blanc en face de lui. Derrière, il le savait, il y avait des corps. Combien ? Il n'en avait pas la moindre idée. Des dizaines ? Des centaines, peut-être ? Il se les représenta allongés sur des civières métalliques, côte à côte, telles des marchandises sur des palettes dans une grande surface de bricolage. À moins qu'ils ne soient enfermés dans des tiroirs en forme de cercueil, comme dans les films ?

– Monsieur Reed ?

L'inspecteur Rambaldini, chargé de l'enquête sur Tracie, s'avança vers lui. Corpulent et grassouillet, il arborait une tignasse rousse et un semblant de moustache de la même couleur. Il portait une chemisette jaune qui ne semblait pas à sa taille. Owen, lui, ne mettait que des chemises à manches longues. Les manches courtes lui donnaient l'impression qu'il avait oublié quelque chose.

Penser à un tel détail pouvait paraître incongru, compte tenu des circonstances. Mais les jours s'étaient transformés en semaines depuis la disparition de sa fille et il arrivait de plus en plus souvent que son esprit s'égare. Comme ces fois où il s'était surpris à s'interroger sur la date de la prochaine vidange de la voiture ou à s'indigner devant l'augmentation du prix des tomates au Safeway de Camp Hill. Ces moments étaient toujours fugaces. C'est un mécanisme de défense, se disait-il. Le cerveau ne peut pas carburer indéfiniment à l'angoisse et à la panique, il lui faut un répit.

Il se leva.

– Merci d'être venu aussi rapidement, dit Rambaldini. Rien n'est sûr, monsieur Reed. Je préfère vous avertir. Il est fort probable que vous ayez fait tout ce chemin pour rien.

– Je peux la voir ?

– Le règlement ne vous autorise pas à voir le corps tant que l'identité n'a pas été formellement établie, expliqua le policier.

Il baissa les yeux vers une enveloppe jaune qu'il tenait dans sa main. Aucune inscription n'y figurait.

– Mais j'ai une photo à vous montrer.

Owen considéra l'enveloppe. Au lieu de la saisir, il se rassit. Ses jambes semblaient soudain incapables de le porter. L'inspecteur Rambaldini prit place à côté de lui.

– Où avez-vous trouvé la dépouille ? demanda Owen.

– Dans la Yarra. Elle était coincée dans de vieux filets de pêche près du pont Oakbank. C'est un site qui attire les candidats au suicide.

– C'est comme ça qu'elle est morte ? Elle a sauté du pont ?

– Ça, on l'ignore encore. Malheureusement, le corps a séjourné un bon moment dans l'eau, si bien qu'il faudra du temps pour déterminer son identité et la cause du décès. Autant que vous le sachiez, monsieur Reed, son apparence est… perturbante. Si c'est bien elle, il est possible que vous ne puissiez pas la reconnaître.

Il s'interrompit un instant.

– Votre fille avait-elle un comportement addictif ?

– *A-t-elle*, rectifia Owen.

– Pardon ?

– Vous parlez d'elle au passé…

Owen regarda de nouveau l'enveloppe dans la main de l'inspecteur. Tant qu'il n'aurait pas vu la photo, tant qu'il n'aurait pas de certitude, il continuerait à employer le présent.

– Et je ne sais pas trop ce que vous entendez par « comportement addictif ».

– Est-ce qu'elle buv...

L'inspecteur se reprit.

– Est-ce qu'elle boit ?

– Non.

– Des problèmes de drogue ?

– Jamais, répondit Owen. Ce n'est pas son genre. Tracie est raisonnable.

Il secoua la tête, puis s'accorda quelques secondes de réflexion.

– Je me rappelle un soir, il y a quelques années, où elle est rentrée d'une fête en empestant la marijuana. Sa mère et moi, on l'a prise entre quatre yeux. Oh, je sais bien que tous ces discours comme quoi c'est une première étape vers des drogues plus dures sont un peu tartes, en attendant c'est une réalité. Tracie a admis qu'il y avait de l'herbe à cette fête, mais elle nous a juré qu'elle n'en avait pas fumé.

Il regarda l'inspecteur droit dans les yeux.

– Je l'ai crue.

Un pli soucieux apparut sur le front de l'inspecteur Rambaldini.

– Le rapport de toxicologie mentionne la présence d'héroïne dans l'organisme de notre victime. En grande quantité.

– Non, non, elle..., bredouilla Owen. Elle a une cousine qui est morte d'une overdose. Elle est terrifiée par les drogues. S'il y en avait dans son sang, c'est qu'on l'a forcée à en prendre.

Rambaldini paraissait sceptique et Owen ne pouvait le lui reprocher. Tous les pères devaient penser que leur fille était sage, forcément, se dit-il. Sauf que, dans son cas, c'était vrai.

– Vous êtes prêt ? demanda Rambaldini.

Non.

– Oui.

Le policier lui remit l'enveloppe. Elle était cachetée. Owen la déchira avec son index puis fit glisser la photo dans sa paume. C'était un Polaroid, face cachée. Il le retourna en retenant son souffle. Son instinct prit le relais, lui dicta de détourner les yeux. De fuir. Mais s'il n'allait pas au bout de cette épreuve, songea-t-il, ce serait à sa femme de l'affronter. Ou ex-femme. Peu importait.

Alors il se força à regarder. Le visage de la morte était gonflé, meurtri, déformé.

– C'est quoi, toutes ces entailles sur sa peau ? demanda-t-il. On dirait des blessures au couteau.

– Elle est restée longtemps immergée. Ce sont des morsures de poisson.

Owen se sentait à la fois transi et engourdi.

– Est-ce votre fille, monsieur Reed ?

Celui-ci leva les yeux.

– Vous connaissez Puzzle Park ?

Le policier le dévisagea d'un air déconcerté, avant de faire non de la tête.

– C'est un parc d'attractions à la sortie de Yarra Junction, dirigé par deux péquenauds, expliqua Owen. Autant vous dire qu'en matière de règles de sécurité, c'est du grand n'importe quoi. Je ne sais même pas s'il existe toujours. Le conseil municipal a sûrement exigé sa fermeture.

– Je ne suis pas sûr de vous suivre, monsieur Reed...

– Quand Tracie avait cinq ou six ans, elle nous faisait un cirque pas possible chaque fois qu'elle voyait la pub pour le parc à la télé. Alors, au bout du compte, on a décidé avec ma femme de l'emmener là-bas pour la journée. Il y avait cet immense toboggan, le Grand Plongeon, il me semble… Ah non, il s'appelait Hurlements. Il devait bien faire douze ou quinze mètres de haut.

Owen contempla de nouveau la fille en photo.

– Si je vous dis que Tracie voulait monter sur ce toboggan, je suis loin du compte. Elle en avait besoin. Un besoin vital. Elle regardait ce truc en ayant l'air de savoir que c'était son destin de le dévaler. Sa mère pensait que c'était trop dangereux, que Tracie était trop petite. Elle avait raison, bien sûr, mais notre Tracie ne voulait rien entendre.

Rambaldini patienta.

Tout à ses souvenirs, Owen sourit, conscient que ça ne devait pas arriver souvent dans un lieu pareil.

– Elle s'est mise à pleurer et à crier. Elle s'est roulée par terre, elle a donné des coups de pied… Alors on a réagi comme tous les parents quand leur gosse pique une colère : on a cédé.

– Monsieur Reed, reprit Rambaldini. Owen. Il faudrait vraiment que vous…

– Cinq minutes plus tard, elle avait le visage en sang, poursuivit Owen. Elle était tombée du toboggan et avait atterri tête la première dans le grillage à côté. Elle a eu des points de suture. Et elle a gardé une cicatrice. Là, sur le front.

Il indiqua l'endroit sur le cliché. Rambaldini, qui avait déjà compris, se pencha pour mieux voir.

– Vous en êtes sûr ?

– Ce n'est pas elle, déclara Owen. Ce n'est pas ma fille.

Il fallut presque deux heures à Owen pour regagner Camp Hill. Il fit la route à une allure d'escargot dans sa décapotable jaune vif car, même à une heure aussi matinale, la circulation était embouteillée. Des hordes de touristes estivaux affluaient sur la péninsule de Mornington. Sur le trajet, il ne cessa de penser à la fille sur la photo. Cette fille qui n'était pas Tracie. Il imaginait son père la cherchant partout, espérant et priant en vain.

Et merde, pensa-t-il. Il s'était remis à pleurer. Il arriva chez lui un peu après neuf heures et demie. Enfin, pas vraiment. Depuis quelque temps, « chez lui », c'était le motel où il logeait à la sortie de Nepean Highway, avec vue sur une piscine si verte et trouble qu'on n'en distinguait même pas le fond. Mais son vrai « chez-lui » avait été – et serait toujours, une certitude qui l'emplissait de tristesse et de nostalgie – le 10 Bright Street.

Alors qu'il se dirigeait vers la porte d'entrée, des odeurs de viande grillée et de la musique lui parvinrent, en provenance des jardins voisins. Avec ou sans Tracie, la vie continuait dans ce petit paradis de banlieue, sous un ciel bleu dégagé. Leur maison, ou plutôt celle de Nancy, devait être le nuage noir dans cette immensité d'azur, songea-t-il.

Dans les jours qui avaient suivi la disparition de leur fille, Nancy et lui avaient acquis une sorte de célébrité malsaine. Tous les voisins voulaient raconter à leurs amis qu'ils connaissaient les parents de la disparue. Mais quand la police avait privilégié l'hypothèse de la fugue, tout le monde s'était rangé à cet avis. Pratiquement du jour au lendemain, Nancy et lui étaient passés du couple à plaindre au couple à blâmer.

Nancy lui ouvrit. Pâle, amaigrie, c'était le fantôme de la femme qu'il avait connue avant le drame. De profonds cernes creusaient ses yeux. Ses lèvres étaient encore tachées par le vin rouge de la veille. Du moins, Owen espérait que c'était celui de la veille.

– Mauvaise nouvelle ou pas de nouvelles ? demanda-t-elle.

– Ce n'était pas elle, Nance.

– J'aurais pu te le dire et t'épargner le déplacement. Si elle était morte, je l'aurais senti. T'as l'air crevé.

Il lui adressa un sourire las.

– Tu m'offres un café ?

Elle hocha la tête et rentra. Owen la suivit à l'intérieur. Quand il vivait là, tout était impeccable, car Nancy avait l'obsession de la propreté. Mais c'était à présent un véritable capharnaüm. Pour autant qu'il le sache, Nancy n'avait pas mis le nez dehors depuis le départ de Tracie. Elle voulait rester près du téléphone au cas où quelqu'un – Tracie, la police, un kidnappeur à la voix grave prêt à demander une rançon – appellerait. C'était du moins l'une des raisons pour lesquelles elle ne sortait pas.

L'autre, supposait Owen, c'était que cette maison était devenue une espèce de sanctuaire morbide. Chaque pièce contenait des souvenirs et des objets précieux à ses yeux, aussi Nancy pouvait-elle errer de l'une à l'autre, y faire revivre des moments enfuis, sans relâche. Ici, Tracie à treize ans, assise à la table de la cuisine, engloutissant son petit déjeuner en même temps qu'elle terminait ses devoirs. Là, à sept ans, paressant dans le salon devant une vidéo un vendredi soir. Ou encore riant aux éclats dans l'évier de la buanderie rempli d'eau mousseuse, quand elle était assez petite pour prendre son bain dans la cuvette. Assez petite pour tenir au creux du bras maternel.

Ils s'installèrent à la table de la cuisine pour boire un café réchauffé. Il était encore tôt, mais l'air était déjà étouffant. Nancy ouvrit une fenêtre, sans que ça change grand-chose. Durant quelques instants, aucun d'eux ne pipa mot. Le frigo bourdonnait. Le robinet gouttait. Quelque part dans le voisinage, quelqu'un tondait la pelouse.

– J'ai l'impression d'être coincé dans un circuit d'attente, dit enfin Owen quand le silence devint insupportable. Tu sais, comme ces avions qui tournent au-dessus du tarmac en attendant l'autorisation d'atterrir.

Nancy se leva et s'approcha de l'évier, où elle vida son mug avant de le rincer rapidement. C'était l'un de ceux qu'Owen avait fauchés au boulot, avec le logo *ARB Insurance*. Elle le remplit ensuite avec le vin blanc qu'elle était allée chercher dans le frigo, puis retourna s'asseoir à table.

– Il est un peu tôt, Nance, fit remarquer Owen.

Elle le foudroya du regard et but une gorgée de vin.

– Les journées sont longues et les nuits encore plus. Et ça, ajouta-t-elle en levant le mug, ça m'aide.

Owen hocha lentement la tête. Lui aussi essayait de faire face du mieux qu'il pouvait.

– Tu veux que je te raconte un truc flippant ?

– Bien sûr, j'adorerais entendre un truc flippant, Owen. Tu as toujours eu un don pour deviner les attentes de ton public.

Il ignora le sarcasme.

– Lorsque j'ai quitté la maison, je me suis mis à faire de longues balades. J'ai toujours trouvé que c'était plus facile de réfléchir en bougeant, sans compter que j'avais besoin de sortir de ma petite chambre de motel déprimante. Alors j'ai beaucoup marché. Et quand j'ai commencé à avoir mal aux jambes, j'ai pris le volant. Je suis venu ici, quelquefois.

Nancy leva les yeux.

– Je me garais de l'autre côté de la rue, poursuivit-il. Derrière le gommier de Mike Carson, pour que tu ne puisses pas me voir si tu regardais par la fenêtre.

– T'as raison, dit-elle. C'est flippant.

Il sourit.

– Je voulais juste être là, tout près. Au cas où il arriverait quelque chose, où tu aurais besoin de moi.

Il s'interrompit un instant, l'œil humide, et cilla.

– Si j'avais été présent ce soir-là…

– Tu ne l'étais pas, Owen. Tu n'étais pas là.

– Je pourrais l'être maintenant, Nance.

– Owen…

– Je n'ai qu'à revenir à la maison. Il n'y a aucune raison pour qu'on soit obligés d'affronter ça seuls, chacun de son côté.

– S'il te plaît, ne fais pas ça.

– Ça ne te paraît pas moins important aujourd'hui ? Tous nos problèmes de couple ? L'absence de Tracie, ça nous amène à relativiser le reste, tu ne crois pas ? Si tu me laisses revenir, on pourra faire front ensemble. Comme au bon vieux temps.

Elle finit son vin et reposa le mug sur la table.

– Non, nos problèmes ne me semblent pas moins importants, Owen. Écoute, il y a quelque chose que je ne t'ai pas dit.

Une pause. Une profonde inspiration.

– Le soir où elle a disparu, Tracie m'a interrogée sur ce qui s'était passé entre nous. Elle m'a demandé de but en blanc si tu voyais une autre femme. Je sais, toi et moi on était d'accord pour lui épargner les détails sordides, mais…

– Qu'est-ce que tu lui as répondu ?

– Elle voulait la vérité. Alors je lui ai tout raconté.

4

La première chose que vit Keiran Witter en se réveillant ce matin-là – la première qu'il voyait tous les matins – fut le filet vert foncé tendu comme un dais au-dessus de son lit.

Sa chambre était entièrement décorée dans le style militaire, jusqu'aux draps à motif camouflage. Un poster du film *Platoon* était collé sur la porte (les plaques de soldat à la place des deux « o » du titre étaient sans doute le truc le plus génial qu'il ait jamais vu). Il n'y avait pas d'étoiles phosphorescentes au plafond, mais des tanks, des soldats et des bombardiers phosphorescents. Des bandes dessinées de guerre comme *Howling Commandos* et *Battle* jonchaient son bureau et sa commode, et ses figurines de G.I. Joe étaient rangées dans un coffre sous son lit.

Il lui arrivait encore de les sortir tard le soir, quand il était certain que personne ne pourrait le surprendre. Depuis quelques mois, il avait vaguement conscience d'être entré dans une nouvelle phase transitionnelle de sa vie. Il était en principe trop vieux pour s'amuser avec des jouets, mais pas assez pour ne plus en avoir envie. Il était assez âgé pour éprouver le désir de toucher une fille, mais trop jeune pour le faire en vrai. S'il avait pu en toucher une, il aurait choisi Hannah Kehlmann, qui était assise trois rangs devant lui en sciences naturelles et un rang derrière lui en maths. Hannah avait des cheveux couleur de feuilles mortes. Cette description donnait l'impression qu'elle avait les cheveux sales, songea-t-il, alors que la couleur était magnifique. Hannah elle-même était magnifique.

Il s'assit et souleva son oreiller, sous lequel il avait caché l'affiche de Tracie Reed la veille au soir. Il la récupéra, la contempla un moment, puis décrocha le téléphone sur sa table de chevet – son cadeau d'anniversaire cette année-là, avec un combiné jaune vif en forme de banane – et composa le numéro de son meilleur copain, Ricky Neville.

– Vous êtes bien chez les Neville, chantonna une voix féminine à l'autre bout de la ligne.

C'était la mère de Ricky. *Zut.*

– Oh, bonjour, madame Neville. Est-ce que Ricky est là, s'il vous plaît ?

– C'est toi, Keiran ?

– Oui.

– Tu as passé un bon Noël ?

– Oui, c'était super.

– Tu profites de tes vacances ?

– Moui…

– Et comment vont tes parents ?

– Ils vont très bien, madame Neville.

– Tu as des projets pour le 31 ?

La poisse. Keiran lui répondit qu'il n'en avait pas, avant de convenir avec elle que oui, il faisait suffisamment beau pour aller à la plage mais que, s'il y allait, il serait obligé d'enfiler un T-shirt, de se tartiner de crème solaire et de mettre un chapeau à cause du trou dans la couche d'ozone, et que, oui, c'était tout de même bizarre que personne ne se soit inquiété de choses comme la couche d'ozone, les pluies acides et le sida à l'époque où elle-même avait son âge. Les temps avaient changé.

Environ un siècle plus tard, elle lui passa son copain.

– Bon sang, Ricky, ta mère, ça va vraiment plus, faut que tu fasses quelque chose !

– Désolé, vieux, elle se sent seule depuis que mon père a recommencé à faire les trois-huit, expliqua Ricky.

Et d'ajouter, d'une voix plus forte :

– Oui, m'man, c'est de toi que je parle. Arrête de mettre le grappin sur mes copains.

Puis il s'adressa de nouveau à Keiran :

– T'as vu *K 2000* hier soir ?

De fait, Keiran avait regardé le dernier épisode, qu'il avait bien aimé même s'il s'agissait d'une rediffusion. Mais pour le moment, il y avait plus urgent.

– Tu me retrouves au club-house ?

– Quand ? questionna Ricky.

– Maintenant, c'est possible ?

– Ma tante Miriam doit venir ce matin. Alors, oui, crois-moi, je demande pas mieux. Mais t'as une drôle de voix. Ça va ?

Keiran croisa le regard de Tracie Reed sur l'affiche.

– Non, répondit-il.

Keiran passa en vitesse aux toilettes, se brossa les dents et s'habilla. Il allait descendre quand il entendit Marty parler à voix basse. Intrigué, il avança sur la pointe des pieds jusqu'à la chambre de son frère, dont la porte était ouverte. Les stores étaient toujours baissés, mais Keiran distingua Marty couché sur son lit. Une main derrière la nuque, les yeux levés vers le plafond, il discutait au téléphone. Lui aussi en avait reçu un pour son anniversaire. Il avait même eu droit à sa propre ligne.

– C'est mon père qui me l'a appris hier soir, disait Marty. T'étais au courant ?

Keiran toqua légèrement à la porte. Marty lui jeta un coup d'œil.

– Faut que je te laisse, Cass, déclara-t-il dans le combiné.

Après avoir raccroché, il lança :

– Salut, tête de nœud.

– Salut, dugland, répliqua Keiran. T'appelles qui à une heure pareille ?

– C'est pas tes oignons.

– T'as fini d'emballer tes affaires ?

– Presque.

Alors qu'il survolait du regard les cartons autour du lit, Keiran éprouva une authentique tristesse qui le prit au dépourvu. Son grand frère était sur le point de s'en aller. Une part de lui se réjouissait à cette perspective, car il pourrait ainsi s'installer dans la grande chambre, où il y avait suffisamment de place pour un lit double. Mais il n'aimait pas penser à ce que serait sa vie dans cette maison après le départ de Marty. Il se sentait tout drôle, comme s'il était plus vieux, et autre chose aussi. Pour décrire cet état, un adulte aurait sûrement employé des mots qui sonnaient bien, comme « nostalgie » ou « mélancolie ». Keiran, lui, appelait ça « avoir le cafard ».

– J'arrive pas à croire que tu me laisses tout seul avec eux, dit-il.

La mine de Marty s'allongea. Peut-être que ça lui donnait le cafard à lui aussi.

– J'ouvre la voie, p'tit mec. Tu verras, tu me remercieras un jour. Qu'est-ce que tu fabriques avec ce papelard ?

Il indiqua l'affiche dans les mains de son frère. Keiran la plia et la glissa dans sa poche arrière.

– Rien.

– Si tu veux te branler, y a des trucs plus sympas dans cette baraque, Keiran.

– Arrête, c'est dégueu. Tu parles de quoi ?

– De la pile de catalogues de lingerie sur le dessus du frigo.

– Tu vois ? Comment je vais faire sans toi ?

Keiran avait promis à son père qu'il ne mettrait pas les pieds dans la Jungle, mais c'était là que se trouvait le club-house. Ce n'était cependant pas vraiment un problème. S'il passait en général par le portillon au fond du jardin pour entrer dans le bush, il y avait d'autres accès. Il suffisait de ruser.

Il marcha jusqu'au bout de sa rue, puis tourna à gauche dans Novak Street et se dirigea vers la bouche d'égout. Il était à peine plus de huit heures, mais tout le monde se levait tôt dans le quartier. De nombreux riverains étaient déjà dehors, en train de tondre la pelouse, de laver leur voiture ou d'arroser les massifs de fleurs, et tous arboraient de grands sourires.

En les regardant, il repensa à une réflexion de Sean Fryman : « Être adulte, c'est comme récurer le pont du *Titanic.* » Ce qu'il voulait dire, avait compris Keiran, c'était que plus tard, une fois que les pelouses auraient repoussé, que les voitures seraient sales et les fleurs de nouveau assoiffées, il leur faudrait tout recommencer, et ainsi de suite, jusqu'au jour où *Bam !* Quatre planches, six pieds sous terre.

Ils ne voyaient pas leur situation comme ça, évidemment – sinon, ils se seraient rués sur les canots de sauvetage en hurlant –, mais Sean, si. Pour Keiran, le fils de la voisine était sans doute la seule personne cool de tout Camp Hill. Pas cool du genre à porter des lunettes noires, plutôt cool dans le style qui en sait long sur la vie. Il avait un côté mystérieux, et même un peu dangereux, comme Kiefer Sutherland dans *Génération perdue.*

Sean lui avait appris beaucoup de choses. Non, à la réflexion, il avait fait plus que lui *apprendre* des choses : il lui avait ouvert les yeux. Sur la Bible, par exemple. C'était un tissu d'âneries, quand on y pensait, et pas seulement à cause du passage sur l'arche de Noé, qui ne tenait pas la route – parce que, sérieux, comment loger deux représentants de chaque espèce animale – Oui, de chaque ! – sur un bateau ? Et puis, comment les poissons d'eau douce auraient-ils survécu ? Mais ce n'était pas tout, il y avait aussi l'histoire de Jésus. Puisque Jésus était Dieu, ça signifiait, comme l'avait souligné Sean, que Dieu s'était envoyé Lui-même sur terre, pour se sacrifier à Lui-même, afin de relancer un système qu'Il avait Lui-même créé. Ça n'avait pas de sens, se disait Keiran. Pourtant, tous ses profs, ainsi que la plupart des adultes de sa connaissance, parlaient de Jésus et de la Bible comme si ce qu'on y racontait s'était réellement passé. Et s'ils se trompaient là-dessus, alors peut-être qu'ils se trompaient aussi sur d'autres trucs... ou sur tout...

Après avoir parcouru la moitié de Novak Street, il atteignit la bouche d'égout. Celle-ci se situait à l'entrée d'un passage étroit, bordé de remblais herbeux escarpés, qui courait entre les maisons. Keiran escalada celui de gauche puis, parvenu au sommet, entra dans le bush.

La Jungle portait bien son nom : il s'agissait d'une étendue sauvage en plein milieu de l'endroit le moins sauvage qu'on puisse imaginer. Elle n'était pas immense, mais bien assez grande. Un rien plus vaste, elle aurait pu déborder sur les habitations et finir par les engloutir, comme dans le film *Le Blob.*

D'après la légende, elle abritait un clown sanguinaire, la tombe secrète des enfants Beaumont qui avaient mystérieusement disparu depuis vingt-cinq ans, et un puits caché rempli de serpents venimeux. Keiran n'y croyait pas vraiment, mais l'espoir fait vivre.

Après la chaleur étouffante qui régnait dans les rues, le sous-bois lui parut plus frais. Il se composait surtout de gommiers, serrés les uns contre les autres et tout tordus, une végétation typiquement australienne aux yeux de n'importe quel observateur. Keiran, lui, venait de pénétrer dans les forêts tropicales du Vietnam.

Même s'il aimait bien les films de guerre en général, ceux sur le Vietnam lui plaisaient tout particulièrement. Il ne savait pas trop pourquoi. Peut-être parce que c'était un décor exotique, ou parce que l'ennemi s'y déplaçait furtivement, ou encore parce que *Platoon*, *L'Enfer du devoir* et *Rambo 2 : La Mission* se déroulaient tous dans ce pays. Il connaissait bien le jargon : il appelait les hélicoptères des « oiseaux » et les petits avions des « chiens d'arrêt ». Il savait que « AIT » voulait dire Advanced Infantry Training. Pour blaguer, il avait un jour traité Ricky de « 4-F », le sigle qui désigne les candidats inaptes au service militaire.

Alors qu'il suivait un étroit sentier à travers les arbres, il récupéra l'affiche de Tracie Reed, la déplia et la roula. C'était maintenant un fusil d'assaut M16, dont il allait avoir besoin. Il s'était enfoncé loin en territoire ennemi. Tous les autres soldats de son régiment étaient morts. Il allait devoir canarder à tout-va pour s'en sortir. Mais ça ne lui faisait pas peur, parce qu'il était une armée à lui seul et qu'il avait placé des bombes à retardement dans les arbres et que d'une seconde à l'autre elles…

– Oh.

Il avait atteint le club-house sans même s'en rendre compte tant il vivait à fond son aventure. Il ne s'agissait pas vraiment d'une cabane, plutôt d'un petit espace dégagé, à l'écart des chemins, où un arbre immense était tombé contre un autre encore plus grand. Keiran avait tendu par-dessus quelques branches basses une vieille couverture de pique-nique prise dans le garage paternel afin de créer un recoin abrité. Elle les protégeait du froid et de la pluie en hiver, et les maintenait dans une fraîcheur relative lors des journées les plus chaudes. L'été précédent, Ricky et lui avaient découvert un pneu de camion près de la bouche d'égout à l'intersection de Novak Street et l'avaient fait rouler jusqu'à leur repaire. Ils avaient prévu au départ de s'en servir comme siège, mais ils lui avaient trouvé une meilleure utilisation comme brasero, même s'il fallait un peu de temps pour s'habituer à l'odeur de caoutchouc brûlé.

Il n'y avait encore aucun signe de Ricky, aussi Keiran s'approcha-t-il d'un trou dans le tronc noueux d'un des arbres. C'était leur cachette secrète, dissimulée par le nain de jardin que son copain et lui avaient fauché chez Norma Spurr-Smith. Ils l'avaient peint en vert foncé et affublé d'un petit bandeau rouge autour de son bonnet, comme Rambo. Il était censé constituer un premier sujet de conversation quand ils amenaient des filles au club – ce qui, jusque-là, n'était jamais arrivé. Keiran écarta le nain, passa la main derrière et récupéra le *Playboy* détrempé que Ricky avait chipé à son cousin.

Une quinzaine de minutes plus tard – Keiran ne savait pas combien de temps s'était écoulé au juste, parce qu'il avait laissé sa montre sur sa table de chevet –, Ricky déboula dans la clairière comme une sorte de créature des bois pataude. Il était en nage.

– Comment tu peux déjà transpirer autant ? s'étonna Keiran.

– J'y peux rien, trouduc, rétorqua Ricky. J'ai des grosses glandes sudoripares, alors je dégouline. Mais tu sais ce qu'on dit sur les types qui ont des grosses glandes sudoripares ?

– Non, quoi ?

– Qu'elles sont proportionnelles à la taille de la bite.

– Peuh, personne dit ça.

Ricky se laissa tomber sur l'herbe et s'assit en tailleur. Il était littéralement énorme. Son T-shirt tendu sur son torse menaçait de craquer aux coutures. Il était célèbre au lycée pour ses nénés, encore plus gros que ceux de Terry-Ann Colson – à qui le médecin, s'il fallait en croire la rumeur, avait conseillé une réduction mammaire.

– Alors, qu'est-ce qu'il y avait de si urgent ? lança-t-il.

Keiran lui tendit l'affiche.

Ricky la déroula, puis demanda :

– C'est vrai ?

– Ouais, mon père l'a rapportée chez nous hier soir.

– Qu'est-ce qui lui est arrivé ?

– Personne le sait.

– La vache ! s'exclama Ricky. Tu crois qu'on l'a kidnappée ? Ou assassinée ? Ou peut-être qu'elle est retenue prisonnière quelque part dans un cachot ? Bon sang, des trucs comme ça, on en entend parler, des fois, mais elle on la connaît !

– Regarde la date, dit Keiran, le doigt pointé vers l'affiche.

– Vendredi 8 décembre 1989, lut Ricky à voix haute. Et alors ?

– C'était le même soir.

– Que quoi ?

Puis le jour se fit dans l'esprit de Ricky.

– Que notre séance, c'est ça ?

L'air grave, Keiran hocha la tête.

– T'es sûr ?

– J'ai vérifié trois fois, déclara Keiran.

Ricky laissa l'affiche par terre, se releva et recula comme pour prendre ses distances avec Tracie Reed.

– Merde, ça fout les jetons, mais c'est qu'une coïncidence. Forcément, hein ?

– Et si c'en était pas une ?

– Putain, mec, dis pas des trucs pareils ! J'ai pas apporté de slip de rechange.

– On fait quoi ? C'est écrit sur l'affiche que, si on a des informations sur sa disparition, faut prévenir les flics.

Ricky arpenta la clairière quelques instants, avant de ramasser l'affiche et de la fourrer dans la poche de son short.

– Viens.

– Où ?

– Sean saura quoi faire.

– Vous faites rien, déclara Sean.

Keiran et Ricky, aussi nerveux l'un que l'autre, se tenaient au milieu de la chambre. En face d'eux, Sean trônait sur sa chaise de bureau comme un roi devant sa cour. Il était habillé en noir, comme toujours. Ses cheveux, qui semblaient encore plus sombres que ses vêtements, lui tombaient sur les épaules.

– C'est ce que je lui ai dit, répliqua Ricky en esquissant un geste vers Keiran.

– Non, c'est même pas vrai, protesta ce dernier.

– OK, je l'ai pensé.

La pièce était plongée dans la pénombre. Keiran n'y était pas souvent entré, mais il n'avait jamais vu les rideaux ouverts. Les deux seules sources de lumière étaient une lampe à col de cygne dans un coin, recouverte d'un carré de tissu rouge, et la lampe chauffante dans le terrarium du serpent.

Dans les rares espaces où ne s'entassaient pas les disques de heavy metal s'accumulaient toutes sortes de petits objets bizarres : un crapaud buffle dans un bocal de formol, un visage hurlant sculpté dans le bois, une collection de papillons épinglés dans un cadre et, curieusement, une liste des consignes de sécurité dans les avions. Des restes de bougies fondues voisinaient avec des bâtonnets d'encens à moitié consumés. Le décor ressemblait beaucoup à la boutique du vieil antiquaire dans *Gremlins.*

Et l'antique échiquier posé sur la commode en constituait la pièce centrale. Les pions étaient des anges et des démons, les rois Dieu et Satan.

– Euh, Sean, reprit Keiran. Qu'est-ce qui s'est passé ce soir-là ?

– T'étais là, lui rappela Sean.

– Oui, mais je veux dire… après.

Keiran s'éclaircit la gorge avant d'ajouter :

– On s'est fait du mouron pour toi.

– Ben non, intervint Ricky.

– Peut-être pas toi, mais moi oui, affirma Keiran.

Sean se fendit d'un sourire sinistre.

– Oh, d'accord, je comprends tout. Vous imaginez que j'ai quelque chose à voir avec ce qui est arrivé à Tracie, c'est ça ?

– Non, non, je me demandais juste…

Keiran regarda les petites créatures démoniaques sur l'échiquier.

– Et si la séance avait… si ça avait marché ?

Sean se leva lentement. Il avait l'âge de Marty, mais il était plus grand et plus costaud. D'une certaine façon, il paraissait aussi plus âgé. Il posa une main sur l'épaule de Keiran, qui en sentit tout le poids.

– Si ça a marché, dit-il, raison de plus pour garder le secret.

5

Tom se réveilla de bonne heure et, en un tournemain, prépara le petit déjeuner : toasts, œufs au plat, une tasse de Nescafé – Connie n'aimait que le café instantané – et jus d'orange fraîchement pressé. Il surcompensait, bien sûr. Cette période de l'année lui paraissait toujours injuste. Alors que Connie travaillait tous les jours de neuf heures à dix-sept heures à la Savings & Loans de Camp Hill, lui flemmardait et tâchait de tuer le temps.

Elle descendit à huit heures et demie, vêtue d'une robe gris foncé peu flatteuse qui lui donnait l'air… de ce qu'elle était, à vrai dire : une employée de banque. Lorsqu'elle vit ce qu'il avait disposé sur la table, elle lui adressa un de ces sourires en coin dont elle avait le secret en disant :

– Ah, mon héros…

– Vas-y, régale-toi, l'encouragea Tom. Keiran a filé avant que je me lève et j'ai fait griller beaucoup trop de toasts.

Il s'assit en face d'elle. Il avait déjà mangé mais il allait reprendre du café. Le soleil matinal qui entrait à flots par la fenêtre baignait la cuisine d'une clarté dorée.

– T'as déjà remarqué à quel point c'est dur de tirer ce gosse du lit quand il a école, alors que pendant les vacances il est debout aux horreurs ?

– Aux horreurs..., répéta Connie. Elle est mignonne, celle-là. Je la ressortirai.

– Je la tiens d'un gamin du lycée et je mourais d'envie de la replacer.

Tom avala une gorgée de café.

– À ton avis, qu'est-ce qu'il fait de ses journées ? demanda-t-il.

– Il a treize ans, Tom. Je ne veux même pas le savoir. Oh, et avant que j'oublie, j'ai proposé à Marty de l'aider à déménager dimanche. Il n'emporte pas beaucoup d'affaires, mais je pense qu'on aura quand même besoin des deux voitures. Après, je me disais que toi et moi, on pourrait se mettre tout nus et essayer le nouveau jacuzzi de Bill et Vicky.

– Tu... quoi ?

– Quand on n'était pas encore mariés, tu faisais au moins semblant de m'écouter, Tom !

– Marty s'en va dimanche, j'ai compris. Non, j'étais en train de penser à Keiran. Tu crois vraiment qu'il évitera d'aller dans la Jungle ?

– Franchement ? Non. Mais il a de la ressource. Tu ne devrais pas t'inquiéter autant pour lui.

– J'aimerais bien.

– Mmm... Ça va, Tom ? Tu tressailles.

– Je tressaille tout le temps.

– Sauf que là, tu fais la chouette.

Il s'agissait d'un des tics les plus étranges de Tom : yeux brusquement exorbités, bouche tombante, narines palpitantes. *Hou hou !*

Et lui qui pensait être discret.
– C'est sûrement à cause du café, dit-il.

De la fenêtre de la cuisine, il regarda la Toyota Corolla cinq portes de Connie – que tout le monde chez les Witter surnommait avec affection « le Petit Chaperon rouge » – reculer dans l'allée avant de s'engager à vive allure dans Keel Street. Il troqua ensuite son pyjama contre un jean et un T-shirt blanc impeccable, puis alla chercher son vieux sac à dos dans la lingerie. Il y fourra les affiches de Tracie Reed, un pistolet-agrafeur, du scotch et un sandwich jambon-fromage, avant de sortir.

En cette belle matinée ensoleillée, Keel Street offrait une image de carte postale. Des gosses sur des vélos flambant neufs filaient sur la chaussée, de jeunes couples flânaient main dans la main et de grosses voitures chargées de matériel de camping quittaient Camp Hill. Les décorations de Noël ornaient encore la plupart des maisons, mais elles avaient un petit air tristounet, oublié.

Ayant décidé de commencer par sa rue, Tom s'arrêta tous les trois ou quatre poteaux téléphoniques pour placarder les affiches. Il en scotcha aussi dans les abris de bus et sur les panneaux municipaux. Il progressa ainsi jusqu'au pont qui donnait sur l'Esplanade, puis du Milk Bar de Camp Hill jusqu'à l'église luthérienne du Bon Pasteur. Son église.

Tom entretenait un rapport compliqué avec la religion. Il travaillait dans un lycée catholique et avait été élevé dans la foi en Jésus et Satan, mais il avait bien conscience de l'hypocrisie morale de la Bible, sans parler de sa logique tordue, parfois même complètement absurde. Néanmoins, se disait-il, Il semblait toujours là dans les moments importants.

Il plaça une affiche à l'entrée de l'édifice du culte, sur le tableau où se côtoyaient des annonces pour des cours de piano, des messages de Noël, quelques avis signalant des animaux domestiques perdus et un petit mot rédigé à la main, qui affirmait : « Quand vous couvrez quelqu'un de boue, c'est vous qui perdez du terrain. Office du dimanche à 10 heures. »

Tom leva les yeux vers la croix et récita une prière dans sa tête.

Chaque fois qu'il agrafait une affiche, il veillait à épargner le visage de Tracie Reed. Il passa une bonne partie de la matinée à contempler les yeux bruns de l'adolescente, qui touchaient quelque chose en lui.

Alors que le soleil s'élevait toujours plus haut, Tom commença à regretter d'avoir quitté la maison en jean plutôt qu'en short. La sueur dégoulinait dans son cou et à l'arrière de ses jambes. Lorsqu'il atteignit le centre-ville, il mourait de chaud et de soif, aussi passa-t-il au Safeway s'acheter un soda.

Le centre-ville de Camp Hill était une grande place qui regroupait l'essentiel des commerces de première nécessité : une boucherie, une boulangerie, un marchand de journaux, le bureau de poste, un magasin de vins et spiritueux, la pharmacie des Borschmann et quelques petites boutiques qui vendaient divers articles, comme des cartes routières et des cristaux. Tom s'étonnait toujours que les échoppes de ce genre puissent avoir assez de clients pour se maintenir à flot.

Il y avait un arrêt de bus très fréquenté devant le supermarché, desservi par trois lignes différentes. La circulation piétonne y était importante. Tom scotcha une affiche à hauteur d'yeux, puis alla s'asseoir sur un banc de l'autre côté de la rue pour boire son soda et manger son sandwich.

En face de lui, plusieurs personnes se rassemblèrent à l'arrêt de bus pour attendre le 781 de 11 h 03 à destination de Frankston. Il vit deux adolescents engager un combat de pouces, un autre qui lisait une BD et un vieux couple dont les vêtements semblaient tout droit sortis d'un magasin de l'Armée du salut. Aucun d'eux n'accorda ne serait-ce qu'un regard à l'affiche. Aucun d'eux ne parut même la remarquer. Étaient-ils trop absorbés par leurs préoccupations, ou Tracie n'avait-elle pas la même importance pour eux que pour lui ?

En proie à un profond sentiment d'inutilité, il repartit en sens inverse, placardant ses dernières affiches à intervalles réguliers. Il longeait une imposante maison à un étage dans Tobey Street lorsqu'il entendit quelqu'un prononcer son nom. Ou plutôt, son surnom.

– Hé, Tic-Toc ?

Il se retourna. Un homme corpulent, torse nu, se tenait dans son allée, un tuyau d'arrosage dans une main, un seau d'eau savonneuse dans l'autre. Il lavait une BMW aux plaques d'immatriculation personnalisées : STVMCD.

Steve McDougal.

L'un des problèmes, quand on vit dans sa ville natale, c'est qu'on risque d'y croiser les anciennes brutes du lycée qui y sont restées aussi. À l'époque, Steve McDougal et deux autres garçons avaient fait vivre à Tom un véritable enfer. Ses tics le désignaient comme la cible idéale. Il n'était parvenu à les dissimuler que plus tard, vers la trentaine, quand son syndrome avait été officiellement diagnostiqué. Si McDougal l'avait su plus tôt, songea-t-il, il aurait peut-être trouvé un sobriquet plus original que Tic-Toc. « Tommy Tourette » par exemple.

Déjà, une angoisse sourde, familière, s'emparait de lui. Il se concentra pour maîtriser ses spasmes, ce qui eut pour effet de les accentuer.

– Salut, Steve, dit-il.

McDougal posa son seau, coupa l'eau et s'avança à sa rencontre.

– Alors, qu'est-ce que tu deviens, Tic-Toc ?

– Hum, je préfère que tu m'appelles Tom. Bah, pas grand-chose. Marié, père de famille… Rien d'extraordinaire. Et toi ?

– J'ai passé quelques années à Perth, où je me suis fait des couilles en or. J'ai tenté le mariage aussi, avant de m'apercevoir que j'avais épousé la reine des garces. Tu te souviens sûrement d'elle ? Amy Matheson.

Tom s'en souvenait très bien. Amy était autrefois l'équivalent féminin de Steve : superbe, athlétique et cruelle. Que ces deux-là se soient trouvés, puis perdus, lui apparaissait comme la preuve qu'il existait une sorte de justice cosmique dans l'univers.

– Désolé que ça n'ait pas collé entre vous, dit-il.

– Oh, t'as aucune raison de l'être. Elle a enflé après le marmot numéro un et complètement lâché l'affaire après le numéro trois. Tu la reconnaîtrais pas, elle a plus rien à voir avec ce qu'elle était au bahut. À propos de bahut, j'ai entendu dire que t'enseignais au lycée catholique de Camp Hill ?

Tom confirma d'un hochement de tête.

– Oui, mais ce n'est plus comme avant : aujourd'hui, j'ai le droit d'entrer dans la salle des profs et c'est rare que j'écope d'une heure de colle.

McDougal ne rit pas.

– Et Mlle Woods, elle bosse toujours là-bas ? demanda-t-il. Tu te rappelles ses décolletés ? Waouh ! J'ai appris que dalle dans ses cours de maths, mais ses nichons ont fait mon éducation.

Il embrassa bruyamment le bout de ses doigts, comme s'il venait de se régaler d'un bon petit plat.

– Elle s'appelle Mme Parker aujourd'hui, précisa Tom. Elle est dans mon équipe de quiz, au pub. Et elle a passé la cinquantaine.

– N'empêche, je serais pas contre une petite séance de pelotage. Dis-lui de ma part, la prochaine fois que tu la verras, ça illuminera sa journée.

– Sûrement, oui.

– Au fait, t'es au courant de ce qui est arrivé à Benny Cotter ?

Benny Cotter était l'un des deux autres tyrans qui l'avaient harcelé, se rappela Tom. Une scène lui revint en mémoire comme si elle s'était déroulée la veille seulement : la fois où Benny s'était approché par-derrière à la cantine, lui avait donné un coup de fourchette dans le flanc puis s'était tordu de rire quand il avait lâché sa part de tourte à la viande.

Ah, les souvenirs…

Ses tortionnaires étaient alors trois : McDougal, Cotter et Adam Bartlett. Tom les avait surnommés « les Carnivores du lycée », mais jamais devant eux.

– Il a pris six ans, reprit McDougal. Il a purgé la moitié de sa peine.

– Il est en prison ?

– C'est ça. À South Hallston.

– Qu'est-ce qu'il a fait ?

– Il s'est bagarré avec un type dans un club de strip-tease à Melbourne. L'autre a porté plainte parce que c'était qu'une lopette et un paumé.

– Eh ben ! s'exclama Tom.

Puis, ce fut plus fort que lui, il ne put s'empêcher d'ajouter :

– Remarque, ça ne me surprend pas vraiment.

McDougal fronça les sourcils.

– Comment ça ?

Tom se rendit soudain compte de sa bévue : à l'évidence, il venait de franchir une ligne qu'il pensait disparue depuis longtemps. Ils étaient adultes, pourtant.

– Non, rien, éluda-t-il. Oublie.

– C'est pas possible. J'ai une très bonne mémoire.

– Benny avait un tempérament explosif, c'est tout ce que je voulais dire. Je me rappelle l'avoir vu un jour lancer une chaise à la tête d'un prof qui lui demandait s'il avait fait ses devoirs.

– Et donc, tu penses qu'il mérite d'être en taule ?

– Je ne sais rien des circonstances, répondit Tom en reculant d'un pas. Peut-être. Je ne sais pas. Non, probablement pas.

McDougal le dominait de toute sa taille. Les tendons de son cou saillaient et il se tenait les bras largement écartés, comme s'il portait des valises invisibles.

Tom sentit ses yeux s'écarquiller, ses narines palpiter et les coins de ses lèvres s'affaisser, comme s'il était une marionnette dont on aurait tiré les fils.

Hou hou, pensa-t-il.

– Putain, Tom, fit Steve avec un sourire mauvais. T'as gobé une mouche ou t'es toujours une bête de foire ?

Tom gardait de ses années de lycée une profonde cicatrice mal refermée dont McDougal venait de gratter la croûte. Il sentit ressurgir la honte, les complexes et la peur. La colère aussi, bouillonnante, aveuglante. Mais la peur l'emportait sur tout le reste. Depuis toujours. S'il en avait été autrement, il aurait peut-être réussi à affronter les Carnivores à l'époque. Il n'aurait peut-être pas capitulé devant eux.

Mais c'est ce qu'il avait fait autrefois. Et il allait le refaire.

– Désolé, Steve, dit-il d'une petite voix pitoyable. Benny est un brave type.

C'est pathétique.

– À la prochaine, Tic-Toc.

– C'est ça, répondit Tom. À la prochaine.

Il s'éloigna avec l'impression d'être insignifiant.

Une fois rentré, Tom se servit un grand verre d'eau qu'il avala en quatre longues gorgées. Il se sentait profondément ébranlé par cette rencontre impromptue avec Steve McDougal, comme s'il avait évité de justesse un accident de voiture.

Mais au moins, il avait placardé les affiches. Quelqu'un allait peut-être se rappeler quelque chose de crucial pour l'enquête et Tracie rentrerait chez elle saine et sauve. Ou pas. Il avait lu que les chances de retrouver vivant un enfant disparu diminuaient drastiquement au bout de vingt-quatre heures. Or l'adolescente manquait à l'appel depuis des semaines.

Bon, qu'allait-il faire maintenant ?

Une question de pure forme, bien sûr. La liste de Connie.

Il alla chercher la boîte à outils qu'elle lui avait offerte à Noël. Soit elle surestimait largement ses talents de bricoleur, soit il s'agissait d'un présent à valeur de vœu pieux. Sa version personnelle du cliché « Habille-toi pour le job que tu souhaites, pas pour celui que tu as » : achète un cadeau pour l'homme que tu veux, pas pour celui que tu as.

Il l'emporta dans la salle de bains à l'étage. C'était le robinet d'eau chaude qui fuyait. Tom chercha une clé anglaise, puis entreprit de le dévisser. Il n'avait jamais réparé de robinet, mais il espérait naïvement que le problème lui sauterait aux yeux une fois le mécanisme démonté et que la solution s'imposerait d'elle-même, comme s'il y avait quelque part un gros interrupteur marqué « Stop fuite ».

Tout en s'activant, il regardait par la fenêtre au dessus de la baignoire. Tout était tranquille dans l'épaisse forêt qui frangeait la clôture au fond du jardin. Certains jours, les arbres semblaient contenus par les habitations. Mais en cette fin de matinée, ils paraissaient prêts à déborder, à faire reculer palissades, pelouses et maisons pour prendre leur place.

De nombreux jeunes de l'âge de Tracie traversaient la Jungle pour couper au plus court. Le passage bétonné qui donnait dans Novak Street, où s'arrêtait le bus 781, leur permettait d'y accéder et de gagner quelques précieuses minutes en évitant un grand détour. Si Tracie avait fugué, il y avait de bonnes chances pour qu'elle ait emprunté cet itinéraire. Et si elle avait été enlevée, il était également fort possible que son ravisseur ait utilisé le bush à son avantage. Les lieux avaient-ils été correctement fouillés ?

Concentre-toi, Tom.

Il reporta son attention sur le robinet, sans parvenir à chasser Tracie de ses pensées.

Il avait du mal à tenir en place, c'était dans sa nature. Connie, elle, savait être là, tout simplement. Leurs fils aussi, pour autant qu'il puisse en juger. Mais pas lui. Il avait constamment l'esprit en ébullition. Peut-être serait-il bien avisé d'aller consulter un psy, comme le lui avait suggéré Keiran. Ou peut-être était-il juste réaliste. Après tout, la vie et le bonheur – les bonnes choses en général – sont éphémères. Rien ne dure. Et lui, il était toujours sur le qui-vive, toujours à guetter le canari dans la mine de peur d'un coup de grisou.

Mais là encore, n'était-ce pas son rôle de père ?

Tom consulta sa montre. Il était encore tôt. Quel mal pourrait-il y avoir à aller jeter un coup d'œil dans la Jungle ? Il serait revenu à temps pour réparer le robinet avant le retour de Connie. Dans l'intervalle, il trouverait peut-être un indice. Qui sait, il trouverait peut-être même un corps.

6

Tom souleva le loquet du portillon au fond du jardin. Un petit remblai s'élevait de l'autre côté, au pied duquel courait une rigole en ciment. Pendant les mois les plus froids, elle débordait souvent mais, ce jour-là, elle ne contenait qu'un filet d'eau brunâtre. Tom l'enjamba après s'être assuré d'un rapide coup d'œil qu'il n'y avait pas de serpents dans les hautes herbes de l'autre côté.

On signalait tous les ans la présence de reptiles dans la Jungle. L'été précédent, Carlo Freeman avait même juré avoir vu un serpent-tigre. Était-ce ce qui était arrivé à Tracie ? Peut-être avait-elle été mordue par un serpent brun, un noir à ventre rouge ou même un serpent-tigre alors qu'elle se promenait dans la forêt. Auquel cas, il était tout à fait possible qu'elle ait perdu connaissance et qu'elle soit morte avant d'avoir pu alerter les secours… Tom imagina la frêle adolescente chutant tête la première, puis disparaissant dans les fourrés à l'insu de tous, tandis que le soleil se couchait et se levait, jour après jour.

Parvenu au sommet du talus, il se retrouva au départ de quelques-uns des nombreux sentiers qui sinuaient à travers le sous-bois. Pour la plupart étroits, ils se croisaient par endroits et obligeaient le promeneur à passer sous des branches basses et par-dessus des troncs d'arbres morts. Il en choisit un au hasard et s'y engagea. Il faisait frais à l'ombre, sous les frondaisons. La forêt résonnait de bourdonnements d'insectes, de chants d'oiseaux et de coassements.

Tom avança prudemment, guettant d'éventuels serpents et autres dangers potentiels. Mais à part un vieux magazine porno tout déchiré, un pneu de camion transformé en brasero et une espèce de cabane de fortune, fabriquée à l'aide de branches mortes et d'une vieille couverture, il ne remarqua rien d'inhabituel.

Entourée de propriétés privées, la Jungle, officiellement dénommée « lot C » au cadastre, offrait un accès privilégié à une grande réserve naturelle – le terrain de jeu idéal pour les enfants, qui pouvaient l'explorer tout à loisir. À une certaine époque, il y avait eu plusieurs étendues sauvages du même genre à Camp Hill, mais il ne restait plus que celle-ci. Les autres avaient été déboisées et construites. La Jungle finirait par connaître un sort semblable, Tom en était certain.

Tout est éphémère.

Alors qu'il marchait, il songea à Tracie et se sentit aussitôt assailli par la culpabilité. Il avait honte d'en savoir si peu à son sujet. Il se la remémora telle qu'elle était lors de leur dernière rencontre : jolie sans plus dans l'uniforme terne du lycée catholique de Camp Hill, baignée par la lumière poussiéreuse de l'après-midi qui entrait par la fenêtre de la salle de classe. Penserait-il seulement à elle si elle n'avait pas disparu ? Combien de temps s'écoulerait-il avant que son souvenir s'efface ?

Le chemin qu'il suivait le conduisit jusqu'à l'arrière des résidences dans Bright Street. Le remblai de ce côté était plus escarpé. Du sommet, Tom voyait l'intérieur des habitations : chambres, salles de bains, cuisines et salons. Ici, des jumeaux regardaient des dessins animés à la télé. Là, une blonde passait l'aspirateur pour enlever les aiguilles tombées autour du sapin de Noël. Plus loin, un quinquagénaire faisait la sieste en slip kangourou, un masque de sommeil sur les yeux.

C'était facile de s'immiscer ainsi dans la vie des gens, se dit Tom. Et sans doute encore plus facile la nuit, sous le couvert de l'obscurité, quand les pièces étaient éclairées. Lorsque Connie et lui avaient acheté leur maison dans Keel Street, ils avaient été séduits par la proximité de cette réserve naturelle, qui faisait de leur jardin un lieu intime, protégé des regards. À présent, il ne pensait plus qu'à ce qui se cachait peut-être dans le bush.

Il avisa un peu plus loin un autre sentier qui lui permettrait de retraverser les entrailles de la Jungle pour rentrer chez lui. Jusque-là, il n'avait pas découvert le moindre indice. Et pas de corps non plus, ce qui était sans doute aussi bi…

– Merde !

Son pied gauche venait de heurter quelque chose de dur. Il trébucha, chercha en vain à rétablir son équilibre et tomba à genoux dans l'herbe. Il se retourna, pour découvrir une vieille boîte à café en métal, à moitié remplie d'eau croupie et de mégots. Il l'avait renversée en tapant dedans, et une partie des filtres avaient volé par-dessus le remblai pour atterrir dans la rigole en contrebas, où ils évoquaient des petits bateaux orange sur l'eau brunâtre. Il y en avait des dizaines.

Tom se remit debout, puis les examina. Ils étaient tous de la même marque : Sterling Red. Il le savait, parce qu'il avait reconnu le minuscule « S » rose au-dessus des filtres. Quiconque avait fumé ces cigarettes était à l'évidence resté longtemps au même endroit. Tom regarda autour de lui. Il se trouvait en surplomb d'une grande maison cubique d'un étage. De son poste d'observation, il avait une vue dégagée, plongeante, sur une vaste chambre à coucher.

Pour autant qu'il puisse en juger, la pièce était propre et ordonnée. Au-dessus du lit était accrochée une grande sérigraphie de Jack Kerouac, d'apparence artisanale. Une imposante bibliothèque, dont les rayonnages pleins à craquer montaient jusqu'au plafond, occupait une bonne partie de l'espace. Il s'agissait sûrement de la chambre de Tracie, songea Tom. Steve McDougal aurait sans doute qualifié l'adolescente de « rat de bibliothèque », sans se douter que l'expression ravissait lesdits rats de bibliothèque. Tom le savait par expérience.

Une branche morte craqua soudain derrière lui, et il tourna la tête en direction du bruit. Une petite femme s'était arrêtée sur le sentier pour l'observer. Elle portait une ample veste en laine, un choix vestimentaire plutôt étonnant compte tenu de la chaleur.

– Bonjour, monsieur Witter, dit-elle.

– Excusez-moi, on s'est déjà rencontrés ?

– Une fois, oui. À une réunion parents-professeurs.

Tom la regarda plus attentivement. Ses cheveux bruns, ses grands yeux et la forme de son visage lui paraissaient familiers. Il avait l'impression de voir une version plus âgée, plus fatiguée aussi, de Tracie Reed.

– Vous êtes la mère de Tracie, n'est-ce pas ?

– Exact. Bon, vous voulez bien me dire ce que vous faites à rôder comme ça dans les fourrés derrière chez moi ?

– Je n'étais pas en train de « rôder », madame Reed.

– C'est pourtant l'impression que ça donnait…

Elle n'avait pas tort. Tom prit une profonde inspiration. Il aurait pu répondre qu'il était sorti se promener et poursuivre son chemin, mais il opta pour la vérité :

– Je suis au courant, pour Tracie. Je suis juste venu voir si je pouvais me rendre utile.

– Pourquoi ?

Bonne question, à laquelle la réponse la plus courte était :

– J'ai moi aussi des enfants.

Elle le considéra encore quelques secondes, l'air fermé, puis son expression s'adoucit.

– Vous voulez entrer un moment, monsieur Witter ?

– Appelez-moi Tom.

La maison de Nancy Reed était peinte dans différentes nuances de vert, ce dont Tom se rendit compte au bout de quelques secondes seulement, car tous les stores étaient baissés et la plupart des lampes éteintes. Lorsque ses yeux se furent accoutumés à la pénombre ambiante, il découvrit un foyer encombré et chaotique : traces de pas boueuses dans le vestibule, une pile de lettres non décachetées sur une console, un évier rempli de vaisselle sale…

– Attention où vous mettez les pieds, l'avertit Nancy.

Elle lui montra un petit tas d'éclats de verre par terre. Ils avaient été rassemblés d'un coup de balai puis abandonnés sur place. On aurait dit une minuscule scène de crime. Sur le mur au-dessus des débris, Tom vit un crochet qui avait dû servir à suspendre un cadre. Il songea à demander à Nancy ce qui s'était passé, avant de se raviser par crainte de se montrer indiscret.

Nancy lui indiqua un fauteuil à oreilles dans le salon, puis entra dans la cuisine adjacente pour mettre la bouilloire à chauffer. Elle se déplaçait comme un zombie. Ses yeux étaient rouges et gonflés, ses lèvres desséchées et gercées. Tom nota également, tout en s'efforçant de ne pas regarder, qu'elle n'avait pas mis de soutien-gorge.

– Vous portiez la barbe à une époque, non ? lança-t-elle.

– Ma femme m'a obligé à la raser, répondit Tom. Elle disait que ça me donnait l'air prétentieux.

Nancy sourit. Une ombre de sourire, triste, fantomatique.

– Tracie me répétait tout le temps que vous étiez drôle, monsieur Witter. Elle vous aimait bien. En fait, vous étiez même un de ses profs préférés, avec cette femme qui enseigne les arts graphiques, Mlle…

– Millership.

– Ah oui.

– Ça fait toujours plaisir à entendre.

– Vous lui avez accordé de l'attention. Je crois que c'est pour ça. C'est peut-être bête à dire, mais il n'y avait pas beaucoup de gens qui s'intéressaient à elle.

Au moment où Tom, embarrassé, baissait les yeux vers ses doigts, il remarqua sur la table basse un petit autel dédié à Tracie : des fleurs séchées avaient été disposées en cercle autour d'une photo d'elle encadrée, prise au bord de la mer quand elle devait avoir onze ou douze ans. Dans l'eau jusqu'aux genoux, elle souriait à l'objectif en montrant une étoile de mer d'un bel orange vif sur un rocher. L'image dégageait quelque chose d'à la fois désespéré et désespérant, et Tom se sentit gagné par une profonde tristesse.

Une poupée de chiffon hideuse était posée à côté, ainsi qu'un Walkman dans un sachet en plastique transparent. L'inscription TCM-100B figurait sur le côté de l'appareil.

– J'ai trouvé ce Walkman dans la Jungle après la disparition de Tracie, expliqua Nancy, qui avait suivi la direction de son regard. Je l'ai mis dans un sac, parce que je me disais que la police voudrait peut-être relever les empreintes dessus, mais ils n'ont même pas pris cette peine. Ils ont juste envoyé deux agents fouiller les buissons à proximité de l'endroit où je l'avais découvert. Ils sont restés là-bas seize minutes en tout et pour tout. Je les ai chronométrés. Seize minutes, monsieur Witter.

Tom saisit le Walkman et, machinalement, chercha le titre de la cassette à l'intérieur. C'était *Shadows and Light*, de Joni Mitchell.

– Tracie me l'a emprunté, dit Nancy. J'adorais cet album. Mais je me demande si je pourrai encore l'écouter sans repenser à la nuit où elle a été enlevée.

Enlevée ?

– Vous voulez un thé ? proposa-t-elle.

Tom hocha la tête. Pendant que Nancy allait le préparer, il se remémora sa dernière conversation avec Tracie.

– Monsieur Witter ? Je peux vous parler une minute ?

C'était en novembre. Le dernier jour de lycée pour les terminale, qui s'arrêtaient plus tôt que les autres élèves parce qu'ils devaient réviser en prévision de leurs examens. Tom était resté après les cours afin de commencer les évaluations. Assis à un bureau dans la classe vide, il essayait de se concentrer quand Tracie Reed avait frappé à la porte.

– Il est seize heures passées, avait-il observé. Qu'est-ce que tu fais encore là ?

– J'ai vu votre Sigma sur le parking et je voulais vous dire au revoir.

L'uniforme de l'établissement, gris et bordeaux terne, n'avait rien de flatteur, mais Tracie le portait bien.

– Alors, prête pour la fac l'année prochaine ? avait-il demandé.

– Oui, avait-elle répondu à voix basse, presque à contre-cœur. Je vais faire des études de journalisme.

– Ça n'a pas l'air de t'enchanter.

– Si, si. J'ai toujours su que c'était ce que je voulais faire mais, je sais pas, ça m'effraie un peu aussi. Quitter le lycée pour de bon, ce n'est pas rien, hein ?

Tom avait posé son stylo.

– Comment ça ?

– J'ai passé six ans à rêver que je me barrais de ce bahut, et maintenant que le moment est enfin arrivé, je n'ai plus envie de partir.

Ces mots n'évoquaient rien de familier chez Tom. Son dernier jour de lycée, il était rentré chez lui en courant, sans un regard en arrière. S'il pensait souvent à ces années-là, il n'en avait pas la nostalgie.

– On doit tous prendre son envol un jour, avait-il dit. Tout est éphémère.

– « Tout est éphémère » ? avait-elle répété. C'est le truc le plus déprimant que j'aie jamais entendu, monsieur Witter !

Il avait éclaté de rire.

– Au point où on est, autant que tu m'appelles Tom, non ?

Elle lui avait adressé un semblant de sourire.

– OK, *Tom*. Mais ça me fait bizarre.

Après un instant d'hésitation, elle avait déclaré :

– J'ai beaucoup aimé vos cours. Franchement, *Des souris et des hommes*, c'est un bouquin génial, même si j'ai envie de pleurer chaque fois que je pense à Lennie. Ah, et au fait, j'ai enfin terminé *Abattoir 5*. Ça m'a bien plu. Enfin, je crois... C'est la première fois que je lis un truc pareil. Toute cette partie où il est dans un zoo intergalactique avec la star du porno... Non mais sérieux, c'est quoi ce délire ?

Tom s'était de nouveau esclaffé.

Une semaine plus tôt, à la fin de leur dernier cours, Tracie lui avait demandé des conseils de lecture. De mémoire, le seul élève à avoir un jour demandé des conseils de lecture à un prof, c'était lui, au même âge qu'elle.

– Et qu'est-ce que tu as pensé des *Nouvelles* dc Salinger ? l'avait-il questionnée. *L'Attrape-cœurs* est le plus connu de ses ouvrages, mais pour moi, ce recueil est tout aussi profond.

Elle avait hoché la tête.

– En fait, je n'ai pas trop aimé la première nouvelle, « Un jour rêvé pour le poisson-banane ». Ce type passe une super journée, genre la journée parfaite, et après, il rentre dans sa chambre d'hôtel pour se suicider ?

– Il est plutôt déboussolé, hein ?

– Ça, c'est sûr. N'empêche, ça me dépasse. Pourquoi est-ce que Seymour se tue à la fin ?

– Relis ce texte dans dix ou vingt ans, avait-il répondu. Tu comprendras mieux.

Lorsque Nancy apporta le thé, Tom émergea brusquement de ses souvenirs, avec l'impression de quitter un intérieur douillet pour affronter un vent déchaîné.

– Qu'est-ce qui s'est passé ? demanda-t-il.

Nancy regarda la photo sur la table basse et prit la parole. Elle s'exprimait d'un ton calme, neutre, dénué d'émotion. Tom en déduisit qu'elle avait déjà raconté cette histoire à d'innombrables reprises, à voix haute et dans sa tête.

– Elle était rentrée tard la veille. Elle était allée au cinéma ce soir-là et elle devait dormir chez une de ses copines. Cassie Clarke, vous la connaissez peut-être, c'est une élève de votre établissement.

– Je ne l'ai pas en cours, mais je vois de qui il s'agit, oui.

– Tracie n'est pas restée chez son amie, elle est revenue à la maison vers onze heures du soir. Elle était comme d'habitude. Mais peut-être que ce n'était qu'une façade… Avec le recul, je me dis que j'ai sûrement raté quelque chose. Des détails qui pourraient paraître banals en temps normal me semblent aujourd'hui chargés de sens.

– Comme quoi, par exemple ?

– Elle s'était teint les cheveux en blond. Blond platine, plus précisément.

Elle dut deviner la perplexité de Tom, car elle ajouta :

– Vous n'avez pas de filles, je suppose.

– Non, j'ai deux garçons.

– Quand une fille – n'importe quelle femme, à vrai dire – décide de changer de tête de manière aussi radicale et spectaculaire, c'est en général révélateur d'un bouleversement dans sa vie. Une rupture, par exemple.

– C'est ce qui serait arrivé à Tracie, d'après vous ?

Elle haussa les épaules.

– Je n'ai pas la moindre idée de ce qui lui est arrivé, monsieur Witter. Tout ce que je sais, c'est que quand je me suis réveillée le lendemain matin, elle n'était plus là.

Tout en parlant, elle se mordillait nerveusement l'ongle du petit doigt.

– J'ai appelé Cassie, les grands-parents de Tracie, son père… Personne ne l'avait vue. Alors j'ai prévenu la police, et à partir de là tout s'est écroulé.

Nancy prit la poupée de chiffon et l'approcha de son nez.

– Les flics pensent qu'elle a fugué, parce que son père et moi sommes en plein divorce. Mais c'est justement pour ça que moi, je n'y crois pas. Tracie savait que j'avais besoin d'elle. Et que je ne pourrais pas survivre sans elle. Quelqu'un l'a enlevée, monsieur Witter. J'en suis sûre.

Tom fut saisi d'un frisson.

– Mais qui ? Et pourquoi ?

Elle glissa sa main libre dans la poche de son gilet, puis la ressortit poing fermé. Elle ouvrit les doigts, révélant une chaîne et un pendentif.

– J'ai trouvé ça sous son oreiller, déclara-t-elle. Ce n'est pas à elle. Tracie était allergique au nickel. Ce genre de bijou fantaisie lui donnait de l'eczéma. Peau sèche, rougeurs, inflammation… Je suis sûre que c'est un indice. Soit elle l'a placé là pour me transmettre un message, soit c'est une sorte de carte de visite. Les assassins et les kidnappeurs font parfois ça, vous savez. Ils laissent un objet derrière eux. Ça les excite.

Tom se représenta une femme en train de se noyer, se raccrochant désespérément à tout ce qui était à sa portée pour ne pas sombrer. L'image lui fendit le cœur.

– Vous avez informé la police de cette découverte ?

– Bien sûr. L'inspecteur chargé de l'enquête a feint de m'écouter, mais il attendait juste que je raccroche, je l'ai bien senti.

Elle tendit le pendentif à Tom, qui l'examina. Il représentait une étoile à cinq branches enfermée dans un cercle.

– Vous connaissez ce symbole ? demanda-t-elle.

– Non, mais il me dit quelque chose.

– C'est un pentagramme.

Nancy récupéra le bijou et le remit dans sa poche.

– Le pentagramme est aux satanistes ce que le crucifix est aux catholiques, ajouta-t-elle.

Tom fronça les sourcils.

– Les satanistes ? Vous voulez parler des adorateurs du diable ?

– Oh, je sais, vous allez penser que je suis bonne pour l'asile. Mais durant les semaines qui ont précédé sa disparition, ma fille a été suivie. C'est elle qui me l'a raconté. Ou du moins, elle a essayé. Ce soir-là, au cinéma, elle a eu l'impression qu'on l'observait. Moi, je lui ai dit qu'elle se faisait des idées, que son imagination lui jouait des tours. Son amie Cassie était du même avis que moi. Elles avaient passé la soirée ensemble, et Cassie m'a affirmé qu'elle n'avait rien remarqué, mais j'aurais dû croire ma fille. Il y a beaucoup d'hommes malfaisants en ce monde et, pour autant que je puisse en juger, ils veulent tous la même chose.

Elle se leva, s'approcha de la fenêtre, écarta le rideau et cilla, éblouie par le soleil de cette fin de matinée.

– Une fille aussi jolie que Tracie constitue une cible pour les pervers, les satanistes, les prédateurs sexuels…

Elle s'interrompit un instant, se raidit et joignit les mains. Elle tenait toujours la poupée de chiffon.

– Et même les profs, ajouta-t-elle.

– Pardon ?

– Entre nous, vous m'avez l'air de quelqu'un de respectable, monsieur Witter. Mais de parent à parent, je suis sûre que vous comprendrez pourquoi je les ai appelés.

Tom entendit une voiture s'arrêter dehors. De toute évidence, Nancy l'avait délibérément retenu chez elle.

– Qui ? demanda-t-il. Qui avez-vous appelé ?

7

L'inspectrice Sharon Guffey gravit une première volée de marches métalliques branlantes, puis une seconde. L'adresse qu'on lui avait donnée était celle d'un appartement situé au deuxième étage d'un immeuble à Frankston. L'ascension lui coupa le souffle. Elle se dit que c'était à cause de la chaleur, mais elle se doutait bien que les kilos pris à Noël y étaient aussi pour quelque chose.

Parvenue au deuxième, elle traversa un espace étroit, occupé par une machine à laver et un sèche-linge communs aux habitants de l'étage. L'appartement de Graham Engstrom se trouvait de l'autre côté, à l'extrémité d'une courte galerie. Des mouches bourdonnaient près de la porte d'entrée. Sharon mit ses mains en coupe autour de son visage et se pencha vers une vitre crasseuse pour jeter un coup d'œil à l'intérieur. Elle découvrit un studio encombré, des piles de vaisselle sale, des bouteilles vides et un bong en verre à la forme alambiquée.

Il y avait deux hommes dans la pièce, tous deux torse nu et âgés d'une vingtaine d'années. L'un d'eux regardait l'autre jouer à un jeu vidéo. Sharon se concentra sur la console. C'était une Sega Master System toute neuve. Bon. Ce serait encore plus facile qu'elle ne l'avait imaginé.

Elle s'écarta de la fenêtre, se redressa de toute sa haute taille puis frappa à la porte. L'un des deux jeunes vint lui ouvrir. Maigre, la clavicule saillant sur sa poitrine brûlée par le soleil, il puait l'herbe à plein nez. Il tendit le cou pour pouvoir fixer Sharon dans les yeux.

– Ouais, quoi ? demanda-t-il.

– Vous êtes Graham Engstrom ?

– Nan.

– Est-ce que Graham Engstrom est là ?

– Ouais.

Sharon soupira.

– Vous voulez bien aller le chercher, s'il vous plaît ?

Son interlocuteur la gratifia d'un petit sourire fourbe, avant de lancer par-dessus son épaule :

– C'est pour toi, mec.

Il rentra dans l'appartement tandis que son copain interrompait son jeu et venait à la porte. Non seulement Graham Engstrom était bâti comme une armoire à glace, constata Sharon, mais il semblait aussi menaçant que ces horribles pare-buffles installés à l'avant de certains 4 × 4. Il avait les yeux injectés de sang. De toute évidence, il était stone.

– Graham Engstrom ? s'enquit Sharon.

Il hocha la tête.

– Vous êtes qui ?

– Inspectrice Guffey, de la police de Frankston.

Elle lui montra sa plaque.

– Il y a eu un cambriolage le matin de Noël dans l'un des appartements du dessous. Une console de jeux a été volée. Une Sega Master System. Ça vous dit quelque chose ?

– C'est pas moi, répondit Engstrom.

– On vous a vu sortir par une fenêtre avec la console sous le bras, monsieur Engstrom.

– C'est parole contre parole, rétorqua celui-ci sans ciller.

– En fait, vous avez été vu par plusieurs de vos voisins, l'informa Sharon. Sept au total. Donc, c'est votre parole contre la leur. Je me dois également de vous informer que la Sega en question se trouve dans mon champ de vision en ce moment même. Vous me facilitez beaucoup la tâche, monsieur Engstrom.

– C'est la mienne.

– Vous avez la facture ?

– C'était un cadeau.

– Bien. Dans ce cas, vous serez d'accord pour aller faire une déposition en bonne et due forme au poste ?

Elle n'attendit pas la réponse pour ajouter :

– Habillez-vous, je vais vous y conduire en voiture.

Engstrom ne bougea pas.

– Y a que vous ici ? questionna-t-il.

Sharon avait enfreint toutes les consignes de sécurité en décidant de procéder seule à une interpellation de ce genre. En principe, elle aurait dû attendre l'arrivée de deux agents subalternes, mais elle n'avait pas pu se résoudre à patienter par une telle chaleur.

– Oui, répondit-elle.

Si Engstrom et elle faisaient à peu près la même taille, il était nettement plus costaud. Il avança d'un pas.

– Et vous croyez que vous allez pouvoir m'y traîner de force ?

– J'espérais un peu que vous sortiriez d'ici sur vos deux jambes, répliqua Sharon sans se démonter. Mais la réponse est oui. Si on doit en arriver là.

Il pinça les lèvres, puis sa mâchoire se crispa.

– Sérieux ? Vous pensez vraiment que ça vaut le coup de faire tout ce foin pour une putain de console ?

– De vous à moi, sans doute pas.

Engstrom lui décocha son sourire le plus éblouissant.

– C'est ce que je pensais aussi, dit-il.

Sans la quitter des yeux, il se gratta l'entrejambe.

Sharon l'attrapa par l'oreille et le cloua au sol.

Au poste de police de Frankston, tout était peint en différentes nuances de brun : la façade, la salle d'attente, les chaises, les cloisons et même les taches d'humidité au plafond. Sharon était convaincue que chaque teinte avait un nom : noyer, café, cannelle, tortilla, acajou… merde. On avait même l'impression – et c'était impossible, bien sûr – que les locaux sentaient le brun.

Ils étaient théoriquement équipés de la climatisation, mais elle était cassée ou en panne. Sharon n'eut qu'à parcourir les quelques mètres séparant la porte d'entrée de son bureau pour avoir le front couvert de sueur. Une bonne surprise l'attendait cependant sur sa table de travail, sous la forme d'une bouteille de Johnnie Walker avec un petit ruban rouge noué autour du goulot. Elle s'accompagnait d'une carte sur laquelle étaient écrits les mots « Joyeux Noël, Papa ». Le « Papa » avait été barré et remplacé par « Guffey ».

– Bon, pour être tout à fait honnête, et dans l'intérêt d'une transparence totale, ceci est un pot-de-vin.

La remarque émanait de l'inspecteur James Rambaldini, assis quelques bureaux plus loin, vêtu de ce sempiternel ensemble chemisette-cravate jaune moutarde qui ne l'avantageait pas.

Dans le service, il était surnommé Rambi, Rambo, Jimbo et Rambles, mais Sharon préférait faire simple.

– Qu'est-ce que tu veux, Jim ?

L'intéressé se leva puis s'approcha, mains dans les poches, bedaine en avant.

– J'aimerais que tu me rendes un service.

– Encore ?

– Un petit.

– OK.

– Mais il est possible que ça en devienne un grand.

– Jim ! Accouche.

– D'accord. Je pars passer cinq jours de vacances dans le Nord avec ma famille.

– Ne remue pas le couteau dans la plaie, OK ?

– Tu pourrais t'occuper d'une de mes affaires pendant mon absence ?

– Laquelle ?

– Une gamine de Camp Hill qui a disparu. Tracie Reed.

Sharon s'assit.

– La fugueuse ?

Jim hocha la tête.

– Pour être franc, ça m'aiderait d'avoir un regard neuf sur ce dossier.

– Pourquoi ? Il y a du nouveau ?

– Non, et je n'en peux plus de le répéter aux parents, justement. J'ai besoin d'un autre avis, à tout hasard. Ça t'embête ?

– Oui, ça m'embête, déclara Sharon, qui considéra le whisky. Mais bon, tu sais déjà que je ne peux pas dire non à M. Walker. Alors, où il est, ce dossier ?

Jim pointa l'index. La chemise cartonnée était sous la bouteille. Tandis que son collègue regagnait son bureau, Sharon commença à le lire.

Tracie Frances Reed, dix-sept ans, avait disparu de chez elle, dans Bright Street, à Camp Hill, dans la nuit du vendredi 8 au samedi 9 décembre 1989. Pour avoir été au lycée dans cette ville, Sharon en gardait des souvenirs pour le moins mitigés. À part l'été, quand affluait la foule des touristes, c'était une petite banlieue somnolente, au charme vieillot, trop petite et trop sûre pour avoir son propre poste de police, raison pour laquelle celui de Frankston avait hérité de l'affaire. Camp Hill n'était qu'à une courte distance en voiture mais aurait tout aussi bien pu se situer dans un autre pays.

À en croire ses parents, Tracie était une jeune fille brillante, discrète et équilibrée (restait à savoir ce que ce terme voulait dire). Elle n'aimait pas les sports collectifs mais pratiquait la natation et la course à pied. Ses résultats scolaires étaient bons, elle n'avait pas de casier judiciaire et pas de petit copain non plus.

Et elle doit chier des paillettes, songea Sharon.

Pour elle, les adolescentes étaient comme des coffrets cadenassés dont ni papa ni maman n'avaient la clé. Elle continua de feuilleter le rapport. Si Tracie n'avait ni frères ni sœurs, elle avait une meilleure amie : Cassie Clarke. D'après cette dernière, Tracie était gentille, attentionnée, et c'était la plus chouette des copines, bla bla bla, mais elle avait aussi tendance à tout dramatiser. Elle aimait être au centre de l'attention. Et elle avait déjà parlé de fuguer.

Intéressant, pensa Sharon. *Peut-être*. Elle poursuivit sa lecture.

Le soir en question, il n'y avait pas eu d'intrusion au domicile des Reed, pas de signe d'agression ni de lutte. Les portes étaient verrouillées et tout était resté en ordre dans la chambre de Tracie. Néanmoins, certaines de ses affaires avaient disparu : des vêtements, un sac à dos, un peu d'argent liquide. Autant d'éléments qui allaient dans le sens d'une fugue.

Trois semaines, cependant, ça commençait à faire long. Jim avait cherché du côté des hôpitaux et des foyers pour sans-abri. Sans résultat. Il avait aussi faxé la photo de Tracie à tous les postes de police de l'État. Les parents s'étaient adressés à un comité de surveillance de quartier pour solliciter l'aide des habitants. Mais jusque-là, rien. S'évanouir sans laisser de traces, ce n'était pas évident. À moins de bénéficier d'une complicité.

Sharon s'intéressa ensuite aux parents. La mère, femme au foyer, buvait. À en juger par les rapports de Jim, elle avait appelé presque tous les jours depuis la disparition de sa fille. La semaine précédente, elle avait exigé qu'une équipe de la police scientifique vienne relever les empreintes sur un vieux Walkman qu'elle prétendait avoir trouvé dans le bush derrière chez elle. Deux jours plus tôt, elle avait téléphoné en affirmant avoir repéré une empreinte de botte suspecte dans un massif de fleurs chez un voisin. La semaine d'avant, elle avait établi une liste de numéros d'immatriculation de véhicules suspects à ses yeux. Et la semaine d'encore avant, elle avait téléphoné au sujet d'un mystérieux collier qu'elle avait découvert dans la chambre de Tracie et qui était peut-être, d'après elle, en rapport avec le satanisme. Jim avait dessiné des petites cornes rouges et une queue fourchue autour du mot « satanisme ».

Le père travaillait comme enquêteur pour une compagnie d'assurances, un métier qui était sans doute aussi passionnant que son intitulé le laissait supposer, se dit Sharon. Les parents étaient en instance de divorce. Ça signifiait sûrement beaucoup de colère à la maison, de tensions, d'émotions à vif. Vraiment pas l'environnement idéal pour une ado. Au fond, elle comprenait que Tracie ait pu vouloir échapper à tout ça.

Le dossier contenait aussi plusieurs Polaroids. Sharon les disposa sur son bureau. L'un d'eux montrait un portillon fermé au fond d'un jardin donnant sur une réserve naturelle que les habitants surnommaient la Jungle. On voyait bien que le loquet n'avait pas été forcé. Il y avait également un cliché de la porte de derrière, et deux autres de la chambre de Tracie, pris à l'intérieur et à l'extérieur. La fenêtre était entrouverte, mais on ne pouvait rien en déduire. L'été était particulièrement chaud.

Sharon détailla la photo prise dans la pièce. Examina la haute bibliothèque bourrée de livres et la sérigraphie représentant un homme qu'elle ne reconnut pas. Les portes de la penderie, grandes ouvertes, lui révélèrent deux cintres vides et, sous une profusion de robes et de vestes, un sac de sport rose vif.

Ça, c'était bizarre.

D'après la mère – *comment s'appelait-elle, déjà ? Ah oui, Nancy* –, Tracie n'avait pas pris grand-chose, en plus de la tenue qu'elle portait sur elle : quelques sous-vêtements, deux ou trois T-shirts, de l'argent liquide. Elle avait tout fourré dans son sac à dos alors qu'elle aurait pu utiliser le sac de sport pour y ranger plus d'affaires. Pour Sharon, c'était révélateur : soit elle était partie rapidement et n'avait pas eu le temps de réfléchir à ce qu'elle allait emporter, soit elle ne prévoyait pas de s'absenter longtemps.

Ou peut-être que je cherche midi à quatorze heures, pensa Sharon. Jim souhaitait avoir son avis, mais était-ce bien nécessaire ? Il était tout à fait possible que Tracie ait fugué. Fin de l'histoire. Point à la ligne. Dossier boucl…

– Hé, Shaz ?

C'était l'agent Daniel Bradley-Shore, de permanence ce jour-là, un jeune homme d'une vingtaine d'années dont la coupe en brosse parfaitement rectangulaire le faisait ressembler à un personnage de Lego.

– Je t'ai déjà dit de ne pas m'appeler comme ça, Danny, riposta Sharon. Tu sais que je suis armée, pas vrai ?

– T'as pas vu Rambles ?

Le bureau de Jim était vide.

– Il était là il y a une minute, répondit Sharon. Pourquoi ? Qu'est-ce que tu lui voulais ?

– La mère de la gamine disparue vient encore d'appeler. Pour une histoire de rôdeur, ce coup-ci.

Vingt minutes plus tard, Sharon se garait devant une maison de banlieue trop grande dans une rue où il n'y avait que ça.

Une voiture de patrouille stationnait déjà dans l'allée des Reed. Sharon avait envoyé deux agents en éclaireurs, ce qui n'avait pas manqué d'attirer les curieux. Plusieurs voisins, postés derrière leurs fenêtres ou sur le pas de leur porte, observaient la scène. Sharon n'eut qu'à tourner la tête dans leur direction pour qu'ils se replient aussitôt chez eux, tels des cafards fuyant la lumière.

La porte d'entrée était ouverte. Une petite femme menue attendait à l'intérieur, les bras croisés. Elle plissa les yeux en découvrant Sharon.

– Où est l'inspecteur Rambaldini ? lança-t-elle.

– Il n'est pas disponible. Je suis sa collègue, l'inspectrice Sharon Guffey. Vous êtes Nancy Reed ?

– Je l'ai surpris en train de fouiner derrière la maison.

– Attendez, pas si vite. De qui parlez-vous, madame Reed ?

– Du rôdeur. Il était dans la Jungle, en train de nous espionner. Il regardait la chambre de Tracie.

– Et ce… rôdeur, répéta Sharon, résistant à l'envie de dessiner des guillemets dans l'air. Vous avez pu le voir ?

– Oui, bien sûr. Il est dans mon salon.

– Il est ici ? s'étonna Sharon.

– Je ne voulais pas qu'il s'en aille, expliqua Nancy. Alors après avoir appelé le poste, je lui ai proposé une tasse de thé pour l'occuper.

Ce disant, elle s'empourpra.

– Donc, vous avez invité un rôdeur à prendre le thé chez vous, récapitula Sharon. Ça ne me paraît pas très prudent, madame Reed.

Sharon jeta un coup d'œil derrière Nancy Reed et aperçut un homme d'une quarantaine d'années qui arpentait le salon. Il avait les joues rouges et l'air agité, mais il était plutôt séduisant. Elle se reprit aussitôt. En était-elle vraiment arrivée là ? À reluquer les délinquants tellement sa vie sentimentale était désespérante ?

Les deux agents en uniforme tentaient en vain de le calmer. Ce fut en remarquant ses clignements d'yeux incontrôlables – une sorte de tic facial – que Sharon le reconnut.

– Tom ?

8

Il fallut un moment à Tom pour se ressaisir. Trop de choses arrivaient en même temps, il était dépassé : alors que deux policiers lui demandaient de se calmer, des images d'arrestation, d'interrogatoire et d'incarcération arbitraire tournaient en boucle dans sa tête, lui donnant la nausée.

L'un des agents, un jeune aux yeux écarquillés et au menton couvert d'une barbe naissante, tendit une main vers lui et posa l'autre sur son arme.

– Veuillez rester où vous êtes, monsieur.

Tom ne s'était même pas rendu compte qu'il arpentait le salon. Il planta fermement ses pieds sur le tapis et prit une profonde inspiration en luttant pour maîtriser les muscles de son cou. Il essayait de trouver les mots justes pour expliquer sa présence quand une femme remarquablement grande entra dans la pièce. Il vit d'abord l'arme sur sa hanche, puis il regarda son visage.

– Sharon ?

L'expression de la nouvelle venue se ferma.

– Je préfère qu'on s'en tienne à inspectrice Guffey pour le moment.

– Vous vous connaissez ? s'enquit Nancy Reed.

– On était dans le même lycée, répondit Sharon.

Il y avait cependant eu plus que ça entre eux, songea Tom. À l'époque, Sharon avait été pour lui ce qui se rapprochait le plus d'une petite amie.

Il avait entendu parler d'elle au fil des années. Il savait qu'elle était flic et cela ne l'avait pas étonné d'apprendre que la fille d'une criminelle avait intégré les forces de l'ordre. Sharon avait cherché à se construire en opposition à ses parents. Comme tous les jeunes, sans doute, sauf qu'elle, elle avait toujours réussi à s'élever au-dessus de la mêlée.

S'il s'était parfois demandé quel effet ça lui ferait de la revoir, jamais il n'aurait pu imaginer que ce serait dans de telles circonstances.

Sharon Guffey… Elle était superbe. Dans ses yeux – ces mêmes planètes bleues qu'il aimait contempler autrefois – se lisait l'expression d'une sagesse nouvelle. Les années avaient gommé ses rondeurs, la rendant plus anguleuse, mais les rides et les cheveux gris lui allaient bien. Son assurance la rendait belle.

– C'est un… un malentendu, bredouilla-t-il. Je peux tout expliquer.

– Je vous en donnerai l'occasion, monsieur Witter. Mais d'abord, vous allez me suivre.

Monsieur Witter ?

Me suivre ?

Elle l'entraîna dehors.

Lorsqu'ils atteignirent sa voiture, un 4 × 4 noir, Sharon le fit monter à l'arrière avant de s'installer au volant.

– C'est vraiment nécessaire, Sharon ? lança-t-il, avant de rectifier : Inspectrice Guffey, je veux dire. Je répondrai à toutes tes questions, mais il faut réellement qu'on aille au poste ?

Elle esquissa un sourire.

– Laisse tomber l'inspectrice, c'était pour Mme Reed, déclara-t-elle d'une voix radoucie. Et non, on ne va pas au poste, imbécile. Je te ramène chez toi.

Le rythme cardiaque de Tom ralentit.

– Oh. D'accord.

Après avoir quitté Bright Street, Sharon se gara sur le bas-côté. Tom descendit du véhicule, essuya ses mains moites sur son jean, puis la rejoignit à l'avant. Il lui donna son adresse et ils repartirent, vitres baissées.

– Alors, raconte, reprit-elle. T'es marié ? T'as des gosses ?

– Oui et oui. Deux garçons.

– Bon sang, j'ai du mal à t'imaginer en père de famille ! Quand je pense à toi, je vois toujours l'ado maigrichon avec qui je traînais au bahut.

– Et toi ?

– Quoi, moi ?

– T'es mariée ? T'as des gosses ?

– Pas de gosses, non. J'ai tenté le mariage un moment, mais ça n'a pas été concluant.

Elle détacha son regard de la route pour lui jeter un bref coup d'œil.

– En tout cas, ça me fait plaisir de te voir, déclara-t-elle. Vraiment. Je vais te dire, si je suis allée à cette réunion des anciens élèves, pour les vingt ans de notre promo, c'est uniquement parce que je pensais t'y croiser.

Tom sentit ses joues s'empourprer.

– Et moi, si je n'y ai pas mis les pieds, c'est parce que j'étais sûr que tu n'irais pas. Et aussi parce que j'avais peur que Steve McDougal me flanque une raclée mémorable en souvenir du bon vieux temps.

– J'aurais pu l'arrêter.

– J'aurais bien voulu voir ça…

– Alors, qu'est-ce que tu fabriquais à rôder derrière la maison d'une gamine disparue ?

– C'était une de mes élèves.

– T'es prof ?

– Oui, m'dame.

– Dans quel lycée ?

– Tu vas rire…

– Pas celui de Camp Hill, quand même…

– Je plaide coupable.

Sharon éclata de rire.

– Et voilà, qu'est ce que je te disais ! s'exclama-t-il. Bref, pour ce qui est de Tracie, je crois que je voulais me rendre utile, tu comprends ? Et la Jungle me paraissait un bon point de départ pour mes investigations. Je n'avais pas l'intention d'effrayer sa mère, évidemment… Où en est l'enquête ?

– L'enquête, c'est un bien grand mot, répondit Sharon. La gamine a fugué. Ses parents sont en train de divorcer, ça ne devait pas être facile pour elle. Elle rentrera quand elle en aura marre.

Elle hésita un instant avant d'ajouter :

– Si elle est toujours en vie, s'entend.

– Pourquoi dis-tu ça ?

– Le plus souvent, les filles fuguent parce qu'elles ont des pensées suicidaires. Toi qui la connaissais, tu crois que c'était le cas ?

– Je ne sais pas, avoua Tom. Est-ce qu'on parvient jamais à cerner un ado ?

Il laissa pendre son bras de l'autre côté de la vitre. L'air était chaud et sec. Tout était tranquille dans le quartier.

– Donc, pour toi, elle n'a pas été enlevée par des adorateurs du diable ? demanda-t-il.

Sharon laissa échapper un petit rire.

– Nancy Reed t'a montré le collier, c'est ça ?

– Exact.

– On ne peut pas lui en vouloir de s'affoler pour un rien. Elle vit le pire cauchemar auquel un parent puisse être confronté. Et même si ça peut paraître étrange, il est parfois plus facile d'imaginer que son gosse a été kidnappé que d'envisager un départ volontaire. Mais il y avait des cintres vides dans la penderie de Tracie, et elle a emporté son sac à dos ainsi qu'un peu d'argent liquide. Pour moi, elle ne supportait plus ce qui se passait chez elle, c'est tout. Satan n'a rien à voir là-dedans.

Tom ne put retenir un sourire. Sharon avait toujours été terre à terre.

– N'empêche, reprit-il, certains de ces gamins sont vraiment attirés par des trucs glauques. Tiens, l'année dernière, quelqu'un a déposé une tête de cochon devant la salle des profs.

– Beurk…

– Comme tu dis. Et on lui avait gravé une croix inversée entre les yeux.

– Vous avez appelé les flics ?

– Oui, mais ça n'a rien donné. À mon avis, des cancres avaient dû voler cette tête dans une boucherie un jour où ils étaient d'humeur à faire des conneries. L'affaire en est restée là.

Ils s'engagèrent dans Keel Street, où Irene Borschmann promenait une nouvelle fois ses chiens. Elle tourna la tête vers le 4 × 4 et leva une main en guise de salut avant même d'avoir vu qui se trouvait à l'intérieur. Un peu plus loin, Bill Davis, seulement vêtu d'un bermuda de couleur vive, arrosait sa pelouse, une cigarette à la bouche.

Tom indiqua sa maison à Sharon, qui se gara devant mais laissa le moteur tourner.

– Alors c'est là ? lança-t-elle. Ton petit coin de banlieue bien à toi.

– Embarrassant, hein ?

– Surprenant, plutôt.

Elle lui sourit.

– Bon, appelle-moi un de ces quatre si tu as envie d'évoquer le bon vieux temps.

Il sentit une onde de chaleur se diffuser dans son ventre, réveillant ce désir de flirter, de jouer avec les « et si », qui s'empare parfois des hommes mariés. Des femmes mariées aussi, sans doute.

– Et si tu venais dîner à la maison ce soir ? proposa-t-il. Vers dix-neuf heures, ça te va ? Je te présenterai ma famille. Comme ça, tu auras la preuve que je ne les ai pas inventés. Sauf si tu as d'autres projets, bien sûr.

– J'apporte le vin, déclara-t-elle.

Du vestibule, Tom entendit des voix à l'étage – celles de Keiran et de son meilleur copain Ricky, manifestement. Leur intonation et leur débit précipité firent se dresser ses antennes paternelles. Que manigançaient-ils ?

Il gravit l'escalier sans bruit, puis se dirigea vers la chambre de Keiran. La main sur la poignée de la porte, il marqua une pause et renifla. L'odeur à la fois douceâtre et âcre de la puberté masculine flottait dans l'air, mêlée à celle de…

La fumée ?

Il ouvrit la porte en grand et s'engouffra dans la pièce. Keiran et Ricky étaient accroupis sous la fenêtre ouverte, de chaque côté d'un seau métallique dans lequel ils avaient allumé un petit feu.

– Qu'est-ce que vous fabriquez, tous les deux ?

– Oh, bonjour, monsieur Witter, répondit Ricky. On savait pas que vous étiez là.

Ricky était un adolescent solidement charpenté, issu d'une lignée d'adultes qui l'étaient tout autant. En cet instant, il s'efforçait d'avoir l'air normal, mais ses joues étaient rouge vif et il ouvrait des yeux grands comme des soucoupes.

– On t'a jamais dit qu'il fallait frapper avant d'entrer ? attaqua Keiran.

– Oh non, pas de ça, riposta Tom. Qu'est-ce que vous faites brûler ?

Keiran tenta en vain de dissimuler l'objet du délit. Tom le rejoignit en trois enjambées, saisit le seau et l'emporta dans la salle de bains. Après l'avoir posé dans la baignoire, il l'arrosa d'eau froide. Les flammes s'éteignirent en grésillant et un filet de fumée s'éleva vers la bouche d'aération.

Tout en le dissipant de la main, Tom regarda à l'intérieur du seau. Il contenait de petits morceaux de carton noir à moitié carbonisés, sur lesquels apparaissaient des lettres et des chiffres. Il se pencha pour mieux voir et distingua les mots « oui », « non » et, en grandes lettres dorées : « Ouija ».

Une planche de spiritisme.

– Vous pouvez m'expliquer ? lança-t-il.

Keiran se tenait dans l'embrasure, les épaules basses, les yeux fixés sur ses pieds.

– Je pensais pas que tu reviendrais si tôt, marmonna-t-il.

– J'aimerais que tu répondes à ma question, Keiran.

Celui-ci regarda Ricky, qui fit non de la tête.

– Rentre chez toi, Ricky, ordonna Tom.

L'adolescent obtempéra.

– Et, Ricky ?

– Oui ?

– Ne coupe pas par la Jungle, d'accord ? Passe par la route, même si c'est plus long.

Ricky opina du chef, puis descendit l'escalier.

Tom s'assit sur le rebord de la baignoire.

– Fais pas cette tête, papa, dit Keiran.

– Quelle tête ?

– Celle que tu fais quand tu vas te mettre en colère.

Tom poussa un profond soupir.

– Bon, écoute, on a un peu déconné avec le ouija l'autre jour, expliqua Keiran. Et il s'est passé un truc plutôt craignos. Ou peut-être pas. À vrai dire, je sais pas trop, c'était peut-être rien. Ouais, sûrement. Mais on a préféré pas courir de risques, au cas où. C'est pour ça qu'on voulait s'en débarrasser.

– OK, recommence depuis le début.

Keiran baissa l'abattant des W.C. et s'y assit.

– Je te préviens, papa, ça va pas te plaire.

– Mais faute avouée…

Silence. Un petit hochement de tête réticent.

– Un soir, y a quelques semaines, j'ai fait le mur.

Tom tressaillit mais parvint à garder son calme.

– Pour aller où ?

– Dans la Jungle.

– Pourquoi ?

– Ricky avait reçu une planche de ouija pour son anniversaire et il avait envie de l'essayer. La règle dit que, pour ça, il faut un endroit tranquille, sombre et… ben, flippant, quoi. La Jungle, c'est tout ça à la fois. On a trouvé une petite clairière super lugubre. Ce soir-là, en plus, c'était la pleine lune. On avait prévu de communiquer avec des fantômes célèbres, tu vois ? Comme Jim Morrison, Jimi Hendrix, Harold Holt…

– Harold Holt ?

– C'est bien le Premier ministre qui s'est noyé ?

– Oui, oui, je suis juste étonné que tu en aies entendu parler, dit Tom. Bref, qu'est-ce qui s'est passé après ?

– On a suivi les instructions et appelé les esprits, mais personne nous a répondu. Il s'est rien passé du tout, le verre a même pas bougé. Alors on a voulu tenter un autre truc.

Keiran garda le silence quelques secondes.

– On a invoqué le diable.

Tom ne croyait pas un seul instant à la possibilité de dialoguer avec les défunts à l'aide d'un verre et d'un morceau de carton. Et encore moins à celle de faire apparaître Satan. Mais le visage de son fils exprimait une peur bien réelle. Alors, résistant à l'envie de le taquiner, il demanda :

– Est-ce que je devrais m'inquiéter pour toi ?

– C'est pas moi qui ai eu l'idée.

– Donc, c'est Ricky qui t'a influencé.

– Non, c'est pas lui non plus.

Tom se pencha en avant.

– Alors qui ?

Silence.

– Keiran ?

– Sean.

– Sean Fryman ? Le fils de la voisine ?

Le garçon aux goûts encore plus macabres que ses tenues.

– T'es copain avec lui ? s'étonna Tom.

– Sean a pas de copains, mais il a toujours été sympa avec moi, vu qu'il traînait avec Marty et tout. On lui a posé des questions sur le ouija parce qu'on savait qu'il est à fond dans tous ces trucs.

– Quels trucs ?

– La sorcellerie, les séances de spiritisme, Aleister Crowley, l'occulte. Tout le monde est au courant. À Camp Hill, Sean est… Comment on dit quand quelqu'un est célèbre, mais pas pour quelque chose de bien ?

– Il n'y a pas de mot précis. Ou alors, « tristement célèbre ».

– Ah bon ?

– Tu peux me croire, je suis prof. Bon, vas-y, raconte-moi la suite.

– On voulait juste rigoler un peu, tu comprends ? Alors on a allumé des bougies, dessiné des symboles dans la terre et on s'est assis tous les trois devant la planche. Bon, Satan s'est pas montré ni rien. Et on s'est pas retrouvés en enfer non plus. Le verre a jamais bougé.

Keiran s'interrompit un instant et regarda son père droit dans les yeux.

– Mais il s'est quand même passé un truc…

Tom patienta.

– En plein milieu de la séance, Sean s'est mis à saigner du nez, et pas qu'un peu. Il pissait le sang. OK, ça arrive à tout le monde de saigner du nez, mais la coïncidence nous a fichu la trouille. Après, il a eu une réaction bizarre. Il a plus rien dit pendant un moment, et puis il a commencé à parler tout seul, à voix basse. Là-dessus, il est parti sans dire au revoir ni rien. Il s'est enfoncé dans la Jungle et il a disparu. C'était presque comme s'il était…

– Oui ? Comme s'il était quoi ?

– Possédé.

Tom dévisagea son fils en se demandant – et ce n'était pas la première fois – s'il n'était pas malsain d'inculquer à un enfant des croyances religieuses, quelles qu'elles soient. Les valeurs chrétiennes avaient du bon, mais il fallait prendre en compte le revers de la médaille : croire en Dieu, c'est aussi croire en Satan.

– Écoute, Keiran, dit-il d'une voix douce. À mon avis, Sean voulait juste vous flanquer une bonne frousse.

– C'est ce qu'on a pensé aussi, avec Ricky. Et on aurait sûrement oublié toute cette histoire si t'avais pas apporté ces affiches hier soir.

– Celles de Tracie, donc.

– J'ai vérifié la date, murmura Keiran.

Les larmes lui montèrent aux yeux.

– On a invoqué le diable le 8 décembre, papa. Le soir où elle a disparu.

9

– Je vais mourir, c'est ça ? demanda l'homme d'une voix sifflante.

Allongé à l'arrière de l'ambulance, il saignait abondamment. Un de ses bras pendait d'un côté du brancard, l'autre battait l'air.

– Je vous en prie, ne me laissez pas mourir...

– Je me suis fait des coupures bien plus vilaines en me rasant les jambes, lui dit Debbie Fryman.

Il ne sourit pas et, franchement, comment le lui reprocher ? songea-t-elle. Seize minutes plus tôt, il était encore sur une échelle, en train d'enlever les guirlandes lumineuses de Noël accrochées à la façade de sa maison. La plupart des gens les laissaient en place une bonne partie du mois de janvier, mais pas lui. Il avait glissé, traversé le toit de sa remise à outils et atterri sur une fourche qui traînait par terre. Seules deux des quatre dents s'étaient enfoncées dans son corps.

C'est déjà ça, pensa Debbie.

Après avoir placé un masque à oxygène sur le visage de M. Winslow, elle vérifia son rythme cardiaque : les battements étaient rapides. Les paupières du blessé se fermèrent, puis se rouvrirent. Le sang s'accumulait sur le brancard. Il parlait toujours, d'une voix à présent étouffée par le masque. Ses propos étaient une variation des questions qu'il répétait depuis l'arrivée des secours – ces mêmes questions qu'ils posaient tous, en fait : *C'est grave ? Vous pouvez me soigner ? Est-ce que je vais mourir ?*

– S'il vous plaît, ne le prenez pas mal, mais j'aurais besoin que vous vous taisiez, déclara Debbie.

Les yeux de M. Winslow, déjà écarquillés, s'ouvrirent encore plus grand. Il prononça d'autres mots et Debbie posa un doigt sur ses lèvres. Cette fois, apparemment, il comprit le message. Elle se boucha une oreille avec son index puis approcha l'autre des perforations. Comme elle l'avait craint, un sifflement de mauvais augure s'en échappait.

De l'air entrait dans la cage thoracique.

Merde.

Elle se coula à l'avant du véhicule. Merri – de son vrai nom George Merrigold – conduisait le dos rond, les yeux fixés droit devant lui, guettant une trouée dans la circulation. Les lueurs rouges et bleues du gyrophare dansaient sur sa figure. C'était un homme corpulent, avec un visage large et un nez de boxeur. Debbie ne l'aurait jamais, au grand jamais, admis devant lui, mais il lui faisait penser à un troll de conte de fées.

– Arrête-toi, Merri.

Il tourna la tête.

– Pourquoi ? Un problème ?

– Pneumothorax compressif.

– Oh putain.

Merri s'avança sur son siège et souleva ses fesses de quelques centimètres pour mieux voir la route devant lui.

– Il y a une sortie un peu plus loin, indiqua-t-il. Donne-moi trente secondes.

Debbie retourna auprès du blessé.

– Dites-moi ce qui se passe, implora-t-il.

Ce fut en tout cas ce qu'elle crut comprendre. Quoi qu'il en soit, elle l'ignora. Elle fouilla dans les tiroirs autour d'elle jusqu'à mettre la main sur l'aiguille de décompression de calibre 14. Celle-ci était enveloppée dans du plastique, que Debbie déchira avec les dents.

L'homme sur le brancard lui agrippa le bras.

– Je vous en prie !

Debbie lui écarta la main mais, avant de la relâcher, la serra doucement.

– Votre poumon s'affaisse, monsieur Winslow. Si on ne soulage pas rapidement la pression, vous risquez un infarctus du myocarde.

Il ôta son masque.

– Vous voulez dire... (Sa voix s'étrangla.) Une crise cardiaque, c'est ça ?

L'ambulance pila brusquement. Quand Merri coupa le contact, les bruits de la circulation leur parvinrent : vrombissement des moteurs, coups de klaxon, bribes de chansons à la radio.

– Pourquoi..., commença le blessé.

Un hoquet. Une expiration sifflante.

– ... on ne roule plus ?

Debbie lui montra l'aiguille.

– Le meilleur moyen de soulager la pression, c'est d'insérer ceci dans la cage thoracique et je préfère ne pas le faire dans un véhicule en mouvement.

L'homme tenta de s'asseoir mais Debbie le plaqua sur le brancard d'une main ferme.

– Je voudrais que vous vous détendiez, monsieur Winslow.

Les yeux fixés sur l'aiguille, il répliqua :

– C'est une blague ?

– Ne jamais leur montrer l'aiguille, dit Merri à la fin de leur service, quand ils sortirent des urgences de Frankston dans la chaleur de l'après-midi.

– Il est stabilisé, se justifia Debbie. Mort de trouille, c'est mieux que mort tout court, non ?

– Tes relations avec les patients laissent un peu à désirer.

– Si tu le dis.

– On va boire une bière ?

– Pas ce soir.

– T'as un rencard ?

– J'aimerais bien… Non, c'est la première fois depuis quatre jours que je quitte le travail quand il fait encore jour. Avec un peu de chance, je serai à la maison pour le dîner. J'aimerais manger avec mon fils, ce soir.

Lorsque Debbie ouvrit la portière de sa Nissan Bluebird bleu ciel, elle fut assaillie par une bouffée d'air chaud et vicié. Résignée, elle prit place au volant. Il était brûlant, elle allait devoir le tenir du bout des doigts pendant presque tout le trajet. Elle baissa sa vitre pour saluer Merri d'un geste las.

– Ce que je t'ai dit tout à l'heure, à propos de tes relations avec les patients, c'était un compliment, en fait, déclara-t-il.

– Comment ça ?

– Tu n'es pas douée dans ce domaine parce que tu ne sais pas mentir, expliqua-t-il. Il y a pire, comme défaut.

Il la gratifia d'un petit sourire avant d'ajouter :

– À demain pour le service de nuit.

Debbie rentra par l'Esplanade, qui longeait le front de mer. Camp Hill se situait sur la péninsule de Mornington, elle-même entourée par la baie de Port Phillip à l'ouest, celle de Western Port à l'est et le détroit de Bass au sud. En cette fin d'après-midi, les plages étaient bondées, du moins du côté de Camp Hill. Les gens se faisaient bronzer ou barbotaient dans les vagues. Des bateaux et des jet-skis imprimaient à la surface des eaux leur sillage blanc. Le soleil brillait dans un ciel d'un bleu limpide.

Tout le monde était heureux. L'était-elle aussi ? se demanda Debbie. Non, mais sous la caresse de l'air chaud, chargé d'embruns, qui s'engouffrait dans l'habitacle, l'existence lui paraissait plus supportable. Pas parfaite, non. Même pas spécialement belle. Mais supportable, et c'était déjà bien. De fait, elle n'avait pas pensé à Mike une seule fois dans la journée.

Ah, merde. Raté.

Quand elle considérait sa vie, Debbie se représentait une vieille guimbarde cabossée. Si ses blessures n'étaient pas aussi évidentes que celles de ses patients, elles n'en étaient pas moins réelles. Le mot « abîmée » lui vint à l'esprit. Abîmée par un petit ami violent (et voilà, elle pensait encore à Mike), puis par une grossesse inattendue, puis par un fils qui semblait déterminé à s'éloigner d'elle. Une vie passée à essayer d'atteindre quelque chose, sans jamais y parvenir tout à fait.

Depuis quelque temps, néanmoins, elle avait l'impression qu'un changement se préparait. Peut-être était-elle trop naïve, ou peut-être était-ce l'effet des chants de Noël que Merri avait commencé à écouter dans l'ambulance dès novembre, mais elle sentait l'espoir renaître en elle, lui gonflant presque douloureusement le cœur.

Ça ne devait pas durer.

Au moment où elle s'arrêtait dans son allée, Debbie vit Tom Witter, assis dans l'ombre de sa véranda, se lever pour la rejoindre. Il l'attendait, apparemment.

– Ça va, Tom ? lui demanda-t-elle.

– Oui, tout va bien. En fait, j'aurais voulu parler à Sean, mais je trouvais un peu gênant de venir ici en ton absence.

Debbie sentit son rythme cardiaque s'accélérer, sans trop savoir pourquoi. C'était dans sa nature, tout simplement. Elle vivait en permanence sous tension, comme un élastique étiré jusqu'au point de rupture.

– Pourquoi ? Il a fait quelque chose ?

Tom jeta un coup d'œil vers la rue avant de répondre :

– Il vaudrait peut-être mieux qu'on discute à l'intérieur.

– Oh. Oui, bien sûr. Viens.

Debbie le fit entrer dans la maison, où régnait une belle pagaille. La vaisselle du dîner de la veille traînait toujours sur la table basse, à côté d'un cendrier plein.

– Qu'est-ce que je t'offre ? demanda-t-elle. Un café ? Ah zut, désolée, j'avais oublié que le lait est périmé. Si tu veux, je peux aller en racheter vite fait.

– Non, merci, dit Tom. Ce n'est pas la peine.

– Bon, Sean doit être dans sa chambre. Je vais le chercher.

Debbie s'engagea dans le couloir en prenant une profonde inspiration. Puis, après s'être accordé un instant pour se donner du courage, elle frappa à la porte de son fils. Pas de réponse. Rien d'étonnant. Elle ouvrit. Les rideaux étaient fermés depuis des mois. La seule lumière provenait de la lampe chauffante de Herm, le python tapis qui vivait dans le grand terrarium installé dans la pièce. En l'occurrence, le serpent s'était lové près d'un rocher en plastique, l'extrémité de sa queue reposant dans un petit lagon lui aussi en plastique.

Quand ses yeux se furent accoutumés à la pénombre, Debbie distingua la silhouette du garçon sur le lit. *Non*, rectifia-t-elle aussitôt. Sean n'était plus un garçon, c'était un homme, légalement et physiquement. Il ressemblait de plus en plus à son père : grand, large d'épaules, musclé. Imposant.

Mais il n'avait pas seulement hérité la stature de Mike. Environ six mois auparavant – ou était-ce un an ? –, Sean était devenu maussade et belliqueux. Brusquement, il y avait eu des portes claquées, des regards noirs, des repas manqués, des réponses par monosyllabes, des appels de profs du lycée, des disputes sans fin qui ne menaient nulle part, jusqu'au moment où l'un d'eux – elle, le plus souvent – capitulait.

Elle éclaira, et son fils se tourna vers elle en clignant des yeux. Il était vêtu d'un jean moulant et d'un T-shirt noir sur lequel s'affichait le nom d'un groupe en caractères gothiques à peine lisibles. Il avait coiffé un casque aux énormes écouteurs dont le cordon serpentait dans la chambre jusqu'à son tourne-disque. La musique était si forte que Debbie l'entendait du seuil : guitares saturées, rythmes lancinants, voix hurlantes.

Un peu plus tôt dans l'année, Sean s'était acheté sa propre chaîne hi-fi. Debbie, qui ne l'aurait jamais cru capable d'économiser la somme sur son argent de poche, avait été impressionnée. Il avait ensuite porté toutes ses vieilles cassettes – des enregistrements comme ceux de Starship ou de Prince – au Record X-Change, la bourse d'échange de Frankston, d'où il était rentré avec une poignée de disques de heavy metal : Iron Maiden, Judas Priest, Black Sabbath. Depuis, sa collection s'était enrichie : Venom, Slayer, Onslaught, Mötley Crüe… Des groupes qui s'égosillaient, se déchaînaient, vociféraient.

Des chansons de colère, songea Debbie. C'était peut-être le changement le plus saisissant qui s'était opéré chez son fils. Sean n'avait jamais été colérique et n'avait jamais eu de raison de l'être. Elle avait bossé comme une dingue pour l'envoyer dans une bonne école dans un bon quartier. Elle n'avait reçu l'aide de personne et s'était néanmoins toujours débrouillée pour qu'il ne manque de rien. Alors comment expliquer cette foutue colère ?

Il ôta ses écouteurs.

– Qu'est-ce qu'il y a ?

– Viens.

– Pourquoi ?

– Tom Witter est là. Il voudrait te voir.

Debbie anticipait une grimace, un soupir – une réaction quelconque. Il n'en eut aucune. À croire qu'il n'était pas surpris. Qu'il s'y attendait, même. Cette pensée l'affola. Il se leva lentement, comme s'il avait tout son temps.

– Qu'est-ce qui se passe, Sean ?

– Aucune idée.

10

Tom attendait dans le salon.

C'était un espace encombré, où flottait une faible odeur de tabac froid et de transpiration. Mais il dégageait aussi une impression de chaleur et d'énergie stimulante. Les murs s'ornaient de photos, dont la plupart montraient Sean. Sur l'une d'elles, Tom le reconnut à l'époque où Connie et lui l'avaient emmené en vacances à Belport. Sean n'était alors qu'un enfant, il devait avoir dans les neuf ou dix ans. Bronzé, souriant, il rayonnait. Si Debbie avait accroché tant d'images de son fils dans cette pièce, se dit-il, c'était peut-être pour avoir la preuve sous les yeux qu'il avait été heureux un jour…

Remarquant plusieurs 33 tours de heavy metal éparpillés sur le sol devant le tourne-disque, il s'en approcha. Il survola du regard les pochettes, avant de ramasser *Shout at the Devil*, de Mötley Crüe. Le nom du groupe et le titre de l'album se détachaient en grandes lettres rouges sur un fond noir d'encre.

– Vous êtes venu m'emprunter des disques, monsieur Witter ?

Tom se retourna vivement. Un vampire venait d'entrer. La version zombie de l'homme-enfant original. Ses longs cheveux noirs et gras, qui lui tombaient devant les yeux en mèches emmêlées, lui firent penser à un enchevêtrement de plantes grimpantes devant l'entrée d'une grotte remplie de monstres.

Debbie pénétra dans le salon à la suite de son fils, manifestement nerveuse.

– Oh, moi je suis plutôt fan des sixties, répliqua Tom.

Il fut un peu étonné quand Sean éclata de rire – il n'avait pourtant pas eu l'intention de dire quelque chose de drôle – et montra du doigt la pochette qu'il tenait toujours.

– Cet album devait s'intituler *Shout with the Devil.* Mais quand un des mecs du groupe a vu un couteau et une fourchette s'envoler d'une table pour aller se coller au plafond, ils ont tous balisé et changé le titre. Ils flippaient trop à l'idée d'avoir réveillé quelque chose de maléfique.

Il s'interrompit un instant.

– Cool, non ?

– C'est un point de vue, admit Tom. Qu'est-ce qui te plaît dans ce genre de musique ?

– Sans vouloir vous vexer, vous pouvez pas comprendre.

– Sean…, l'avertit sa mère.

– Quoi ? J'ai dit : « sans vouloir vous vexer ».

Sean prit son paquet de cigarettes dans sa poche et en alluma une. Tom jeta un coup d'œil à Debbie, pensant qu'elle allait lui demander de sortir – ce qu'il aurait lui-même fait si l'un de ses fils avait voulu fumer à l'intérieur –, mais elle ne réagit pas. Elle se contenta de baisser les yeux, l'air vaguement honteux. Ça ne devait pas être facile pour elle d'élever toute seule un garçon comme lui, pensa-t-il.

– Ce que je vais te dire va peut-être te surprendre, Sean, reprit-il. J'étais un peu plus vieux que toi quand Charles Manson et sa soi-disant « famille » ont commis tous ces meurtres. Je me rappelle ce que j'éprouvais quand je regardais les infos à l'époque. C'était effrayant, bien sûr, mais aussi étrangement excitant. La fascination pour le mal peut être un dérivatif à l'ennui.

Sean ricana. Il était de ces adolescents qui avaient le chic pour donner l'impression aux adultes que tout était une blague dont ils ne saisissaient pas la chute.

– S'il te plaît, Tom, assieds-toi, intervint Debbie, qui se mordillait les ongles. C'est quoi, le problème ?

Tom s'installa sur le canapé, se pencha en avant et posa les mains sur ses genoux.

– Keiran m'a tout raconté, pour le rituel, déclara-t-il à l'adresse de Sean.

– Le « rituel » ? ironisa ce dernier. C'est comme ça qu'il l'a appelé ?

– De quoi parle-t-il, Sean ? questionna Debbie.

– C'est rien, répondit son fils. Keiran voulait savoir comment on se sert d'une planche de spiritisme. Alors je lui ai montré. C'était qu'un jeu, un truc inoffensif.

– Pour toi, oui, sûrement, convint Tom. Mais Keiran est encore à un âge impressionnable.

Il s'interrompit un instant.

– Il t'admire, Sean. Depuis toujours. Quand vous étiez copains, Marty et toi, Keiran te considérait comme son autre grand frère. Et je ne veux pas que tu lui bourres le crâne avec ce genre de conneries. Tu as…

– … une mauvaise influence sur lui ? compléta Sean.

– Quelques années de plus, rectifia Tom. Mais, juste par curiosité : à quoi riment toutes ces histoires de ouija ? Tu aimes te faire peur, c'est ça ?

– J'aime quand je ressens quelque chose.

Tom fut pris de court. Il y avait de la tristesse dans cette réponse, presque du désespoir. Et le plus terrible, c'était qu'elle trouvait un écho en lui.

– Bon, quoi qu'il en soit, c'est mon rôle de protéger mon fils, dit-il. Même si, et je le regrette, ça signifie le protéger de toi.

Le sourire de Debbie s'évanouit.

– C'est un peu exagéré, Tom, non ? Ça ne m'a pas l'air si grave que ça. Il faut bien que jeunesse se passe, pas vrai ?

– C'est bon, maman. Il a raison d'avoir peur de moi.

– Sean…

– Je n'ai pas peur de toi, affirma Tom.

Sean se leva d'un bond. Durant une fraction de seconde, Tom crut qu'il allait se jeter sur lui et brusquement, à sa grande honte, même si Sean n'avait que dix-huit ans, il éprouva la même terreur qu'autrefois, quand il vivait dans l'ombre de Steve McDougal.

– Oh si, rétorqua Sean. Vous tous, vous êtes morts de trouille.

Sur ces mots, il se détourna.

– Je suis désolée, Tom, intervint Debbie. C'est plus fort que lui, il faut toujours qu'il fasse dans la provocation. Je lui parlerai à propos de Keiran.

Comme il gardait le silence, elle insista :

– Tom ?

Celui-ci venait de remarquer quelque chose sur le bras de Sean.

– Intéressant, ce tatouage, observa-t-il.

Sean s'arrêta, se retourna et considéra le dessin, dont l'encre était encore fraîche. Il n'était pas plus gros qu'une pièce de cinquante *cents* mais impossible de se méprendre sur sa forme : une étoile à cinq branches à l'intérieur d'un cercle noir.

– C'est un pentagramme ?

– Exact, répondit Sean. Et alors ?

11

Pentagramme ⛤

Du grec *pente* (« cinq ») et *grammon* (« ligne »). Forme géométrique représentant une étoile à cinq branches. D'abord utilisé comme symbole dans la Grèce antique et l'ancienne Babylone, le pentagramme apparaît aujourd'hui dans différents systèmes de croyances, dont la Wicca. Également présent dans la franc-maçonnerie et le satanisme, il est investi de pouvoirs magiques.

Tom referma l'encyclopédie, s'adossa à la tête de lit et regarda Connie qui ôtait sa troisième tenue pour en essayer une quatrième.

– Tu devrais t'habiller, lui dit-elle. Il est presque sept heures.

Il avait déjà drapé son plus beau veston brun sur le dossier de la chaise dans le coin. Il se leva, l'enfila et se rendit alors compte, horrifié, qu'il ne pouvait plus le boutonner.

– Tu peux me dire à quel moment c'est arrivé ? demanda-t-il.

– Moi, ça me plaît bien, affirma Connie. Ça me fait un peu plus de toi à aimer chaque année.

– Tu ne m'aides pas, là.

Tom rangea le veston dans la penderie et opta pour une chemise blanche en lin.

– On parle de Keiran ?

– On est vraiment obligés ? gémit Connie.

– Je pensais le priver de sorties.

– Pendant combien de temps ?

Tom se rassit sur le lit.

– Dix ou vingt ans. Au moins jusqu'à ce qu'il soit marié et père de famille à son tour.

Connie éclata de rire.

– On ne peut pas le protéger éternellement, Tom.

C'était une pensée déprimante, estima-t-il, mais Connie n'avait pas tort. Keiran avait brutalement cessé d'être un enfant. Le gosse qui cavalait partout dans la maison avec un slip par-dessus son pantalon pour imiter Superman, qui construisait des remparts avec les coussins du canapé et réclamait un chiot à cor et à cri – Tom étant allergique, la réponse était toujours non – était devenu du jour au lendemain, lui semblait-il, un adolescent qui allait traîner dans les bois à minuit pour invoquer le diable.

Tom jeta un coup d'œil par la fenêtre en direction de la Jungle. Le soir tombait mais les oiseaux chantaient toujours. Les méliphages bruyants livraient une guerre sans merci aux corbeaux.

– D'abord, c'est Marty qui s'en va, et maintenant c'est Keiran qui fait des siennes, dit-il. Tu crois qu'il existe un moyen de les empêcher de grandir ?

– Les hormones de décroissance, peut-être, suggéra Connie. Ou la machine à remonter le temps.

Elle le rejoignit sur le lit et glissa un bras sous le sien.

– Honnêtement, je crois qu'on ne devrait pas se montrer trop sévères avec Keiran, déclara-t-elle. Après tout, on leur a seriné toute leur enfance qu'une faute avouée était à moitié pardonnée…

– Tu n'es pas assez ferme.

– Comme te le disait ta première petite copine…

– Ha. Très drôle.

– N'est-ce pas ?

– Tu sais, je serais moins contrarié s'il avait fait le mur pour aller à une fête ou retrouver une fille, avoua Tom. Mais tous ces trucs de ouija et d'invocation du diable, c'est tellement… bizarre.

– C'est un gosse, lui rappela Connie. Et les gosses sont déroutants. Leçon numéro un du manuel d'éducation parentale.

– Je ne veux pas qu'il tourne comme Sean.

Elle lui prit la main.

– Sean ne t'a pas auprès de lui, Tom. Il n'a pas de père. Et j'aime bien Debbie, mais elle a passé toute sa vie à batailler pour s'en sortir. Elle n'est pratiquement jamais là. Nous, on est présents pour Keiran. C'est déjà la moitié du chemin de fait.

– Donc tu me conseilles de me détendre ?

– C'est ça.

Un coup de sonnette les interrompit.

– Je suis comment ? demanda Tom.

– Un peu trop chic pour un dîner avec une ancienne copine de lycée. Est-ce que je dois m'inquiéter ?

– Pas du tout. Sharon a meilleur goût que toi en matière d'hommes.

Sharon remporta immédiatement un franc succès dans le rôle d'invitée. Pour les garçons, avoir une policière à table revenait presque à accueillir une célébrité chez eux. Quant à Connie, qui se plaignait toujours d'un manque criant de chromosomes X dans la maison, elle fut elle aussi séduite. En partie, sans doute, parce que Sharon rit un peu trop fort à chacune de ses plaisanteries et la complimenta au moins trois fois sur ses spaghettis bolognaise. Au moment du dessert – une Viennetta coupée en tranches épaisses –, les adultes avaient atteint un degré d'ébriété tout à fait honorable.

– Je me rappelle encore la fois où on était en classe verte à Marysville, raconta Sharon. Ernie Taylor avait apporté une bouteille de vodka qu'il avait piquée à ses parents...

Elle adressa un clin d'œil aux garçons.

– Votre père n'avait jamais bu une goutte d'alcool avant ce soir-là.

– Et n'en a pas rebu avant des années, précisa Tom.

En riant, Sharon regarda tour à tour Connie, Keiran et Marty, s'assurant ainsi toute leur attention.

– Tom était tellement bourré qu'il a escaladé la clôture du réservoir d'eau municipal, ouvert sa braguette et...

– La vache, papa ! s'exclama Keiran. Tu t'es branlé ?

Marty faillit s'étouffer avec sa glace.

– Il a pissé, Keiran. C'est pas possible, tu penses qu'à ça !

– Je n'en reviens pas, répondit son frère. J'ai toujours cru que papa était le super intello du lycée.

– Oh, il l'était, confirma Sharon. Mais il savait aussi s'amuser.

Connie, qui leur resservait du vin, déclara soudain :

– OK, l'heure de vérité a sonné. Allez-y, Sharon, dites-moi tout sur les ex-petites copines de Tom.

– Lesquelles ? répliqua cette dernière, hilare.

– Et Kate Kirino, alors ? protesta Tom.

– Vous n'avez eu qu'un seul rencard, souligna Sharon.

– N'empêche, ça compte quand même, riposta-t-il.

Connie vida son verre, puis s'adossa à sa chaise et prit un air entendu.

– Et vous deux, vous n'avez jamais…, commença-t-elle.

– On était juste amis, la coupa Sharon avec un sourire crispé. On voyait des copains chacun de son côté, mais la plupart du temps on traînait ensemble, ajouta-t-elle. Je crois qu'on n'avait pas envie de gâcher ça.

Elle demeura silencieuse quelques instants avant d'ajouter :

– On avait besoin l'un de l'autre. Les gamins du lycée n'étaient pas tendres avec nous.

Elle avait réussi à éluder la question de Connie, nota Tom.

– Pourquoi ? demanda Keiran.

– Eh bien, votre père avait ses tics, et moi, ma mère était en prison. Il ne leur en fallait pas plus pour faire de notre vie un enfer.

Son visage s'assombrit.

– Tu la revois ? s'enquit Tom.

– Elle est morte, répondit Sharon. Cancer du poumon.

– Désolé.

– Pas moi.

Elle balaya la table du regard.

– Et voilà, j'ai réussi à plomber l'ambiance…, observa-t-elle.

Tom s'éclaircit la gorge.

– Écoute, Sharon, tu permets que j'aborde un sujet que ma femme m'a bien recommandé de ne pas aborder ?

Connie secoua la tête en se resservant une nouvelle fois de vin.

– Tu as piqué ma curiosité, déclara Sharon.

– C'est à propos de Tracie Reed, précisa Tom.

– Pourquoi est-ce que ça ne m'étonne pas ? répliqua Sharon.

– Dites-lui de se taire, lui conseilla Connie.

– Non, laissez, ça ne fait rien.

Les coudes sur la table, Sharon se pencha en avant.

– C'est bien connu, si on devient flic, c'est avant tout pour avoir de bonnes histoires à raconter pendant les dîners, affirma-t-elle, pince-sans-rire. Bon, pourquoi veux-tu parler de Tracie Reed, Tom ?

Les deux garçons étaient tout ouïe.

– J'ai peut-être trouvé un indice, annonça-t-il.

– Mets-moi au parfum, Columbo.

– Eh bien, comme tu le sais, la mère de Tracie a découvert un collier dans sa chambre, avec un pendentif en forme de pentagramme. Et cet après-midi, j'ai vu le même symbole tatoué sur un de nos voisins.

– Lequel ? fit aussitôt Keiran.

Tom se tourna vers lui.

– Après notre conversation de ce matin, j'ai eu une petite discussion avec Sean.

– Tu lui as tout raconté ?

– Il le fallait.

Keiran bondit de sa chaise et, en bon adolescent, sortit de la pièce comme une furie. Connie s'empourpra et Sharon vida son verre.

– Quelqu'un peut m'expliquer ce qui vient de se passer ? demanda Marty.

Tom lui livra une version abrégée des événements : Jungle, ouija, possession démoniaque.

– C'est qui, ce Sean ? questionna Sharon lorsqu'il eut terminé.

– Le taré d'à côté, répondit Marty.

– Marty ! le tança Connie. C'était ton meilleur copain, avant.

– Qu'est-ce qui a changé ? s'enquit Sharon.

– Lui, affirma Marty. Il venait ici jouer au basket, lire des BD et tout, et du jour au lendemain il est devenu quelqu'un de complètement différent. Comme s'il avait été dépossédé de son corps.

– Tu ne veux pas plutôt dire « possédé » ? suggéra Sharon, qui se tourna vers Tom et sourit.

– Je n'ai pas parlé de possession, se défendit ce dernier. En attendant, c'est tout de même une drôle de coïncidence, non ?

– Pas vraiment, répondit Sharon. Je parie qu'il a aussi un footbag et un pantalon de treillis dans sa penderie.

– Et donc ?

– C'est simple, ce symbole est partout, Tom. Tu n'as pas entendu parler de la malédiction du garçon qui pleure ?

Il fit non de la tête.

– Il y a quelques mois, dans la salle d'attente chez le dentiste, j'ai feuilleté une de ces feuilles de chou qui donnent dans le sensationnel. Tu sais, avec des gros titres du genre : « Un chat enlevé par des extraterrestres » ou « Jésus apparaît sur un toast ».

– Ou encore « Elvis est bien vivant, on l'a vu manger un hamburger chez Hungry Jack's », renchérit Connie.

– C'est ça, confirma Sharon en riant. Bref, il y avait un article sur une série d'incendies en Grande-Bretagne. Dans toutes les maisons où le feu s'était déclaré se trouvait un même tableau, celui d'un enfant en larmes, et à chaque fois c'était la seule chose que les flammes avaient épargnée. Alors, oui, quelqu'un comme Tom aurait pu penser à une sorte de sortilège ou de malédiction, avant de se rendre compte qu'il s'agissait d'une reproduction tirée en série, accrochée dans tous les salons d'Angleterre et traitée avec des produits ignifuges.

– Il faut excuser mon mari, dit Connie. Pour peu qu'il entende un bruit inhabituel chez nous, il pense aussitôt à...

– Un voleur ? hasarda Sharon.

J'allais dire, un serial killer, répondit Connie. Il imagine toujours le pire.

Tous s'esclaffèrent aux dépens de Tom.

– Si je comprends bien, tu ne vas rien faire, Sharon ? demanda-t-il.

– Qu'est-ce que tu proposes ? répliqua-t-elle. On appelle SOS Fantômes ?

Nouvel accès d'hilarité à la table. Seul Tom ne rit pas.

– Alors c'est comme ça que vous enquêtez, dans la police ? attaqua-t-il. Vous vous mettez d'accord sur une version des événements et après vous fermez les yeux sur tout ce qui pourrait la contredire ?

Connie et Marty gardèrent le silence. Tom avait conscience d'être allé trop loin, mais il s'en fichait. Il en avait assez d'être ignoré. Et raillé.

– Sharon n'est pas en service, déclara enfin Connie. Si on changeait de sujet ?

Plus tard, alors que Marty était monté dans sa chambre et que Connie débarrassait la table, Tom et Sharon se resservirent un verre qu'ils emportèrent sur la terrasse. La Jungle, de l'autre côté de la clôture, était un néant noir, grouillant de chauves-souris et d'insectes.

– J'aime beaucoup ta famille, dit Sharon. Ils ont tous un grain.

– Ah oui ? T'as remarqué aussi ?

– Tu as tiré le gros lot, Tom. J'ignore comment Witter Tic-Toc s'y est pris, mais il s'est créé une petite vie parfaite.

– C'est ça. Parfaite, oui.

Sharon tourna la tête vers lui. Éclairée à contre-jour par les lumières de la maison, elle paraissait mystérieuse et superbe.

– Écoute, commença Tom à voix basse. Je sais que ça remonte à loin…

– On n'est pas obligés d'en parler, Tom.

– C'est vrai, mais je crois que je te dois une explication.

Elle fit un geste étrange, comme si elle tenait un bocal invisible d'une main et dévissait le couvercle de l'autre.

– À quoi tu joues ? demanda-t-il.

– J'ouvre la boîte de Pandore.

Il éclata de rire.

– J'étais jeune, idiot et impulsif. Je n'aurais jamais dû laisser les choses aller aussi loin.

– Je ne regrette pas cette nuit-là, Tom. Entre nous, je suis même heureuse d'avoir vécu ma première fois avec toi. Même si, côté sexe, c'était pitoyable.

– Lamentable, je te l'accorde.

– Mais c'était aussi un moment spécial. Comme une sorte d'évidence. C'est ce qui s'est passé après qui a été douloureux.

– C'est dur de ne pas regarder une personne différemment quand on l'a vue nue.

– Tu ne m'as même pas regardée, Tom.

Une note de froideur perçait à présent dans la voix de Sharon.

– Bon, c'est peut-être l'effet de la copieuse quantité de vin que j'ai ingurgitée depuis mon arrivée ici, mais je pense sincèrement que j'étais amoureuse de toi à l'époque.

Ce qui aurait dû être une révélation pour Tom ne le fut pas. Sharon reporta son attention sur la Jungle, dissimulant son visage dans l'ombre.

– Pourquoi ne m'as-tu rien dit ? questionna-t-il.

– J'avais trop peur.

– Toi ? Tu n'avais peur de rien.

– J'avais peur de tout, Tom.

Elle but. Sourit.

– Exactement comme toi, ajouta-t-elle. Sauf qu'on ne réagit pas de la même manière tous les deux. Je suis du genre à foncer vers les monstres, et toi, à les fuir.

– Tu me traites de poule mouillée, c'est ça ?

– Je ne valais pas mieux. N'empêche, tu m'as fuie, Witter.

– J'ai fui Camp Hill, corrigea Tom.

Il songea à Marty.

– Et pourtant, tu es là aujourd'hui, fit remarquer Sharon.

– Je n'avais pas prévu de revenir. C'est arrivé, c'est tout.

L'explication sonnait creux, et pourtant c'était la vérité. L'endroit où l'on a ses racines est comme un tendeur : où que l'on aille, il vous ramène toujours à lui.

Sharon leva les yeux vers la maison.

– Tu crois que ça aurait pu être nous, dans une autre vie ?

– Tu ne supporterais pas la banlieue, ça te rendrait dingue.

– Mmm... Possible.

Perché quelque part dans un arbre de la Jungle, un opossum émit un sifflement.

– Je m'explique mieux ton petit pétage de plombs tout à l'heure, reprit Sharon.

– Je n'appellerais pas ça un « pétage de plombs »...

– Tu prends à cœur cette histoire de disparition parce que tu ne veux pas perdre tout ça.

Elle engloba d'un geste la Jungle, la maison, Camp Hill – tout l'univers de Tom.

– Ici on est en sécurité, poursuivit-elle. L'affaire Tracie Reed menace de changer la donne. Mais rien de tout ça n'est aussi excitant que tu l'imagines. Alors, laisse tomber, d'accord ? Pour moi.

Tom acquiesça d'un signe de tête.

– OK. De toute façon, j'ai mieux à faire de mes vacances.

12

Alors qu'il se tenait devant la porte des Fryman, rassemblant tout son courage pour frapper, Keiran songeait à Robbie Knievel. En avril de cette même année, le cascadeur avait sauté à moto par-dessus les fontaines du Caesars Palace à Las Vegas. Son père, Evel Knievel (le plus chouette nom de tous les temps !), avait tenté la même cascade dans les années 1960, mais il avait fait une grave chute à l'atterrissage, ce qui rendait l'exploit de Robbie encore plus époustouflant.

Keiran avait regardé la retransmission de l'événement à la télé avec son père. Avant de s'élancer, Robbie avait roulé lentement jusqu'à l'extrémité de la rampe, d'où il avait contemplé les jets d'eau. Keiran lui avait trouvé l'air déterminé, mais aussi effrayé.

– Qu'est-ce qu'il fait, papa ? avait-il demandé.

– Il reconsidère ses choix de carrière, j'imagine, avait dit son père.

Mais ce n'était pas la bonne réponse, Keiran le savait. Robbie Knievel se préparait mentalement au pied de cette rampe, sous les acclamations de la foule et devant les caméras de télé, parce qu'il était bien conscient qu'il n'y avait pas de retour en arrière possible. Il devait prendre sur lui. Se comporter en homme et sauter. C'était *exactement* ce que Keiran ressentait en cet instant.

Il serra le poing, leva la main puis la laissa retomber. Desserra les doigts, les referma, releva la main et…

– Bonjour, Keiran.

Il faillit dévaler les marches du perron.

– Putain de chierie ! cracha-t-il.

C'était la mère de Sean. Assise dans l'ombre sur une caisse de lait retournée, elle buvait une boisson dont l'odeur sucrée parvenait jusqu'à lui.

– Oups, merde, pardon pour les gros mots. Je vous avais pas vue.

Debbie – elle lui avait donné l'autorisation de l'appeler par son prénom, ce qui était une bonne chose, parce qu'il ne savait pas trop s'il fallait lui dire « madame » ou « mademoiselle » – éclata de rire. C'était un rire adorable, qui résonna agréablement aux oreilles de Keiran. Comme un battement d'ailes ou le pétillement des bulles dans un verre de Coca-Cola.

– Ne t'inquiète pas, répliqua-t-elle. Je suis une grande fille, je tiendrai le choc.

– Qu'est-ce que vous faites dehors ?

– La maison est un vrai sauna. Tu me diras, ce n'est guère mieux à l'extérieur. Quelle fournaise, hein ?

Elle appuya son verre contre son front. Au moment où elle avait bougé le bras, Keiran avait survolé du regard ses seins, et il s'empressa de baisser les yeux.

– Sûr, dit Keiran. On étouffe.

Sur le mot « étouffe », sa voix dérailla légèrement, comme ça lui arrivait parfois, et il sentit ses joues devenir brûlantes.

Après tout, Debbie était superbe. Peut-être n'aurait-il pas dû penser ça, vu que c'était la mère d'un copain, pourtant c'était indéniable. Tout en l'observant, à moitié dissimulée dans l'ombre, il éprouvait de drôles de tiraillements plus ou moins agréables.

– Sean est dans sa chambre ? demanda-t-il.

Debbie soupira.

– Ton père sait que tu es là ?

– Non, avoua Keiran. Écoutez, je suis désolé. Il faut toujours qu'il fasse un drame de tout.

Elle se leva, puis s'approcha de lui. Elle était pieds nus et portait un jean coupé aux genoux.

– Il se soucie de toi, tu comprends ? C'est le rôle des pères. Les bons, s'entend. Ce n'est peut-être pas l'impression que ça te donne, mais tu as de la chance d'avoir quelqu'un comme lui pour veiller sur toi.

– Si vous le dites…

De nouveau, elle éclata de rire, et de nouveau, Keiran songea à un battement d'ailes.

– Sean doit me prendre pour un naze, maintenant, non ?

Le sourire de Debbie s'évanouit.

– Tu l'admires, hein ?

Keiran haussa les épaules.

– Il a toujours été sympa avec moi, déclara-t-il, même si ce n'était pas tout à fait vrai. Je voudrais pas qu'il ait des ennuis.

– Et ça ne te dérange pas, toi, cette attirance qu'il a pour la noirceur, la mort et toutes ces musiques agressives ?

Keiran haussa de nouveau les épaules. À treize ans, ce geste lui servait souvent à communiquer. En l'occurrence, ce haussement-là signifiait : « Peut-être que vous ne regardez pas les choses sous le bon angle. »

– Non, c'est juste différent, répondit-il. Un peu comme les olives, en fait.

– Comment ça ?

– Vous en avez déjà mangé ?

– Bien sûr.

– Ben, la première fois, on trouve que ça a un goût de chiotte, et puis on en prend une autre, et encore une autre, et assez rapidement on finit par aimer ça. Parce que c'est vraiment salé et… différent, quoi.

– Un goût qu'on apprend à aimer… C'est une belle idée, Keiran. Malheureusement, tout le monde n'est pas de cet avis. Je peux être franche avec toi ?

La question le déconcerta. Elle lui paraissait étrange. Debbie lui avait-elle menti jusque-là ?

– Euh, oui.

– Je m'inquiète pour lui. Il fait peur aux gens. Mais c'est peut-être le but, remarque.

Debbie contempla son verre puis le secoua. Les glaçons s'entrechoquèrent.

– Il a fait fuir ton frère, ajouta-t-elle.

– C'est plutôt Marty qui l'a fait fuir.

Debbie tressaillit.

– Pourquoi dis-tu ça ?

– Je sais pas…

Keiran secoua la tête. En vérité, il savait, mais il ne voyait pas trop comment expliquer la situation. Il s'accorda quelques instants de réflexion.

– Ce que je veux dire, c'est que mon frère a changé lui aussi. Tout d'un coup, son apparence, et aussi ce que pensaient les autres, c'est devenu super important pour lui. Il a grandi.

– C'est ça, grandir ? demanda Debbie.

De nouveau, Keiran réfléchit.

– D'après vous ?

Elle arqua un sourcil, ouvrit la bouche et la referma.

Ah, songea-t-il. *J'ai raison.*

Encore un haussement d'épaules, lequel pouvait se traduire par : « Bon, je vais vous donner un exemple... »

– En terminale, Marty s'est mis à traîner avec d'autres copains. Il a changé de coupe de cheveux et de coiffeur – celui de Camp Hill était plus assez bien pour lui –, et il a aussi décidé d'acheter ses fringues chez Myer...

Il étira le nom « Myer » pour imiter un accent snob : « Myyyer ».

– Peut-être que Sean avait plus sa place dans le nouveau monde de Marty, ajouta-t-il. Et que c'est pour ça qu'il est devenu gothique.

– C'est lui qui te l'a raconté ?

– Non, c'est juste une impression. Des petits trucs que j'ai remarqués. Et puis, je pense savoir ce qu'il éprouve. Mon frangin s'en va et...

Keiran s'interrompit une seconde. Il avait perdu le fil de ses pensées, mais il le retrouva rapidement.

– Ça craint de se sentir abandonné.

Sans le quitter des yeux, Debbie avala une gorgée de sa boisson.

– Je peux entrer, maintenant ? s'enquit-il.

– Non, je ne crois pas que ce soit une bonne idée. Ton père a été clair : il ne veut plus que vous vous voyiez, tous les deux.

– Mais c'est trop débile.

– Possible.

– Et vous, vous êtes d'accord avec lui ?

Elle l'était, Keiran le lisait sur son visage. De quel droit les adultes décidaient-ils d'interdire aux jeunes de se parler ?

– Écoute, tu auras peut-être du mal à le comprendre, mais la façon dont Marty a changé, dont il a « grandi », est normale, expliqua-t-elle. C'est sain. Sean, lui, n'évolue pas. Et, sans vouloir te vexer, je ne suis pas certaine que passer du temps avec un gosse l'aide beaucoup.

Keiran réprima une grimace. Debbie lui paraissait soudain nettement moins jolie que tout à l'heure. De fait, elle commençait à ressembler à tous les autres parents.

– Je suis plus un gosse, protesta-t-il. J'ai treize ans.

Debbie patienta.

– Vous pouvez lui dire que je regrette ?

– Bien sûr, répondit-elle.

– Vous êtes bien chez les Neville, fit la mère de Ricky en décrochant.

Keiran enroula autour de ses doigts le cordon du téléphone-banane puis se mit à arpenter sa chambre. Il fallait qu'il bouge. S'il s'arrêtait, il finirait par casser quelque chose.

– Bonjour, madame Neville. Ricky est là ?

– Il est tard, Keiran. Tout va bien ?

– Oui, euh, désolé. Oui, tout va bien.

– Oh, tant mieux. J'ai toujours un coup au cœur quand le téléphone sonne à une heure pareille.

– Je comprends. Je peux parler à Ricky ?

– Tu profites des vacances ?

Keiran serra le combiné si fort qu'il entendit le plastique craquer.

– Oui, madame Neville.

– Est-ce que tes parents ont prévu quelque chose pour le nouvel an ?

– Aucune idée.

– Et de ton côté ? Vous avez des projets, Ricky et toi ? Parce que, si tu en as envie, tu peux toujours venir avec nous sur la plage pour assister au feu d'artifice, même si j'imagine que vous avez certainement mieux à faire que de fêter la nouvelle année avec une vieille dame comme moi, et…

– Est-ce que vous pourriez juste me le passer, s'il vous plaît ?

Un long silence horrible à l'autre bout de la ligne.

– Madame Neville ? Écoutez, je m'excuse, mais je suis un peu pressé et…

Rien. Elle n'était plus là. Keiran sentit son estomac se nouer.

Et le prix du plus grand branleur revient à…

Ricky prit la communication :

– Salut, t'as regardé *Sacrée Famille* ? Je te le dis tout de suite, je suis officiellement amoureux de Justine Bateman. Tu crois qu'elle voudra se marier avec un petit gros de treize ans venu du fin fond de l'Australie ? Ou au moins me laisser fourrer mon machin dans son truc ?

– Il sait, Ricky.

Celui-ci marqua une pause, durant laquelle il mastiqua quelque chose de croquant.

– Qui sait quoi ?

– Sean sait qu'on l'a balancé, expliqua Keiran.

Ricky s'étouffa.

– Oh, merde… T'es sûr ?

– Mon père est allé le voir pour l'engueuler, répondit Keiran, qui se frappa la tête. Tu te rends compte ? C'est trop la honte. Je suis pas sûr que Sean voudra encore me parler après ça…

– La *honte* ? La honte, on s'en fout ! C'est surtout que c'est flippant !

Keiran se figea net.

– Pourquoi ?

– Quand je suis rentré à la maison, aujourd'hui, j'ai passé un coup de fil à ma cousine. Elle était en terminale avec Sean et ton frangin. Je lui ai raconté ce qui était arrivé, et devine quoi ? Tu te rappelles la tête de cochon que quelqu'un avait laissée devant la salle des profs l'année dernière ?

– Oui. Et ?

– À ton avis ?

– C'était Sean ?

– Il paraît.

Ricky s'interrompit de nouveau, le temps de déglutir bruyamment. Puis il recommença à mastiquer.

– Je vais te dire un truc, reprit-il. Sean l'a tuée, cette fille. Il était gonflé à bloc après avoir parlé à Satan et il est parti chercher quelqu'un à sacrifier.

– Je sais pas… Je le connais depuis que je suis petit.

– Tu connaissais l'ancien Sean, rectifia Ricky. Mais le type qui habite à côté de chez toi aujourd'hui, c'est sa version bizzaroïde. T'as vu sa piaule, et tout ce qui le branche. Rappelle-toi comment il était ce soir-là…

Possédé, songea Keiran.

– À ta place, je fermerais les portes à clé, ajouta Ricky. Parce que s'il est vraiment mêlé à la disparition de Tracie Reed, t'es un témoin potentiel. Même que, si ça se trouve, t'es le prochain sur sa liste.

– Oh, ferme-la, Ricky.

– Écoute, je veux pas te foutre les jetons, OK ? répliqua ce dernier entre deux bouchées. Tout ce que je dis, c'est que si tu fais pas gaffe, tu risques de finir la gorge tranchée. Et quand les flics demanderont à Sean pourquoi il t'a zigouillé, tu sais ce qu'il répondra ? « C'est le diable qui m'a forcé ! »

À cet instant, on frappa à la porte de la chambre. Keiran tourna la tête au moment où son père entrait, l'air décontracté, les mains dans les poches.

– Ça sert à rien de frapper si t'attends pas la réponse, papa ! lui lança-t-il.

Tom regarda le téléphone-banane.

– Allez, dis bonne nuit à ton copain.

Keiran leva ostensiblement les yeux au ciel avant de prendre congé de Ricky. Tom saisit un album de *Howling Commandos* sur le bureau de son fils et le feuilleta.

– Qu'est-ce qu'il y a, papa ?

– Sharon est partie, répondit Tom.

– Et ?

– Tu as dû lui faire bonne impression en quittant la table comme ça, sans même lui dire au revoir.

– Hé, attends. Tu m'engueules, là ? C'est moi qui suis furax contre toi !

Tom s'assit sur le lit.

– Si je suis allé voir Sean, c'est parce que je m'inquiétais pour toi. C'est mon rôle de père.

– Ah oui ? Et c'est aussi ton rôle de me gâcher la vie ?

– N'exagère pas, Keiran.

– D'abord, tu m'interdis d'aller dans la Jungle, alors que c'est un de mes endroits préférés au monde, et maintenant, à cause de toi, Sean me prend pour un cafteur.

– Pourquoi attaches-tu autant d'importance à ce qu'il pense ?

En soi, la question n'avait rien de bien méchant. Sauf que c'était typique des adultes, songea Keiran. Ils avaient le chic pour faire dévier le cours de la conversation afin de l'amener là où ils voulaient.

La preuve :

– Tu sais, Keiran, Léonard de Vinci a dit qu'il existe trois catégories de personnes : celles qui voient, celles qui voient quand on leur montre, celles qui ne voient pas et…

– Oh, bon sang ! C'est plus fort que toi, hein ?

– Quoi ?

– Faut toujours que tu joues au prof.

– Bon, je vais essayer de tourner ça autrement. Il y a un vieux proverbe grec qui dit qu'une société grandit quand les vieillards plantent des arbres à l'ombre desquels ils savent qu'ils ne s'assiéront jamais…

– Et voilà, tu recommences.

– Et que penses-tu de : « Ne jamais croiser les effluves » ?

Comme Keiran le regardait sans répondre, Tom précisa :

– C'est dans *SOS Fantômes.*

– C'est pas drôle, papa.

– T'as raison, désolé. Ce que je voulais dire, c'est que prendre la bonne décision nécessite parfois de faire un sacrifice.

Keiran s'approcha de la fenêtre, écarta le rideau et jeta un coup d'œil à la Jungle, sombre et grouillante de vie. Il avait toujours cru que les choses étaient censées rapetisser à mesure qu'on grandissait, pourtant la forêt ce soir-là lui semblait infinie.

– Et si j'étais le prochain sur la liste de Sean ?

Durant un moment, son père garda le silence, se bornant à le dévisager comme s'il lui avait parlé en swahili. Puis il parut comprendre le sens de sa question.

– Je suis ton père, Keiran. Je ne laisserai jamais personne te faire du mal.

– Ah oui ? Et comment tu vas l'en empêcher ? riposta Keiran.

Il s'était exprimé d'un ton dur. Il savait que la suite allait blesser son père, mais cette pensée ne le freina pas. Peut-être parce qu'il avait envie de le blesser. Ou parce qu'il estimait préférable de formuler la vérité à voix haute plutôt que de la garder pour lui.

– T'es un dégonflé, papa. T'es vieux, t'es faible… Alors je te le redemande : comment toi, tu vas l'en empêcher ?

13

Tom sortit dans le couloir et referma la porte de la chambre derrière lui. Il resta immobile quelques instants en haut de l'escalier, à contempler le rez-de-chaussée plongé dans le noir, tandis que les paroles de Keiran tournaient en boucle dans sa tête.

Le plus terrible, quand votre fils vous prend pour un quadra de banlieue dégonflé, une chiffe molle de quatre-vingt-cinq kilos, une espèce de bon à rien vieillissant, c'est de se dire qu'il a probablement raison.

« Comment tu vas l'en empêcher ? »

Dans un premier temps, se dit Tom, il allait s'offrir un remontant.

Il descendit se chercher une autre bière dans la cuisine. Il en but la moitié sur la terrasse de derrière, les yeux fixés sur la forêt de l'autre côté de la clôture.

« Comment toi, tu vas l'en empêcher ? » Keiran ne l'en croyait pas capable, c'était évident.

Tom marcha jusqu'au fond du jardin, ouvrit le portillon et s'engagea dans le bush. Il y avait juste assez de lumière en provenance des habitations pour lui permettre de se repérer. Il gravit le remblai puis, parvenu au sommet, se retourna et contempla sa maison éclairée de l'intérieur. Chaque fenêtre était comme un écran offrant un aperçu de son univers. Un univers qu'il avait cru à l'abri des regards jusqu'à ce matin-là. En l'occurrence, il voyait Connie dans leur chambre à l'étage, lisant à la lumière de sa lampe de chevet. Et Marty dans la pièce voisine feuilletant un numéro de *GQ* (celui avec Michael J. Fox en couverture). Les rideaux de la chambre de Keiran étaient tirés.

Tom s'avança le long de la crête en veillant à ne pas trébucher. Tout était sombre chez les Fryman, à part le salon où dansaient les lueurs du téléviseur. Il distinguait Debbie sur le canapé, vêtue d'un short en satin et d'un ample T-shirt rose. Il se faisait l'effet d'un voyeur, à la regarder comme ça.

Il examina les autres fenêtres à la recherche de Sean, mais il n'y avait aucun signe de lui nulle part. Avisant le tronc d'un gommier tombé au sol, il s'y assit. Il resta ainsi, à observer la maison de Debbie, beaucoup plus longtemps qu'il n'aurait dû.

Il commençait à piquer du nez lorsqu'une lumière brilla soudain derrière l'une des fenêtres. Il entendit un grincement quand elle s'ouvrit et aperçut la flamme d'un briquet. C'était Sean. Il ne discernait pas son visage, seulement les contours de sa silhouette et l'extrémité rougeoyante de sa cigarette. Il demeura immobile, se sachant invisible dans la Jungle obscure.

Quelques minutes plus tard, Sean expédia le mégot dans le jardin, où il atterrit en projetant une petite gerbe d'étincelles rouges qui s'éteignirent presque aussitôt. La fenêtre se referma et la chambre fut de nouveau plongée dans le noir. Tom descendit avec précaution le remblai, franchit la rigole en béton d'un bond pour le moins inélégant et se retrouva devant le portillon des Fryman.

Tout en prenant soin de rester baissé, il traversa le jardin pour aller se couler dans l'ombre de la maison. Adossé à la façade, il balaya la pelouse du regard jusqu'au moment où il aperçut le filtre jeté par Sean.

Il s'accroupit, le récupéra entre le pouce et l'index puis l'orienta vers la lune.

Bingo.

Il avait vu juste : Un minuscule « S » rose.

« S », pour Sterling Red.

14

Samedi
30 décembre 1989

La bibliothèque de Camp Hill se situait au croisement d'Elm Street et de l'Esplanade, juste en face de l'Old Mariner, un restaurant de fruits de mer à volonté dont la carte des desserts était devenue légendaire en ville.

Elle était ouverte le samedi entre neuf heures et midi pendant les vacances scolaires. Tom s'y présenta à neuf heures quinze. À peine avait-il franchi l'imposante entrée que l'odeur particulière du lieu, mélange de renfermé et de vieux papier, déclencha en lui une explosion de nostalgie. Combien d'heures avait-il passées, adolescent, dans cette vénérable bâtisse en pierre ? C'était son refuge à l'époque. Pendant sa phase mythologie grecque, il choisissait l'un des fauteuils poussiéreux disposés près des fenêtres pour mieux se perdre dans les histoires de dieux et de monstres. Parfois aussi, il s'asseyait en tailleur entre les travées pour lire des bouquins comme *En terre étrangère*, *Catch 22* et, quand il avait été un peu plus âgé, *De sang-froid*.

Rien n'avait changé, constata-t-il : haut plafond voûté, piles de livres partout, recoins à peine éclairés… Si le soleil cognait déjà dur dehors, la fraîcheur régnait entre ces murs. Il faisait même presque froid. Quelle que soit la température extérieure, la bibliothèque suivait ses propres règles.

Il se dirigea vers l'accueil, pour constater que tout n'était pas pareil, finalement.

– Excusez-moi, est-ce que Mme Houlton travaille toujours ici ? demanda-t-il.

La permanence ce jour-là était assurée par un jeune homme aux cheveux blonds frisés qui portait un blazer gris. Il fit claquer sa langue en réfléchissant à la question.

– Mme Houlton…, répéta-t-il. Le nom me dit quelque chose. Je crois qu'elle a pris sa retraite avant mon arrivée.

– Ce serait logique, admit Tom. Mais ça me fait un peu bizarre de voir quelqu'un d'autre à cette place. Mme Houlton était une véritable institution, de mon temps.

– Je peux peut-être vous aider, cela dit.

– Non, merci. Je me rappelle bien la disposition des lieux.

Tom se dirigea droit vers le mur du fond, où se trouvaient les ouvrages de philosophie et de religion. Il fit courir son doigt le long des rayonnages sans trop savoir par où commencer. Dans le doute, il sélectionna un éventail de textes généraux : *L'Art et la représentation de la sorcellerie*, *Le Symbolisme caché de l'alchimie*, *Du paganisme* et *Le Grand Livre des symboles de la franc-maçonnerie et de l'occulte*.

Il alla ensuite s'installer à l'une des tables circulaires, disposa les livres autour de lui et ouvrit en premier *Le Grand Livre des symboles de la franc-maçonnerie et de l'occulte*, parce qu'une accroche promotionnelle sur la couverture proclamait : « Nouvelle édition, enrichie de plus de 500 illustrations ! » Qu'aurait pensé Mme Houlton si elle l'avait vu ainsi plongé dans l'étude de hiéroglyphes anciens, de signes de la Wicca, de formules magiques et d'alphabets mystiques ? De fait, il avait une assez bonne idée de ce qu'elle aurait dit : « Vous n'avez pas changé d'un iota, monsieur Witter. »

Triste, mais vrai.

Il s'arrêta un moment sur le dessin d'un pentagramme. D'après la légende, les cinq pointes de l'étoile représentaient les cinq blessures infligées au Christ pendant la crucifixion. Devenu plus tard un symbole protecteur dans la sorcellerie, il avait été récupéré par les satanistes à une époque plus récente.

Sur la page suivante figurait l'image d'une créature saisissante dénommée Baphomet. Ce « démon » – Tom ne voyait pas d'autre terme pour le décrire – à tête de bouc sur un corps de femme possédait de grandes ailes et une paire de cornes. Son front s'ornait d'un pentagramme inversé et sur ses avant-bras étaient inscrits les mots *Solve* et *Coagula*, qui apparemment signifiaient « séparer » et « joindre ».

Alors qu'il contemplait l'illustration, Tom fut saisi d'un frisson.

Troublé, il retourna chercher sur les rayonnages des écrits en rapport avec l'Église de Satan, le satanisme et le culte du diable. Il fut surpris – choqué, même – de découvrir des dizaines et des dizaines de livres sur le sujet.

Il choisit cette fois *Monstres cachés : rituels sataniques*, *Vérités secrètes à propos du diable*, *Le Culte de Satan* et aussi un récit intitulé *Souvenirs de Mary : l'histoire vraie d'une jeune victime de rituels sataniques délivrée de l'emprise du Mal*. Ce fut par ce dernier qu'il commença sitôt réinstallé à sa table.

La couverture était dérangeante : elle représentait une adolescente à l'air effrayé, agenouillée au milieu d'un cercle de bougies. Au-dessus d'elle, un démon cornu, mâchoires largement écartées, semblait prêt à l'engloutir, et une inscription en grandes lettres rouge sang promettait : « Vous n'oublierez jamais ce dont Mary se souvient ! »

Tom comptait juste parcourir la quatrième de couverture et feuilleter l'ouvrage, mais le premier paragraphe le captiva.

Mary n'avait que quinze ans lorsqu'elle fut attirée loin de son foyer par la promesse de l'amour et du pouvoir.

Il passa les quelques heures suivantes à dévorer le texte, dont la lecture se révéla instructive même si elle était parfois éprouvante. L'histoire était inspirée de faits réels. Née en 1951 à Portland, dans le Maine, Mary Smith y avait grandi avant d'aller s'établir à Oceanside, en Californie. Après une fausse couche à vingt-cinq ans, elle avait sombré dans une dépression si grave qu'elle avait dû être brièvement internée dans une clinique psychiatrique. C'était là qu'elle avait rencontré Jean Elizabeth Lentz, psychiatre et auteur de l'ouvrage.

Dans le cadre de sa thérapie, Mary avait vécu une régression hypnotique qui avait fait remonter à sa conscience des souvenirs refoulés d'abus sexuels perpétrés par les membres d'un culte satanique. Le Dr Lentz avait enregistré plus de quatre cents heures de séances, dont les extraits les plus marquants avaient été transcrits et inclus dans le texte. Ils tissaient la trame d'un récit sinistre : à seize ans, Mary avait été arrachée à sa famille par une bande de jeunes gens plus âgés rencontrés dans une salle d'arcade. Ils l'avaient séquestrée et forcée à assister – puis, plus tard, à participer – à toutes sortes de rituels malsains liés au culte du diable.

Ainsi, Mary racontait avoir été torturée, enfermée dans une cage, forcée à boire du sang d'animal et même, dans un passage particulièrement répugnant, emprisonnée à l'intérieur d'une carcasse de vache éviscérée. Elle affirmait que ses ravisseurs avaient agi au nom de Satan.

Tom se demanda jusqu'à quel point son témoignage était crédible. Non seulement ses descriptions repoussaient les limites de la vraisemblance mais, pour avoir déjà entendu parler de la régression hypnotique, il savait que cette méthode avait conduit certains patients à rapporter des expériences fantaisistes, comme un enlèvement par des extraterrestres. Cela dit, lui-même travaillait au quotidien avec des adolescents. À de nombreux égards, ils constituaient une espèce à part.

– Vous vous intéressez aux sujets légers ?

Surpris, Tom tourna vivement la tête. Le bibliothécaire se tenait à quelques pas de lui.

– Plus ou moins, répondit-il.

– Vous faites des recherches ? Vous écrivez un roman d'horreur ou quelque chose de ce genre ?

– On peut dire ça, oui.

Le bibliothécaire jeta un coup d'œil autour de lui puis baissa d'un ton.

– Tant mieux. La plupart des gens ne savent pas à quel point le satanisme est dangereux.

Tom le dévisagea.

– Contrairement à vous ?

– J'ai vu une émission sur le sujet il y a quelques semaines. Avec Ozzy Osbourne et tout. On l'a sûrement dans notre section vidéo, si vous l'avez manquée.

– Vous avez des vidéos ? s'étonna Tom.

Pour le coup, c'était une nouveauté.

Le bibliothécaire le guida vers une longue salle étroite. Sur la gauche s'alignaient des pupitres équipés chacun d'un petit téléviseur, d'un casque et d'un magnétoscope. Sur le mur de droite couraient des rayonnages bourrés de cassettes vidéo classées par catégories : films grand public, classiques en noir et blanc, documentaires sur la nature et reportages.

– Vous n'avez pas le droit d'emprunter les cassettes, précisa le bibliothécaire. C'est idiot, mais c'est le règlement. Le but, c'est d'éviter que les gens fassent des copies. En attendant, vous pouvez regarder sur place tout ce que vous voulez.

Tom considéra les étagères.

– Je ne sais pas trop par où commencer, avoua-t-il.

– Je vous conseille les documentaires criminels. Sur l'étagère du fond. C'est là qu'on range les émissions sur les tueurs en série, les sectes et les schizos en tout genre. On les met en hauteur pour que les gosses ne puissent pas y avoir accès. Ça risquerait de leur donner des cauchemars. Même moi, ça m'en donnerait.

Le bibliothécaire inspecta le rayonnage quelques instants, avant d'en tirer un simple boîtier en plastique transparent.

– Tenez, c'est l'émission sur les adorateurs du diable.

Le titre était imprimé sur une étiquette collée au dos : *Habités par le diable : tout sur les satanistes.*

– Vous avez besoin d'autre chose ? demanda-t-il.

– Non, ça ira, répondit Tom. Merci.

Il s'assit devant un écran, coiffa le casque équipé de gros écouteurs, puis glissa la cassette dans le magnétoscope et appuya sur *Play*.

Le générique défila sur fond de musique inquiétante, tandis que se succédaient des images de symboles sataniques, de planches de spiritisme, d'adolescents faisant la queue pour assister à un concert de rock. Il s'acheva par un plan de *L'Exorciste* – celui où la tête de Regan pivote à cent quatre-vingts degrés. Dès la première séquence du documentaire, Tom s'enfonça dans une impressionnante forêt séculaire, peut-être située en Amérique centrale. Puis la caméra zooma sur le tronc d'un chêne où figurait un dessin à la peinture rouge : un pentagramme.

Tom se pencha en avant.

Un homme apparut dans le champ, qu'il reconnut aussitôt à son épaisse chevelure noire et à son impressionnante moustache broussailleuse. C'était le journaliste Geraldo Rivera, réputé pour ses émissions à sensation. En regardant droit vers l'objectif, il déclara : « On peut croire ou non à l'existence de Satan, mais celle du satanisme est indéniable. Les ténèbres rôdent derrière les paroles de la chanson préférée de votre enfant, sur les rayonnages de votre loueur de vidéos, dans vos foyers, dans les écoles et les parcs de toutes les petites villes du pays. Ce soir, *Special Look* vous emmène dans les tréfonds du monde dangereux et perturbant des adorateurs du diable. C'est une épidémie qui se répand à toute allure. Personne n'est à l'abri. Et surtout pas vos fils et vos filles… »

Tom rentra chez lui vers midi, l'esprit en ébullition. Il s'était rendu à la bibliothèque pour tenter de déterminer s'il avait raison de s'inquiéter – au sujet de Keiran, de Tracie, de Sean –, et la réponse était un « oui » retentissant. Les bras chargés des livres qu'il avait empruntés, il se demandait quelles mesures il allait bien pouvoir prendre quand un secours inattendu se présenta.

– Bonjour, Tom !

C'était Lydia Chow. Elle portait un short et une visière verte. Quiconque ne la connaissait pas aurait pu croire qu'elle allait disputer un match de tennis ou en revenait, mais Tom était presque certain qu'elle n'avait jamais mis les pieds sur un court. La tenue lui plaisait, c'est tout.

– Bonjour, Lydia.

– Vas-y, raconte.

– Pardon ?

– Je tiens de source sûre que l'inspectrice chargée de l'enquête sur la disparition de Tracie Reed a passé la soirée chez toi, hier.

– Quelle source ?

– Moi, avoua Lydia. Je regardais par la fenêtre de ma cuisine quand elle est arrivée. Mais j'assume. On devrait tous surveiller ce qui se passe dans le quartier.

Elle jeta un coup d'œil aux ouvrages de Tom.

– À propos, est-ce qu'on a des raisons de s'inquiéter ?

– Je ferais peut-être mieux de ne pas en parler, Lydia.

– Oh, allez… Je te dis tout si tu me dis tout.

Tom posa les livres sur les marches du perron puis se tourna vers sa voisine, une main au-dessus des yeux pour se protéger du soleil aveuglant.

– Tu sais quelque chose au sujet de cette disparition ?

Elle sourit.

– On va chez moi ou chez toi ?

Cinq minutes plus tard, Tom était assis devant une tasse de thé dans le salon de Lydia Chow, une pièce avec de grandes baies vitrées donnant sur le jardin, avec son gazon bien tondu et ses massifs de fleurs parfaitement paillés. Il n'y avait pas la moindre touffe de chiendent à l'horizon. Même les oiseaux qui s'ébattaient dans la petite fontaine semblaient joyeux, comme dans un livre d'images.

Il y avait cependant des mouches. Des tas de mouches. Durant les mois les plus froids, Tom arrivait à les oublier, si bien qu'il était toujours surpris lorsqu'elles ressurgissaient en été. Sans doute s'agissait-il chez lui d'une sorte de mécanisme de défense, comme on refoule un traumatisme.

– J'ai la maison pour moi toute seule pendant quelques jours, raconta Lydia en faisant tomber un sucre dans son thé. Les filles passent les vacances avec leur père et Rob est parti à la pêche. Je suis sûre que c'est un code pour quelque chose d'autre, mais je n'ai pas encore compris quoi.

– S'il y a bien quelqu'un capable de percer ce mystère, c'est toi.

Elle éclata de rire, puis s'assit plus confortablement. À aucun moment pendant la conversation elle ne se départit de son sourire.

– À propos de mystère, j'ai déjà établi que Sean Fryman était impliqué dans la disparition de Tracie Reed, reprit-elle. Ça, c'est évident. Mais c'est sur le « pourquoi » que je bloque. Si je devais me prononcer…

Elle fit de son mieux pour imiter le grincement des ressorts d'un matelas.

– Charmant, commenta Tom.

– Il y a une part de vérité dans le cliché sur le pouvoir de séduction des mauvais garçons. Tiens, moi par exemple, je suis sortie avec mon premier mari uniquement parce qu'il avait une moto. Oh, bien sûr, je lui ai interdit d'en faire après notre mariage. Ce sont des engins de mort, ces machins-là. Bref, j'ai raison ou pas, pour le fils Fryman ?

– Parle-moi d'abord de ce que tu sais.

Elle plissa les yeux.

– D'accord. Il se trouve qu'une des femmes dans mon cours d'aérobic, Betty Garland, est allée au lycée avec la cousine de Debbie Fryman.

– OK…

– Elle n'avait pas grand-chose à raconter sur Debbie, à part qu'elle a eu pas mal de petits copains à l'époque, et ça, j'aurais pu le deviner rien qu'en la regardant. Betty avait beaucoup à dire, en revanche, sur l'ex de Debbie.

– Le père de Sean ?

– C'était un alcoolique, apparemment. Et quand il avait trop bu, il devenait violent.

– Il la battait ?

Lydia hocha la tête sans cesser de sourire.

– Il l'a envoyée deux fois à l'hôpital, dont une parce que ce salaud lui avait cassé le bras. Debbie a menti aux médecins pour expliquer la fracture. Elle a aussi menti à sa famille. Oh, personne n'était dupe, bien sûr. Mais bon, il y a du vrai aussi dans un autre cliché : on ne peut rien faire pour quelqu'un qui refuse d'être aidé.

– Qu'est-ce qui s'est passé ensuite ?

– Toujours d'après Betty, par une nuit froide et venteuse, Debbie a débarqué chez sa tante, couverte de sang, en larmes et complètement désespérée. Elle avait peur pour Sean.

– Pourquoi ? Où était-il ?

– Elle l'avait laissé à la maison avec son père.

Lydia secoua la tête puis émit un petit claquement de langue réprobateur.

– C'était le seul moyen qu'elle avait trouvé pour s'échapper. Au bout d'un moment, elle a fini par aller récupérer son fils. Je suppose qu'elle se sentait assez forte pour quitter son mari, et que lui a eu assez de bon sens pour lui foutre enfin la paix. En attendant, je n'ose même pas imaginer les scènes dont Sean a été le témoin. C'est comme ça qu'on fabrique les tueurs en série.

Tom resta songeur. Sean avait passé un nombre incalculable d'heures chez eux mais, pour autant qu'il s'en souvienne, il n'avait jamais mentionné son père.

– La violence, ça se transmet, poursuivit Lydia. C'est cyclique. Si le père aimait faire du mal aux femmes, peut-être que le fils y prend plaisir aussi.

– C'est troublant, je l'admets.

– Tom ? Qu'est-ce que tu ne me dis pas ?

Il soupira.

– Ça va te sembler dingue…

– J'attends.

Après avoir avalé une gorgée de thé, Tom s'efforça d'adopter un ton décontracté pour demander :

– Qu'est-ce que tu sais sur le culte du diable ?

– Une réunion d'urgence du comité de surveillance ?

Connie ôta son badge de la Camp Hill Savings & Loans et le déposa dans le vide-poche sur la commode.

– Non mais elle perd la boule ou quoi ? Une réunion tous les quinze jours, ça ne lui suffit pas ? À croire qu'elle prend son pied avec toutes ces conneries !

– À vrai dire, elle n'est pas seule en cause, confessa Tom.

Connie le dévisagea.

– Tu la soutiens ?

– Tu connais les voisins, Connie. Ils ont toujours un œil qui traîne, ils remarquent tout. Alors, pourquoi ne pas exploiter leurs informations ? On pourrait apporter notre contribution à l'enquête.

– Écoute, mon chéri, ne te vexe pas, mais Lydia devrait se mêler de ses affaires et toi aussi.

– Pourquoi voudrais-tu que je me vexe ?

– Tu juges Sean trop vite.

– Il y a quelque chose qui cloche chez lui.

– C'est un point de vue, convint Connie. Un autre serait de considérer qu'il est avant tout une victime. Tu as eu une enfance incroyablement normale, Tom, tu ne peux pas comprendre à quel point c'est dur quand ton père et ta mère se séparent. Il n'y a rien de plus terrible pour un enfant qu'un foyer brisé.

– Tu t'en es bien sortie, fit remarquer Tom.

– Tu trouves ?

Il sourit.

– Oui, je confirme.

Elle esquissa un geste vers le lit, sur lequel Tom avait étalé ses livres.

– De toute façon, ne va pas me dire que tu crois une seconde à tout ça... Des sacrifices sanglants, des tunnels secrets, des rituels sataniques ?

Tom ouvrit la bouche pour répondre, avant de se raviser. À court d'arguments, il se rallongea sur le lit et contempla le ventilateur au plafond.

– Je me demande pourquoi tu fais une fixette sur cette histoire, reprit Connie.

– C'est pas une fixette, rétorqua-t-il. Je me sens concerné, c'est tout.

– Faux. Moi, je me sens concernée. Chez toi, ça tourne à l'obsession.

– S'il se passe quelque chose de grave dans le quartier, il est de notre responsabilité d'agir pour protéger nos enfants.

– *Notre* responsabilité ? Je te rappelle que tu es prof de littérature, Tom.

– Je commence à en avoir assez de m'entendre dicter ma conduite.

– N'empêche, s'il se passe réellement quelque chose de « grave », répliqua Connie en traçant des guillemets dans l'air, c'est à la police de régler ça.

– Elle n'est pas intervenue pour l'instant. Et si un de nos enfants était le prochain sur la liste, hein ?

Connie le rejoignit, lui effleura le bras et lui adressa un sourire en guise de drapeau blanc.

– Ce qui compte avant tout pour nos fils, c'est qu'on soit là pour eux, d'accord ? Promets-moi juste d'être prudent. Quand on renverse le premier domino, on ne sait jamais comment tomberont les autres derrière.

15

– Bienvenue à tous les membres du comité de surveillance de Keel Street, lança Lydia Chow à la cantonade. Merci d'être venus dans un délai aussi court. Si vous êtes là ce soir, c'est parce que vous vous souciez de notre communauté et que vous prenez à cœur sa sécurité.

Une nouvelle fois, Lydia avait réaménagé son salon pour recevoir les participants. Les meubles avaient été poussés contre les murs et des chaises en plastique disposées en rangées. Tom était assis au premier rang. Quand Lydia prit la parole, il se retourna pour voir qui s'était déplacé.

La plupart des foyers de Keel Street étaient représentés, à quelques exceptions près. Donnie et Clara Hines avaient fourni une excuse que Lydia avait qualifiée de « minable » : la sœur de Donnie était là pour un week-end prolongé, bla bla bla... Les Knapp étaient déjà partis en vacances dans leur maison de Belport, et Gary Henskee, apparemment, s'était terré chez lui lorsque Lydia avait sonné. Malgré tout, compte tenu de la rapidité avec laquelle cette dernière avait organisé la réunion, le taux de participation était honorable.

– Bien, reprit Lydia. En attendant l'arrivée de notre invité spécial, je vous propose d'ouvrir la séance. Nous sommes le 30 décembre 1989. Ellie a une nouvelle fois aimablement accepté de se charger du compte rendu, avant tout parce que vous êtes tous trop flemmards pour vous porter volontaires.

Quelques rires fusèrent. Ellie, assise à gauche de Tom, griffonna mot pour mot la plaisanterie de Lydia sur son bloc-notes. Tom se pencha vers elle pour lui demander :

– Qui est cet invité spécial ?

– Elle tient à ce que ce soit une surprise, chuchota Ellie.

Allons bon, se dit-il. Lydia la jouait solo.

– Si nous vous avons tous convoqués ici aujourd'hui, déclara celle-ci en faisant les cent pas, c'est parce qu'il y a du nouveau dans l'affaire de la jeune disparue, Tracie Reed.

Elle s'interrompit un instant pour mieux ménager ses effets et balaya l'assistance du regard.

– Certains d'entre vous seront peut-être choqués d'apprendre qu'un suspect dans cette affaire habite notre rue.

– Nous ne sommes pas là pour accuser qui que ce soit, Lydia, s'empressa d'intervenir Tom.

Et de préciser, à l'adresse du groupe :

– Nous voudrions juste tenter d'établir quelques faits. D'abord, le soir où Tracie s'est volatilisée, une espèce de rituel a été pratiqué dans la Jungle.

Il y eut des murmures, suivis par un silence intrigué. Betsy Keneally, la brune corpulente qui vivait dans la petite maison au numéro 17, s'engouffra dans la brèche :

– Je parie que c'est ce gamin qui s'habille comme s'il faisait partie de la famille Addams. Sean Fryman.

Tom s'éclaircit la gorge puis se leva. Il songea à l'avertissement de Connie, mais jugea qu'il était trop tard pour reculer.

– Oui, confirma-t-il. Nous avons des raisons de penser qu'il est impliqué.

Nouvelle vague d'excitation collective, ponctuée de chuchotements, de claquements de langue réprobateurs et d'un « J'ai toujours su qu'il y avait quelque chose de pas net chez lui » énoncé posément.

– Il s'agirait d'un rituel satanique, expliqua Lydia. Un collier a été retrouvé dans la chambre de Tracie, avec un pendentif en forme de pentagramme. Or ce même symbole est tatoué sur le bras de Sean Fryman. Tom ici présent est bien placé pour connaître les détails de l'affaire, parce qu'il est sorti autrefois avec la policière chargée de l'enquête.

– On n'est jamais sortis ensemble, prétendit Tom. C'est une amie de lycée, c'est tout.

– Je parie que les menottes vous étaient bien utiles, à l'époque ! lança Bill Davis, assis au dernier rang.

Vêtu d'un bermuda et d'une chemise en lin dont les trois premiers boutons étaient défaits, il se balançait sur sa chaise pliante en jetant des regards autour de lui pour s'assurer que tout le monde l'avait entendu.

Ingrid Peck, la divorcée désespérément seule du numéro 15, intervint :

– Vous voulez dire que ce garçon l'a sacrifiée au diable ?

– Personne n'a dit ça, répliqua Tom.

– Personne n'a dit le contraire non plus, rétorqua Lydia.

– Si c'est vrai, pourquoi les flics ne l'arrêtent pas ? s'enquit Betsy.

– Ils n'ont pas assez d'éléments, répondit Tom. C'est pour ça que nous avons besoin de votre aide. Le but de cette réunion est d'obtenir le plus d'informations possible. Nous les communiquerons ensuite à la police.

– Quel genre d'informations ?

La question avait été posée par Irene Borschmann, du numéro 16.

– Comportements louches, habitudes étranges, visiteurs mystérieux…, énuméra Lydia. Quelqu'un dans cette pièce a peut-être vu ou entendu quelque chose qui permettra d'arrêter un monstre. Est-ce que l'un de vous a remarqué un détail insolite chez Sean Fryman ? Un élément qui sortirait de l'ordinaire ?

– À part le fait qu'il s'habille comme un vampire ? lança Bill.

– Je me sens partagée, déclara Irene. Ce n'est pas correct de parler de quelqu'un qui n'est pas là pour se défendre. Je ne dis pas pour autant que j'apprécie ce garçon, je ne le connais pas. Pas plus que sa mère, d'ailleurs.

– Nous en sommes tous là, souligna Lydia. D'où la nécessité de notre discussion de ce soir.

– Debbie est quelqu'un de bien, affirma Tom. Ça ne doit pas être facile pour elle d'élever seule un enfant. Sans compter qu'on n'est pas toujours en mesure d'empêcher un ado de s'engager dans telle ou telle voie.

Lydia jeta un coup d'œil par-dessus l'assemblée et, soudain, son visage s'éclaira comme un sapin de Noël. Tom se retourna. Un inconnu se tenait sur le seuil : un homme d'une stature particulièrement imposante, en pantalon, chemise à manches longues et cravate. Lydia délaissa son poste pour se précipiter vers lui. Elle lui prit la main, la serra entre les siennes et la secoua avec vigueur.

– Je suis Lydia Chow, présidente du comité de surveillance de Keel Street, lui dit-elle. Nous nous sommes parlé au téléphone.

Elle se tourna vers le groupe.

– J'aimerais vous présenter Owen Reed, le père de Tracie.

Cette déclaration suscita quelques exclamations étouffées tandis que les regards s'animaient. Une sorte de célébrité venait de faire son entrée. Puis, dans un geste d'une intimité absurde compte tenu des circonstances, Lydia glissa son bras sous celui du nouveau venu pour le guider jusqu'à un siège libre au premier rang. Il n'avait toujours pas dit un mot. Le rouge aux joues, il se borna à examiner rapidement l'assistance avant de s'asseoir.

– J'ai invité Owen ici ce soir parce que je voulais lui montrer à quel point les habitants du quartier se sentent concernés par ce qu'il lui est arrivé, reprit Lydia. Et lui rappeler qu'il n'est pas seul dans cette épreuve. Tout l'intérêt de la vie en communauté, c'est que, pour le meilleur ou pour le pire, nous veillons les uns sur les autres.

Elle concentra son attention sur Owen Reed, attendant manifestement une réaction. Il regarda autour de lui en rougissant de plus belle.

– Aimeriez-vous dire quelques mots, monsieur Reed ? le pressa-t-elle.

– Non, merci.

Durant plusieurs secondes, Lydia le dévisagea en silence. Puis, émergeant de l'espèce de transe dans laquelle elle était tombée, elle demanda :

– Où en étions-nous, Tom ?

– On parlait de notre voisin sataniste, répondit Ingrid Peck.

Owen fronça les sourcils tandis que Tom se lançait dans une explication aussi maladroite que confuse.

– Nous sommes tous inquiets au sujet de votre fille, monsieur Reed. Il y a un garçon dans notre rue, un adolescent qui…

– Lydia m'a mis au courant, le coupa Owen.

– Je sais que ça peut sembler tiré par les cheveux, admit Tom. En attendant, il y a bel et bien des dizaines de cas de jeunes qui ont été arrachés à leur famille avant d'être torturés ou transformés eux-mêmes en tortionnaires. J'ai passé toute la matinée à me renseigner sur le sujet à la bibliothèque. Ce genre de chose existe, hélas.

– En Amérique, oui, décréta Irene. Tout est plus grand, plus retentissant et plus effrayant là-bas.

– Désolée, Irene, mais si tu penses que l'Australie est épargnée par ces horreurs, tu te voiles la face, déclara Lydia. Le massacre de Milperra, ça te dit quelque chose ? Et l'attentat de Russell Street ?

– C'est différent.

– En quoi ?

– Allons, Lydia. Des adorateurs du diable ? Des symboles secrets ? Non, on n'a pas ça en Australie, et encore moins à Camp Hill.

Tom, qui sentait la frustration le gagner, secoua la tête.

– Et Kylie Maybury, alors ?

– Qui ? interrogea Irene.

Il se leva, puis se tourna vers elle.

– Elle a été kidnappée et étranglée en 1984 à Melbourne, expliqua-t-il. À une heure de route d'ici. Elle avait six ans.

Tom s'adressa ensuite à tout le groupe :

– Prenez aussi David et Catherine Birnie, à Perth. En 1986, ils ont enlevé, violé et assassiné plusieurs femmes. Et il y a quelques mois seulement, à Brisbane, une femme a poignardé un homme avant de boire son sang. En ce moment même, un tueur en série sévit à Sydney, où il assassine les vieilles dames.

Conscient du regard d'Owen rivé sur lui, il ajouta :

– Je ne suis pas en train de dire que c'est ce qui est arrivé à Tracie. Je voulais juste montrer que des choses terribles se produisent partout.

Durant un moment, tous les participants se contentèrent de le dévisager. Puis James Fellers, l'un des habitants les plus âgés de Keel Street, prit la parole :

– Ce n'était qu'une question de temps, si vous voulez mon avis.

Il avait quatre-vingts ans passés. Il vivait déjà à Camp Hill alors que Tom n'était même pas né. Sa voix éraillée se teintait d'une inflexion blasée.

– Depuis que les femmes refusent de rester à la maison, les gosses n'ont plus personne pour les surveiller. Ils se retrouvent tout seuls chez eux pendant des heures. Et je ne vous parle pas du nombre de divorces qui a explosé à cause de ça… Sans vouloir vous vexer, Ingrid.

– Dans mon cas, c'était la seule solution, James, rétorqua cette dernière.

Il balaya la remarque d'un geste dédaigneux.

– Quoi qu'il en soit, à mon époque, il n'était pas question de disputes pour la garde des enfants, ni de séparations temporaires, ni du sida, ni de photos de gosses disparus placardées partout.

– Il n'a pas tort, déclara Karina Alvarez, qui habitait la grande maison blanche à l'angle. Depuis le début des vacances, mon Michael reste toute la journée enfermé dans sa chambre, stores baissés, à jouer à *Donjons et Dragons* avec ses copains. Il est blanc comme un cachet d'aspirine.

– Les jeunes ont changé, approuva Bill Davis. Moi, quand j'avais l'âge de ma Kirsty, je suis allé voir *L'Exorciste* et j'ai eu tellement peur que je n'ai pas pu dormir pendant une semaine. Mais aujourd'hui, tous les gamins veulent une planche de ouija pour Noël.

Tom se raidit à la mention de la planche.

– Si nous sommes là ce soir, c'est justement pour essayer de faire quelque chose, souligna Lydia. Il faut que nous reprenions le contrôle de nos enfants, de notre quartier et de nos foyers. On ne peut pas se contenter de rester assis là à se plaindre. Ça arrive toujours aux gosses des autres, jusqu'au jour où ça touche les nôtres.

– Personnellement, intervint Karina, je n'ai jamais vu Sean Fryman danser nu autour d'un feu de joie dans son jardin ni sacrifier des animaux ni rien de ce genre. Mais sa mère rentre et sort à point d'heure, le soir. Il est souvent livré à lui-même. Alors, qui sait ce qu'il fabrique, tout seul chez lui ?

La voix d'Alyssa Lindley, du numéro 7, se fit entendre :

– Il achète des souris mortes.

– Quoi ? s'écria Bill.

– Cet été, je travaille à l'animalerie Pets'n'Pieces, pour mettre un peu de beurre dans les épinards. On y vend des souris mortes, entières et congelées. Sean est venu en chercher avant Noël.

– C'est bon, cette fois je déménage, plaisanta Bill.

– Il a un serpent, expliqua Tom.

– Ah oui ? Franchement, ça me fait encore plus peur de le savoir, commenta Alyssa. Quelle idée d'avoir une bestiole pareille chez soi ! Satan était bien le serpent dans le jardin d'Éden, non ? Peut-être qu'il y a un rapport, là.

– Je ne suis pas sûr que ça nous avance beaucoup, Alyssa, l'interrompit Tom. Est-ce que quelqu'un aurait un renseignement plus utile à nous communiquer ?

Dans le silence qui suivit, aucune main ne se leva.

Pour finir, Owen Reed se redressa, secoua la tête et regarda Tom droit dans les yeux.

– Je crois que vous avez votre réponse, dit-il.

Tom rentra lentement chez lui après la réunion qui, de son point de vue, avait été un fiasco. Il faisait bon, la température était idéale pour se promener en T-shirt. Des papillons de nuit se cognaient contre les lampadaires et les lumières dans les maisons commençaient à s'éteindre. Tout était tranquille à Keel Street sous un ciel nocturne dégagé, fourmillant d'étoiles. Tout était tranquille aussi à Camp Hill. Mais le tumulte régnait dans la tête de Tom.

Une décapotable jaune était garée le long du trottoir à quelques portes de chez lui. Moteur coupé et capote baissée. En s'approchant, Tom reconnut Owen Reed assis au volant. Il remarqua également trois canettes de bière encore pleines sur le siège passager, deux vides sur le plancher et une autre dans la main du conducteur.

– On n'a pas été officiellement présentés, déclara-t-il. Je m'appelle Tom Witter. Tracie était une de mes élèves au lycée.

Owen leva les yeux vers lui.

– Je vous offre une bière ?

– Oh, eh bien… OK.

Après que le père de Tracie eut débarrassé le siège passager, Tom prit place à côté de lui puis décapsula une canette. La bière était tiède, mais peu importait.

– Je suis désolé que cette soirée n'ait rien donné, dit-il.

– Je ne sais pas trop ce que vous en attendiez, répliqua Owen.

Tom haussa les épaules.

– Quoi qu'il en soit, j'espère me tromper. Sur toute la ligne.

Owen vida sa bière, avant de tourner la tête vers lui.

– Pourquoi attachez-vous autant d'importance à tout ça, Tom ? D'accord, vous étiez l'un des profs de Tracie, mais j'imagine que vous avez vu défiler des centaines d'élèves depuis que vous enseignez.

– Mon cadet, Keiran, était dans la Jungle la nuit où Tracie a disparu. Avec le fils de notre voisine, Sean.

– Le gamin au serpent ?

– C'est ça.

Owen patienta.

– Ils ont fait les imbéciles avec une planche de ouija, raconta Tom. Ils voulaient organiser une séance de spiritisme ou pratiquer une espèce de rituel… J'aimerais croire que ce ne sont que des bêtises de gosses, bien sûr. En même temps, ça ne sert à rien de se réfugier dans le déni. Bref, pour répondre à votre question, je ne veux pas que ce qui est arrivé à votre fille arrive à mes enfants.

Owen opina lentement du chef.

– D'accord. Merci, Tom.

– De… ?

– De ne pas vous en foutre. Je n'ai pas eu l'impression d'avoir beaucoup de soutien, ces derniers temps.

– Et votre femme ?

– Oh, de ce côté-là, c'est compliqué. Déjà avant ce drame, notre couple traversait une grosse crise, et aujourd'hui, je ne sais plus.

Il but une gorgée de bière.

– Je n'arrête pas de penser – d'espérer – que ma fille a fugué pour nous réunir, Nancy et moi. Le malheur est censé rapprocher les gens, non ? Sauf que, si c'est vraiment ce qu'elle voulait, c'est raté.

– Comment ça ?

– La rancœur est toujours là. Avant, au moins, on réussissait à en parler. Alors que maintenant…

– C'est tabou.

Owen hocha de nouveau la tête.

– Je peux vous demander…, commença Tom.

– Pourquoi on s'est séparés ?

– Si ce n'est pas trop indiscret, bien sûr.

– Non, c'est bon, répondit Owen, qui pinça les lèvres. Il y avait quelqu'un d'autre.

Il n'ajouta rien et Tom ne chercha pas à en savoir plus. Mais, compte tenu des statistiques, il lui semblait raisonnable de supposer qu'Owen avait trompé sa femme.

Sous le halo terne du lampadaire, le père de Tracie paraissait blafard et absent, comme un fantôme toujours prisonnier de son enveloppe charnelle.

– Laquelle est la maison de Sean ? s'enquit-il.

Puis, comme Tom hésitait à répondre, il tourna vers lui son visage défait, marqué par la lassitude.

– Je n'ai pas l'intention de le tirer du lit pour lui flanquer une raclée, Tom.

– C'est celle-là, là-bas.

Tom lui indiqua le pavillon des Fryman, où tout était calme. La lampe extérieure n'était pas allumée, mais un rai jaune filtrait entre les rideaux. Au loin, un roulement de tonnerre annonçait un orage d'été.

– Vous le connaissez bien ? reprit Owen.

Tom s'accorda quelques instants de réflexion.

– Il y a eu une époque où il était proche de mon fils aîné, Marty, déclara-t-il. Mais après, il a changé.

Conscient que ce n'était pas tout à fait exact, il nuança sa remarque :

– Ou plutôt, quelque chose l'a fait changer.

– Et ses parents ?

– Il vit avec sa mère. Son père n'est plus dans le tableau depuis longtemps. Des rumeurs circulent à son sujet, comme quoi il était violent.

Un peu plus loin, chez Lydia Chow, la porte s'ouvrit, livrant passage à Ellie Sipple qui plaquait son bloc-notes contre sa poitrine. Elle s'engagea sur le trottoir la tête basse mais, juste avant de tourner dans son allée, elle se redressa et scruta la rue. En remarquant la décapotable, elle se pencha, les yeux plissés pour mieux voir ses occupants. Après avoir soutenu le regard de Tom quelques secondes, elle rentra chez elle.

– Tracie était harcelée, lâcha Owen.

– Quoi ? s'étonna Tom, qui s'avança sur son siège.

– Elle l'a dit à Nancy le soir où elle a disparu. Elle avait l'impression que quelqu'un l'épiait, la suivait.

Tom s'appuya de nouveau contre le dossier et contempla la rue. Les rouages de son cerveau s'étaient mis en branle. Owen dut le sentir, car il demanda :

– Qu'est-ce qu'il y a ?

– Je ne suis pas sûr que Nancy vous en ait parlé, mais l'autre jour…

– Vous avez rôdé autour de la maison.

– Je n'étais pas vraiment en train de « rôder », non, j'avais juste l'intention de…, commença Tom.

Owen balaya d'un geste sa tentative d'explication.

– Vous n'avez pas à vous justifier. Ma femme a des réactions épidermiques – comme Tracie, d'ailleurs –, et j'ai bien compris que vous vouliez vous rendre utile.

– Merci, j'apprécie. Bref, quand j'étais dans la Jungle derrière chez vous, j'ai trouvé un tas de mégots. Et hier soir, j'ai découvert que Sean fumait des cigarettes de la même marque. Je ne dis pas que ça prouve quoi que ce soit, n'empêche…

– Vous pensez que Sean aurait pu lui faire du mal ?

– Ce n'est pas à moi de me prononcer. Mais, oui, ajouta Tom après un blanc. C'est possible.

Le père de Tracie vida sa canette, l'écrasa dans sa main puis l'expédia sur la banquette arrière.

– Vous savez ce qui me vient à l'esprit ? On est là, à échanger des hypothèses, alors que les réponses à nos questions sont à portée de main. Pourquoi ne pas aller l'interroger directement ?

Il indiqua la maison des Fryman. Sa mâchoire se crispa, comme s'il ruminait une pensée, puis, soudain, il ouvrit sa portière et descendit de voiture.

– Bon, dit-il. Vous venez ou pas ?

16

Alors qu'ils approchaient de la maison, Tom se sentit tout à coup gagné par une fébrilité telle qu'il chancela. Il lui semblait qu'un courant brûlant circulait dans ses veines, à la fois tumultueux et stimulant. L'orage serait bientôt là. Le tonnerre grondait.

Tom inspecta la rue. Elle était déserte mais, derrière les nombreuses fenêtres de Keel Street, il y avait toujours quelqu'un pour regarder dehors. *Eh bien, allez-y, regardez*, pensa-t-il.

Devant lui, Owen n'hésita pas un instant. Il gravit les marches, s'arrêta devant la porte et frappa. Fort. Tom le rejoignit. À l'intérieur, du heavy metal résonnait à plein volume. Owen frappa de nouveau. Des pas se firent entendre, suivis par un *clac* sonore – Debbie avait dû réussir à installer le verrou, finalement, songea Tom –, puis le battant s'entrouvrit.

Sean passa la tête dans l'entrebâillement.

– Monsieur Witter ?

Sa voix était éraillée. Ses yeux passèrent de Tom au géant à côté de lui.

– Salut, Sean, dit Tom. Je te présente Owen Reed.

– Le père de Tracie, précisa Owen.

Sean s'humecta les lèvres avant de contempler ses pieds.

– Ta mère est là ? demanda Tom.

– Non, elle est au boulot.

– Bien, dit Owen. De toute façon, ce n'est pas elle qu'on voulait voir.

Sans un mot, presque comme s'il s'était attendu à leur visite, Sean recula. Owen pénétra aussitôt dans le vestibule. Avant de lui emboîter le pas, Tom jeta un coup d'œil par-dessus son épaule.

Le salon empestait la cigarette – il y avait un cendrier en verre rempli de mégots sur la petite table – et les basses faisaient vibrer le sol. Martèlement de la batterie, guitares assourdissantes, voix suraiguës… Pour Tom, ce n'était que du bruit. Sean arrêta le disque et le silence s'abattit sur la pièce.

Quelques 33 tours étaient éparpillés par terre. En les examinant de plus près, Tom se rendit compte que le pentagramme était partout. Là, en doré, sur la pochette de *Welcome to Hell*, de Venom, avec au centre ce qui ressemblait à une tête de bouc. Et ici, sur la pochette de *Show No Mercy*, de Slayer, où il s'ornait de quatre épées et du nom du groupe. Sur l'album *Power from Hell*, d'Onslaught, un démon de fumée s'élevait du centre d'une étoile à cinq branches. Le symbole était même représenté sur le disque de Mötley Crüe qu'il avait eu entre les mains la veille. Comment avait-il pu passer à côté ? Vu sous le bon angle et à la lumière, il était immanquable. Large et noir sur un fond encore plus noir. Tellement évident qu'on ne le remarquait pas.

Tom sentit son estomac se nouer.

– Assieds-toi, Sean, ordonna-t-il.

– Vous êtes chez moi, rétorqua l'adolescent. Ce serait plutôt à moi de dire ça, non ?

Une brève pause.

– Ou pas, ajouta-t-il.

Owen le fusilla du regard.

Sean se laissa tomber sur le canapé. Le père de Tracie s'assit en face de lui et Tom resta debout. Ou, plus précisément, il se mit à faire les cent pas. Il s'immobilisa un instant pour jeter un coup d'œil par la fenêtre. La Jungle semblait encore plus sombre ce soir-là. Il n'y avait pas de lune et les lumières des maisons n'éclairaient pas au-delà de la clôture. Comme si une barrière invisible se dressait entre la zone pavillonnaire et la nature sauvage, pensa-t-il. Entre son univers et ce qui se trouvait au-delà. Quoi que ce soit.

Sans quitter Sean des yeux, Owen lui demanda :

– Tu sais pourquoi on est là ?

– Non.

– Il y a eu une réunion de quartier, tout à l'heure. Juste en face, de l'autre côté de la rue. Ton nom a été mentionné plus d'une fois.

– Ah bon ?

– Ma fille a disparu, Sean, et le bruit court que tu y serais pour quelque chose.

Sean se ratatina encore plus sur le canapé.

– On n'est pas venus t'intimider ou t'effrayer, reprit Owen. On veut juste la vérité. Et comme beaucoup de gens parlent de toi, je voulais te rencontrer. Tu comprends ?

Quand Sean leva les yeux vers Tom, celui-ci eut l'impression de revoir le gamin adorable qui avait pratiquement grandi chez lui. Celui qui avait monté une tente dans leur jardin et passé toute la nuit à rire avec Marty. L'enfant hâlé, aux joues parsemées de taches de rousseur, qui ne ratait jamais les jeux Atari du dimanche, les boulettes de viande du lundi ou les crèmes glacées du vendredi chez les Witter. Ces souvenirs étaient si vivaces qu'il lui semblait presque entendre la voix de Debbie appelant son fils par-dessus la clôture à l'heure du dîner.

Le nœud dans son estomac devint douloureux.

– J'y suis pour rien, se défendit Sean.

– Pourquoi les voisins paraissent-ils persuadés du contraire, alors ? répliqua Owen.

– C'est pas évident ? Je m'habille pas comme tout le monde, j'écoute une musique différente et je fais pas semblant d'être heureux tout le temps. Mais je la connaissais même pas, votre fille.

– Vous étiez tous les deux scolarisés à Camp Hill.

– Je sais qui c'est, mais je la connais pas, s'obstina Sean.

– Vous n'étiez pas amis ? questionna Owen.

– Non.

– Peut-être plus, alors ?

– Je suis pas trop fan des blondes, répondit Sean, qui se força à ébaucher un sourire. Et puis, les gens comme elle s'intéressent pas aux mecs comme moi.

– Les gens comme elle ? C'est-à-dire ?

Sean hésita.

– C'est une *embullée.*

– Ça veut dire quoi, ça ? fit Tom.

Il apprenait beaucoup de mots d'argot dans les salles de classe, mais il n'avait jamais entendu celui-là.

– Camp Hill, c'est comme une boule à neige, expliqua Sean. Une petite bulle où tout est parfait. La plupart des gens sont contents de vivre à l'intérieur, parce qu'ils ont l'impression d'être en sécurité. Alors moi, je les appelle les *embullés.*

– Et toi, là-dedans, tu te places où ? interrogea Owen.

Sean lui adressa cette fois un sourire sans joie. L'image d'un roquet aux babines retroussées traversa l'esprit de Tom. Il avait lu quelque part que c'était chez la gent canine un mécanisme de défense quand ils croisaient un congénère plus imposant.

– Je suis le mec qui secoue tout ça, déclara Sean.

Les deux hommes échangèrent un coup d'œil.

– C'est pour ça, ton tatouage ? s'enquit Owen.

Sean considéra le pentagramme noir sur son bras.

– Non.

– Ce n'est pas un truc en rapport avec le diable ? insista Owen.

Sean ricana.

– Tu trouves ça drôle ? gronda le père de Tracie.

– Plutôt, oui, dit Sean.

Et d'ajouter, en tournant la tête vers Tom :

– Je suis pas un adorateur de quoi que ce soit.

– J'ai du mal à le croire, riposta Owen en indiquant les albums par terre. Bon, écoute, j'ai encore une question à te poser et après on te fiche la paix. Mais je veux que tu me répondes les yeux dans les yeux.

Avec une réticence manifeste, Sean le regarda.

– Est-ce que tu sais où est ma fille ?

– Non.

Tous trois gardèrent le silence quelques instants. Au loin, on entendait les stridulations des cigales dans la Jungle.

– OK, reprit Owen, tu veux savoir comment je gagne ma vie ? Je suis enquêteur pour une compagnie d'assurances. Tu as une idée de ce que ça signifie ?

Sean fit non de la tête.

– Ça signifie que je fourre mon nez dans les déclarations de sinistres qui me paraissent suspectes. Les incendies, les morts accidentelles, ce genre de chose. Mon job, c'est de déterminer s'il s'agit d'une tentative de fraude. Pour l'essentiel, c'est un travail de bureau, mais il m'arrive aussi d'être obligé d'aller sur le terrain interroger les assurés.

Tom se rapprocha d'un pas.

– Dans ce boulot, je suis bon pour deux raisons, poursuivit Owen. Primo, je suis costaud, comme tu l'as sans doute remarqué, et en général mes interlocuteurs y réfléchissent à deux fois avant de mentir à un balèze. Secundo, je suis devenu expert dans le décryptage du langage corporel. Tout le monde a un tic révélateur. Certains en ont même plusieurs. Ça peut être une réticence à établir le contact visuel, un pincement de lèvres, une transpiration abondante, une altération du teint, des spasmes ou des tressaillements…

À ces mots, Tom se gratta furieusement le menton, avant de se demander comment Owen interpréterait son geste.

– On a beau se dire que c'est facile de raconter des bobards, neuf fois sur dix on est trahi par son langage corporel, reprit le père de Tracie. Le subconscient n'a pas son pareil pour tout gâcher.

Il se pencha en avant et croisa les doigts.

– En venant ici, je ne m'attendais pas à ce que tu me dises la vérité, Sean. J'avais juste besoin de voir ton visage quand je t'interrogerais.

Les muscles dans le cou de Sean se contractèrent une fois.

– Et… ? lança-t-il.

– Tu nous mens depuis qu'on est arrivés.

Sean se tourna vers Tom.

– Ma mère va bientôt rentrer, monsieur Witter.

– Et voilà, tu continues, fit remarquer Owen.

Il posa les mains sur ses genoux et serra les poings si fort que ses articulations blanchirent.

L'image de dominos tombant les uns après les autres traversa l'esprit de Tom.

– Je pense qu'il est temps de partir, dit-il.

– Alors partez, Tom.

Owen lui jeta un rapide coup d'œil puis reporta son attention sur Sean.

– Où est ma fille ?

– J'en sais rien.

– Est-ce que tu l'as vue le soir où elle a disparu ?

– Non.

– Que s'est-il passé ce soir-là ?

– Je vous l'ai dit, j'en sais rien.

Sean s'adressa de nouveau à Tom :

– Vous pouvez pas lui demander d'arrêter, monsieur Witter ?

– Tu lui as fait du mal, Sean ? insista Owen.

– Non.

– Qu'est-ce que tu lui as fait ?

– Rien.

– Owen, intervint Tom. On s'en va, d'accord ? Maintenant.

Le père de Tracie se leva pesamment, semblable à un léviathan surgissant des flots. C'était un véritable colosse. Un monolithe qui dominait le garçon – sans que Tom puisse se l'expliquer, Sean lui semblait soudain plus jeune – tassé sur le canapé.

– Les hommes ont des pulsions, affirma Owen. Ils veulent toujours ce qu'ils ne peuvent pas avoir. Ce qu'ils ne peuvent pas toucher. Et ce qu'ils ne peuvent pas avoir, ils le prennent de force. C'est ce qui s'est passé, Sean ? Tu as pris ma fille ?

– Owen ! cracha Tom. Venez, s'il vous plaît.

Il lui posa une main sur l'épaule. Sur le moment, il crut qu'Owen allait le repousser mais, peu à peu, celui-ci parut se calmer. Il hocha la tête puis, sans un mot de plus, se dirigea vers la porte.

Tom fit trois pas derrière lui, s'arrêta et se retourna lentement.

– Comment sais-tu que Tracie était blonde ? demanda-t-il.

Sean ne répondit pas.

– Tu as dit tout à l'heure que tu n'étais pas fan des blondes. Mais Tracie ne s'est teint les cheveux que le soir de sa disparition.

Owen, immobile, respirait bruyamment. Sean se leva d'un bond et renversa la table basse. Le cendrier atterrit sur la moquette avec un bruit sourd. Un nuage de cendres et de mégots se répandit dans la pièce.

Voyant Sean foncer vers la porte de derrière, Tom voulut lui barrer le passage et fut violemment percuté. Il chancela et perdit l'équilibre. Par réflexe, il tendit la main, saisit Sean par son T-shirt et l'entraîna dans sa chute.

Il ressentit une vive douleur au niveau du foie, avant qu'un bras s'abatte sur sa gorge. Le choc lui coupa le souffle. Sean, étalé sur lui, se débattait frénétiquement, grognant, pleurant et criant. Owen, resté jusque-là en retrait, se précipita vers eux, ajoutant au chaos.

Après coup, Tom ne se rappellerait la scène que par fragments. Sur le moment, son cerveau était trop accaparé par le présent pour enregistrer des informations à traiter plus tard. Mais il se souviendrait bien de la douleur et de la peur. Et aussi de sa main droite se refermant sur le cendrier de verre, puis du bruit de l'impact sur la tempe de Sean.

17

Sous le choc, la tête de Sean avait basculé sur le côté. Elle demeura ainsi pendant les quelques secondes où il resta conscient. C'était presque comique de le voir figé dans cette position, le visage incliné à quarante-cinq degrés comme s'il était intrigué par quelque chose. Mais ce fut seulement quand il ferma les yeux et s'affaissa sur le sol que Tom mesura toute la gravité de la situation.

C'était réel. C'était vraiment en train d'arriver.

– Je ne voulais pas..., commença-t-il.

– Debout, lui ordonna Owen.

– Je...

– Debout !

Tom regarda le cendrier ébréché et éclaboussé de sang toujours serré dans une main qui ne semblait plus lui appartenir. Quand il le lâcha, les restes de cendres à l'intérieur s'élevèrent en un petit nuage gris.

– Il faut qu'on appelle les secours, dit-il. Ah non, attendez. Ce n'est pas possible. Sa mère est urgentiste.

– Tom ! On ne peut pas les appeler, point final.

– Mais il risque de...

– Non.

Owen prit le pouls de Sean.

– Est-ce qu'il…

– Il est vivant.

– Je ne voulais pas en arriver là. Croyez-moi, je…

– Venez m'aider, le coupa Owen.

Il étendit Sean sur le dos avant de lui soulever les jambes.

– Qu'est-ce que vous faites ? demanda Tom.

– On doit le sortir d'ici, et vite. En priant le bon Dieu pour que sa mère soit de garde cette nuit.

Tom ouvrit la bouche pour répliquer, mais rien ne lui vint. Il avait la gorge nouée et desséchée. Le contrecoup du choc, sans doute. Les couleurs autour de lui s'atténuaient. Il était pris d'une soudaine envie d'uriner, et une étrange sensation d'engourdissement l'envahissait. Il s'aperçut aussi qu'il était trempé de sueur, alors qu'il n'avait même pas chaud. Au contraire, l'atmosphère, qui lui avait paru étouffante quelques minutes plus tôt, lui semblait désormais glaciale.

Il ferma les yeux, avec l'impression que sa vie venait de lui échapper, en priant un dieu auquel il n'était plus sûr de croire pour que la réalité soit modifiée. Pour que soit défait ce qui avait été fait. Mais à peine les avait-il rouverts que son regard se posa sur la vilaine entaille barrant la tempe de Sean, d'où un sang épais jaillissait au rythme de ses battements de cœur.

– C'était quoi, ça ? lança Owen.

Sa voix tira Tom de sa torpeur.

Puis il l'entendit aussi : un bruit de moteur. Il imagina Debbie entrant dans son salon pour découvrir deux hommes debout près de son fils blessé et inconscient. Comment réagirait-elle ? Appellerait-elle les flics ? Owen et lui seraient-ils arrêtés ?

Il écarta le rideau le plus proche juste à temps pour voir la Scorpion de Gary Henskee passer dans la rue. Il poussa un soupir de soulagement.

– Ce n'est pas elle.

– Ne restez pas devant la fenêtre ! aboya Owen.

En vain. Tom ne bougea pas. Il en était incapable. Il contempla Keel Street en pensant à toutes les personnes qui les avaient peut-être aperçus devant la maison. Il avait fulminé contre Sean pendant la réunion de quartier, ensuite Ellie Sipple l'avait remarqué dans la voiture d'Owen et...

Deux grosses mains s'abattirent sur ses épaules et le forcèrent à reculer. Owen tira promptement le rideau.

– Ressaisissez vous, Tom.

Il parlait tout bas, mais son intonation était cassante et sa voix crispée par la panique.

– Je vous rappelle les faits : on est entrés ici alors que la mère de ce gamin n'était pas là et vous l'avez attaqué.

– Je n'avais pas l'intention de...

– Peu importe. Maintenant, vous avez le choix : ou vous attendez l'arrivée de la police, ou vous m'aidez à tirer le meilleur parti de ce bordel. Vous l'avez entendu, il savait que Tracie s'était teint les cheveux. Il l'a forcément vue ce soir-là. On peut l'obliger à nous dire où elle est. Si on réussit à le faire avouer, tout ça ne sera pas arrivé pour rien.

– Comment ça, « l'obliger » ?

– Prenez-lui les jambes.

Tom s'exécuta.

Sean Fryman n'était peut-être pas mort, mais c'était un poids mort. Tom recula tant bien que mal dans le couloir, les pieds de Sean logés sous les bras. En face de lui, Owen tenait l'adolescent par les aisselles. Le torse devait peser plus lourd, pourtant il semblait le porter sans peine. De fait, il affichait un calme qui rendait Tom nerveux.

Leur plan – pour autant qu'ils en aient un – se composait de deux étapes. La première : emmener Sean dans un lieu sûr. La seconde : essayer de déterminer ce qu'ils feraient ensuite.

– On va couper par la Jungle, dit Owen. Il y a un passage entre les maisons qui débouche sur Novak Street.

Entre deux grognements, Tom parvint à articuler :

– Et après ?

– Vous avez quel genre de voiture ?

– Non !

– Vous préférez qu'on le trimballe dans la décapotable ?

Les baskets de Tom heurtèrent la porte. Sans lâcher Sean, il dégagea une main afin de chercher la poignée derrière lui, puis il la tourna et poussa du dos le battant. L'air extérieur était plus frais. Un coup de vent balaya la Jungle et les jardins. Le ciel était noir, l'air chargé d'électricité : l'orage était tout proche.

La maison de Dwayne et Libby Knapp, qui bordait le terrain, était par chance sombre et vide. Le couple passait ses vacances à Belport. Mais du côté de chez Tom, les fenêtres représentaient une menace. Les rideaux de la chambre de Marty étaient tirés, laissant cependant entrevoir de la lumière. Si jamais son fils jetait un coup d'œil dehors, songea Tom, ce serait la fin de tout.

– Où est-ce qu'on peut l'emmener ? chuchota Owen. Il nous faut un endroit tranquille et isolé.

– J'ai une idée.

Sean était toujours inconscient. Avant de le déplacer, Tom lui avait enveloppé la tête d'un torchon bleu. Le tissu, imprégné de sang, était désormais violet.

Le tonnerre gronda et, un instant plus tard, l'orage éclata. Sans prendre la peine de s'annoncer par un léger crachin, la pluie se mit à tomber à grosses gouttes froides.

– On va le poser une seconde, dit Owen lorsqu'ils atteignirent le portillon au fond du jardin.

Les deux hommes étendirent Sean sur l'herbe. Il roula sur la gauche et ramena ses bras vers lui, mais sans reprendre connaissance.

Owen ouvrit le portillon et scruta les alentours.

– OK, c'est bon. Prêt ?

Tom saisit les pieds de l'adolescent.

– Un, deux, trois.

À trois, ils le soulevèrent, et Tom sentit quelque chose se bloquer dans le bas de son dos. Ils sortirent du jardin. De l'autre côté, la Jungle les attendait, prête à les engloutir.

– Le remblai est trop escarpé, fit remarquer Tom.

Owen reposa la tête de Sean sur le sol et alla se placer près de lui. Ils attrapèrent chacun l'adolescent par une jambe pour le hisser jusque sous les arbres, où ils furent un peu plus au sec. Là, ils allongèrent Sean par terre, puis Tom s'accorda quelques instants pour récupérer.

– Je vais me débrouiller pour le reste du trajet, déclara Owen.

– Tout seul ?

– J'y arriverai. Rejoignez-moi au niveau de la bouche d'égout dans Novak Street. Vous voyez où c'est ?

– Oui.

– Garez-vous le plus près possible.

Tom consulta sa montre. Il était 21 h 20.

– Qu'est-ce que je vais raconter à ma femme ? Elle va trouver bizarre que je ressorte à la nuit tombée.

Le père de Tracie haussa les épaules. C'était le cadet de ses soucis, à l'évidence.

– Racontez-lui ce que vous voulez, sauf la vérité.

Tom hocha la tête, puis s'éloigna.

– Tom ?

Celui-ci se retourna.

– Je peux vous faire confiance ?

– J'ai plus à perdre que vous, répondit Tom.

Dans l'obscurité de la Jungle, il ne distinguait pas les traits d'Owen, mais il interpréta son silence comme le signe que la conversation était terminée. Il redescendit le remblai sous la pluie. Lorsqu'il atteignit le portillon menant à son jardin, il se retourna. Owen et Sean avaient déjà disparu.

Il s'arrêta au milieu de sa pelouse pour contempler sa maison. Oui, il pouvait perdre tout ça, songea-t-il. Sa vie, sa famille. Connie, Marty, Keiran. S'ils savaient ce qu'il était en train de faire… ce qu'il avait fait…

Concentre-toi.

Il marcha jusqu'à la terrasse et, trempé comme une soupe, enleva ses baskets devant la porte de derrière. Puis il entra, laissant dans le couloir des traces de pas humides. *Sacrée Famille* passait à la télé dans le salon. Michael J. Fox dut dire quelque chose de drôle, car il entendit Connie éclater de rire.

Quel prétexte allait-il bien pouvoir invoquer ?

Mais peut-être n'aurait-il pas à lui donner d'explications. Pas tout de suite, du moins. Le garage était au bout du couloir. Comme la porte du salon n'était pas fermée, il se coula discrètement devant l'ouverture, en jetant un rapide coup d'œil à l'intérieur de la pièce. Connie avait pris place sur le canapé en face du téléviseur. Marty, installé à côté d'elle, avait posé une jambe sur l'accoudoir. Assis par terre, Keiran suivait l'action d'un œil tout en lisant de l'autre une BD des X-Men.

Durant un instant, Tom fut tenté de les rejoindre pour regarder la fin du feuilleton. Ensuite, il prendrait une douche, se préparerait une assiette avec les restes de Noël et ferait l'amour avec sa femme. Mais l'image du cendrier heurtant le crâne de Sean lui revenait sans cesse. C'était réel, se dit-il une nouvelle fois. C'était vraiment en train d'arriver.

Alors il continua d'avancer. Il se glissa sans bruit dans le garage et referma doucement la porte derrière lui. Après avoir chaussé une vieille paire de baskets, il appuya sur l'interrupteur. Les rampes au néon s'éclairèrent, révélant un espace prévu pour deux voitures, où avaient été remisés des cartons remplis de tout un bric-à-brac et l'incontournable vélo d'appartement, utilisé une fois et qui, depuis, accumulait la poussière, les toiles d'araignée et les regrets.

La pluie qui crépitait sur le toit de tôle ondulée l'empêchait de réfléchir.

Sans plus tarder, il ouvrit la portière arrière du break couleur brun sale et rabattit les sièges. La dernière fois qu'il l'avait fait, c'était l'été précédent, quand ils étaient tous allés au drive-in de Dromana. Puisqu'il y avait suffisamment de place à l'arrière pour accueillir toute la famille lors d'une séance de cinéma en plein air, ce ne serait pas difficile d'y allonger un adolescent maigrichon… En attendant, il fallait trouver de quoi le recouvrir.

Il regarda autour de lui, avisa une bâche grise dans un coin, la récupéra et la plia en trois. Il s'en servait pour protéger le barbecue en hiver, aussi sentait-elle la fumée. Il la jeta dans le coffre, referma le hayon et se dirigeait vers la portière côté conducteur quand…

– Je me disais bien que je t'avais entendu fureter là-dedans.

Connie se tenait sur le seuil, enveloppée dans son vieux peignoir rose miteux, un grand verre de vin blanc à la main.

– Tu es trempé, ajouta-t-elle.

18

Tom contemplait ses vêtements comme s'il venait seulement de remarquer qu'ils étaient mouillés.

– Je me suis fait surprendre par la pluie, dit-il. Sacré orage, hein ?

– Et la réunion ? Qu'est-ce que ça a donné ?

La question le prit de court. Il lui semblait que cette réunion avait eu lieu un siècle plus tôt, dans un autre monde.

– Pas grand-chose, répondit-il.

Il avait beau s'efforcer de paraître serein et d'adopter un ton léger, il avait l'impression que la vérité s'étalait en toutes lettres sur son front. Il indiqua le break d'un signe de tête.

– Je dois faire un saut au supermarché, prétendit-il. Tu as besoin de quelque chose ?

– Maintenant ? s'étonna Connie.

Reste calme. Respire. Essaie d'avoir l'air naturel.

– Il nous faut du lait pour demain matin. C'était sur ma liste de courses, mais je me suis un peu laissé déborder aujourd'hui.

– Tout va bien, Tom ?

– Oui, oui, très bien, affirma-t-il en s'obligeant à sourire.

Connie pencha la tête sur le côté.

– Pourquoi tu me regardes comme ça ? s'enquit-il.

– Où étais-tu ?

– Chez Lydia.

– La réunion s'est terminée il y a une heure.

Elle le dévisagea quelques secondes.

– Et tu es trempé comme une soupe.

– Bill a voulu me parler après.

– Ah. Bien sûr, ça explique tout.

Elle ne le croyait pas, à l'évidence. Tant pis, se dit-il, il avait des problèmes plus importants à régler dans l'immédiat. Il imagina Owen traînant Sean à travers la Jungle, puis l'attendant près de l'entrée du passage qui donnait sur Novak Street, sous des trombes d'eau…

– Je n'en ai pas pour longtemps, déclara-t-il.

– Tom…

– Oui ?

– Rapporte-moi des Cornetto, s'il te plaît.

Il faillit fondre en larmes et tout lui raconter sur-le-champ, là, dans le garage. Mais déjà, Connie avait tourné les talons et refermait la porte derrière elle. Tom monta dans sa voiture et appuya sur le bouton de la télécommande. La porte automatique se releva, révélant la rue sombre, balayée par des rideaux de pluie.

Il démarra. Un déluge s'abattit aussitôt sur le pare-brise de la Sigma. Tom actionna les essuie-glaces, découvrit une silhouette devant lui et pila.

C'était Bill Davis, qui s'abritait sous un parapluie multicolore comme ceux utilisés sur les parcours de golf, tellement grand que c'en était presque comique.

Il s'approcha du break et toqua à la vitre côté conducteur en criant :

– Tom !

Celui-ci envisagea une seconde d'écraser la pédale d'accélérateur, avant de se raviser. Ce n'était pas ainsi que devait se comporter l'homme au cerveau le plus brillant de Keel Street. Alors il baissa sa vitre. Au moment où il tournait la manivelle, il vit du sang sur ses mains. Il en fourra une sous sa cuisse, cacha l'autre derrière le volant et dit :

– Oui, Bill ?

– Tu devrais lever le pied, vieux. Tu te prends pour Ayrton Senna ?

– Je ne sais même pas qui c'est. Bill, écoute, je suis un peu pressé et…

– Tu ne connais pas Ayrton Senna ?

– Bill…

– Ce que je voulais dire, c'est que si tu m'avais renversé, Lydia n'aurait pas manqué d'adresser une pétition au conseil municipal pour réclamer l'installation d'un dos-d'âne devant chez toi.

– Tu voulais me dire quelque chose de particulier ? interrogea Tom.

Son interlocuteur se dandina d'un pied sur l'autre, manifestement nerveux.

– Quel temps de chien, hein ?

– *Bill !*

– OK, désolé, déclara ce dernier, qui fit passer son parapluie d'une main à l'autre. J'ai quelque chose à te demander, mais c'est plutôt… délicat.

Il prit une profonde inspiration et retint son souffle durant ce qui parut une éternité à Tom. Enfin, il se lança :

– En fait, ça me gêne d'en parler, et, euh, à la réflexion, je crois que ce n'est peut-être pas la peine.

– Comme tu voudras. Allez, à plus.

Bill posa une main sur le toit de la voiture.

– Bon, voilà, pour le réveillon qu'on organise demain, et sans vouloir me répéter comme un disque rayé, on n'a toujours pas reçu votre réponse. Moi, tu sais comment je suis, tout me va, que ce soit oui ou non, mais Vicky voudrait avoir une idée du nombre de convives, pour préparer suffisamment de roulés à la saucisse pour tout le monde, alors qu'est-ce que tu en dis ? Est-ce qu'on peut compter sur Connie et...

– On n'ira pas à ton putain de réveillon ! explosa Tom.

Il redémarra en trombe et tourna dans Keel Street. Dans son rétroviseur, il vit Bill Davis s'avancer sur la chaussée pour le regarder s'éloigner. Sous son parapluie qui se réduisait à une tache de couleur floue dans la pénombre, il avait l'air d'un vieux clown triste.

Novak Street était une voie secondaire reliant Bright Street et Keel Street. Un sentier couvert d'herbes folles menait à une conduite d'évacuation des eaux ; c'était l'un des rares itinéraires qui permettait d'entrer dans la Jungle ou d'en sortir sans traverser un jardin. Owen se tenait à l'orée du passage, le dos courbé pour se protéger de la pluie, les mains fourrées dans les poches.

Tom se gara à côté de lui et descendit de voiture.

– Où est Sean ?

Le père de Tracie lui indiqua d'un geste la forêt. Dans la rigole d'évacuation, presque sèche durant les semaines précédentes, l'eau déferlait bruyamment. Tom fonça dans le passage. Après s'être assuré qu'il n'y avait personne dans la rue, Owen le suivit. Des clôtures s'élevaient de part et d'autre. Les deux hommes progressèrent jusqu'à la lisière des arbres, puis pénétrèrent dans l'obscurité du sous-bois, où la pluie gouttait à travers les frondaisons.

– Il est par là, indiqua Owen.

Il avait calé Sean contre le tronc d'un niaouli, et cette vision suscita chez Tom un sentiment d'horreur qu'il refoula résolument. Ils avaient une tâche à accomplir. En silence, tous deux s'approchèrent du corps toujours inerte et, après avoir repris leurs places respectives, le soulevèrent.

Il ne fallut sans doute guère plus de quarante secondes pour aller de la Jungle à la voiture, mais Tom eut l'impression que le trajet durait des heures. Pas à pas, ils émergèrent de la forêt, puis s'engagèrent de nouveau sur l'herbe détrempée le long de la rigole.

Enfin, ils purent charger Sean à l'arrière du break. Alors que Tom secouait la bâche pour la déplier, il vit des dizaines de minuscules formes noires filer sur la toile grise. Une seconde plus tard, elles grimpaient sur lui. Il s'écarta d'un bond, recula de trois grands pas et se frappa les bras.

– Qu'est-ce qui vous arrive ? demanda Owen.

– Des araignées ! Elles ont dû pondre dans la bâche.

– Moins fort ! siffla Owen entre ses dents.

Tom s'efforça de se calmer, sans y parvenir. Des araignées couraient sur sa peau !

Il gesticula de plus belle.

– Tom, bon sang ! s'exclama Owen. Reprenez-vous !

Il lui arracha la bâche des mains et la secoua, expédiant sur la chaussée d'innombrables araignées qui s'éparpillèrent aussitôt dans toutes les directions. Tom les contourna prudemment afin d'aller aider son complice à dissimuler Sean sous la toile.

– À vous de jouer, maintenant, dit Owen.

– Vous ne venez pas avec moi ?

– Il vaut mieux que j'aille récupérer ma voiture.

Il avait raison, songea Tom. Les voisins risquaient de trouver bizarre qu'il laisse sa décapotable – capote baissée, qui plus est – stationnée devant chez les Fryman sous une pluie battante. Mais à l'idée de transporter seul l'adolescent blessé, il se sentit gagné par une peur insidieuse. Et si Sean se réveillait en cours de route ? Ou si quelqu'un les voyait ?

– On se retrouve où ? s'enquit Owen.

Malgré le mauvais temps et l'heure tardive, la circulation estivale était encore dense. De nombreux breaks et camping-cars se pressaient le long de la côte, et Tom remarqua une longue file de véhicules devant le magasin de vins et spiritueux, qui restait ouvert tard pendant l'été.

Il conduisait l'œil rivé à son rétroviseur intérieur. La bâche avait beau demeurer immobile, il s'attendait à la voir se soulever à tout moment. Sean se jetterait sur lui, provoquerait une sortie de route ou appellerait à l'aide par la vitre, et ce serait le début de la fin.

Refusant d'envisager cette éventualité, il se concentra sur sa conduite. Comme il ne voulait surtout pas attirer l'attention, il veilla à ne pas rouler trop vite, à bien mettre son clignotant avant de tourner et à respecter priorités et stops.

Toujours aucun mouvement sous la bâche.

Alors qu'il patientait à un feu rouge au croisement de Druitt Street et de Lett Street, une voiture de police s'arrêta juste derrière lui. Le flic au volant, la cinquantaine bien tassée, était un costaud à l'air sévère. Blasé. Tom croisa son regard dans le rétroviseur. Les essuie-glaces balayaient toujours le pare-brise.

Soudain, quelque chose lui chatouilla le coude et il leva le bras vers la lumière. Une petite araignée filait sur sa peau. Il prit une profonde inspiration et, de l'index, l'expédia dehors par la vitre ouverte.

Un coup de klaxon retentit.

Tom sursauta. Le feu était passé au vert. Il redémarra à une vitesse raisonnable. Le flic le suivit pendant quelques centaines de mètres, puis bifurqua. Tom put alors souffler. Ce rapide trajet d'une dizaine de minutes s'était transformé en road-trip chargé de tension. Il n'avait plus qu'une hâte : atteindre sa destination.

Enfin, il aperçut le panneau signalant le lycée où il travaillait. Après avoir vérifié qu'il n'y avait personne derrière lui, il franchit la grille.

L'établissement, de taille moyenne, était doté de tous les équipements requis. Il se composait de deux grands bâtiments de plain-pied reliés entre eux par un passage couvert. Le premier abritait les salles de classe et la cantine, le second accueillait le gymnase, la piscine couverte et la salle de spectacle polyvalente Janet-et-David-Holt. Le parking réservé au personnel, invisible depuis la rue, se trouvait de ce côté-là. Tom s'y gara.

Il coupa le moteur, déboucla sa ceinture de sécurité et se retourna vers l'arrière du break. La bâche remuait légèrement, se soulevait puis s'abaissait, encore et encore. L'image lui rappela l'époque où il se glissait dans la chambre de ses fils la nuit, pendant qu'ils dormaient, pour s'assurer qu'ils respiraient. Il l'avait fait longtemps, mais les garçons ne l'avaient jamais su. Connie non plus. Il y avait tellement de choses qu'ils ignoraient...

Il tira la toile avec précaution. Dessous, Sean était toujours inconscient. Une petite araignée au gros corps lui grimpa sur la joue gauche et disparut dans l'obscurité de l'habitacle. Tom se dit qu'il allait devoir faire désinsectiser tout le véhicule.

Les minutes s'étirèrent, interminables.

Enfin, des phares trouèrent la nuit, puis éclairèrent l'arrière de la voiture, l'aveuglant un bref instant. Owen s'arrêta à côté de lui et sortit sous la pluie. Tom descendit à son tour.

– Du nouveau ? demanda le père de Tracie.

Tom fit non de la tête.

Après avoir balayé du regard les alentours, Owen ouvrit le hayon du break, attrapa la bâche à deux mains et la ramena vers lui. Tom contempla la forme inerte de Sean en essayant de surmonter l'horreur que lui inspirait la tournure des événements.

– OK, Tom, on y va.

Ils s'étaient garés à proximité d'une double porte massive. Tom s'en approcha rapidement et chercha la bonne clé sur son trousseau. Le proviseur, M. Bruch, lui avait confié un passe parce qu'il arrivait toujours avant tout le monde. Il lui fallut quelques secondes pour le trouver tant ses mains tremblaient.

Après avoir glissé la clé dans la serrure, il poussa les deux battants. Un couloir s'étendait derrière, bordé à gauche par la porte vitrée permettant d'accéder à la piscine, et à droite par une rangée de casiers, une fontaine à eau couverte de graffitis et une vitrine à trophées presque vide. La vue de cet univers familier procura à Tom une étrange sensation d'irréalité.

Il se retourna. Owen l'attendait près du break.

Déplacer Sean se révéla cette fois un peu plus facile. Ils le transportèrent jusqu'au bout du couloir et poussèrent une porte marquée : « INFIRMERIE ». Elle donnait sur une petite pièce étroite, aveugle, rendue encore plus exiguë par la présence d'étagères et de placards servant à entreposer du matériel et des fournitures de premiers secours. Un lit médicalisé était disposé le long du mur le plus proche. Tom recula pendant qu'Owen ôtait sa ceinture pour attacher le poignet de Sean à l'un des montants.

Il en avait la nausée.

Ils allongèrent ensuite l'adolescent sur le matelas.

– C'était une bonne idée de venir ici, déclara Owen.

Mais pour Tom, rien de tout cela n'était une bonne idée.

– Et maintenant ?

– Rentrez chez vous, Tom. Votre femme va se demander où vous êtes.

– Et vous ?

– Personne ne m'attend au motel.

– Qu'est-ce que vous allez faire ?

– Tout va dépendre de Sean. S'il me dit où est Tracie, les choses s'arrangeront pour lui.

– Et s'il ne dit rien ?

Sean poussa un gémissement, leva la tête et cilla à plusieurs reprises. L'un de ses yeux ne s'ouvrait pas complètement.

– Monsi... monsieur Witter ? murmura-t-il.

Il paraissait désorienté. Peut-être ne se rappelait-il pas par qui ou par quoi il avait été frappé. Il remua faiblement son bras entravé.

– Monsieur Witter, je vous en prie...

Sa tête retomba sur le matelas et il referma les yeux.

– Je vous en prie... aidez-moi.

Il sombra de nouveau dans l'inconscience.

Owen fit signe à Tom de sortir dans le couloir. Tom obéit et s'assit sur un banc pendant que le père de Tracie allait boire à la fontaine à eau. Après s'être essuyé la bouche du dos de la main, ce dernier vint se planter devant lui, les poings sur les hanches.

– Si Sean vous conduit jusqu'à Tracie, que se passera-t-il ensuite ? lui demanda Tom. Dès qu'on le laissera partir, il se précipitera chez les flics.

Owen baissa d'un ton.

– Qui parle de le laisser partir ?

– Oh, Seigneur !

– Rentrez chez vous, Tom. Essayez d'oublier tout ça. Vous avez fait ce qu'il fallait. Vous m'avez peut-être aidé à retrouver ma fille. Maintenant, je peux gérer seul.

Il se rapprocha d'un pas.

– Mais, Tom...

– Inutile de le dire. Je n'en parlerai à personne.

– Même pas à votre femme ?

En guise de réponse, Tom se borna à secouer la tête.

– Vous devriez d'abord vous nettoyer, lui conseilla Owen.

Tom baissa les yeux. Il avait toujours du sang séché sur les mains.

– Et merde, marmonna-t-il.

– Quoi ?

– J'ai dit à Connie que je lui rapporterais des Cornetto.

Quelques minutes plus tard, il déverrouillait la porte de la salle des profs puis se dirigeait droit vers le frigo, qu'il ouvrit. Quelqu'un, probablement Jim Tanner, le prof d'éducation physique, avait laissé un Tupperware sur la clayette du haut. Il contenait un reste de pâtes transformé en une masse verdâtre peu ragoûtante.

Tom jeta ensuite un coup d'œil dans le freezer, qui aurait eu bien besoin d'être dégivré : les parois étaient tapissées d'une épaisse couche de glace. Il y découvrit quelques plats surgelés, un bac à glaçons vide et un paquet de glaces à l'eau. Hélas, pas de Cornetto. Pourtant, il se souvenait vaguement d'y avoir vu un jour des eskimos au chocolat, ce n'était certes pas la même chose, mais ça aurait tout de même pu faire l'affaire si… Soudain, l'incongruité de la scène le frappa.

– Qu'est-ce que je fous là ? se demanda-t-il à voix haute.

Il retourna dans le couloir, entra cette fois dans les toilettes et pressa tous les interrupteurs, éclairant d'une lumière crue une installation sanitaire typique d'un lycée en manque de fonds. L'un des robinets fuyait et deux miroirs étaient ébréchés. Les portes des cabines étaient couvertes de graffitis.

Il s'approcha du premier lavabo, celui dont le robinet fuyait, et fit couler l'eau chaude. Il se lava longuement les mains sous le jet avec la petite savonnette blanche. Les frotta jusqu'à s'irriter la peau en pensant à Lady Macbeth, condamnée à voir du sang sur ses mains pourtant immaculées.

Il avait envie de pleurer, néanmoins ses yeux restaient secs. Oh, bon sang ! songea-t-il. À quand remontait la dernière fois où il s'était autorisé à verser des larmes ? Elles avaient un tel pouvoir libérateur… Mais les hommes n'étaient pas censés exprimer leur chagrin. Non, ils devaient tout garder pour eux, assumer un fardeau qui devenait de plus en plus lourd chaque année, jusqu'au moment où ils s'écroulaient, le dos brisé.

De fait, il se sentait accablé par le poids des événements de cette journée, dont les images tournaient en boucle dans son esprit : l'expédition du matin à la bibliothèque, Geraldo Rivera, le regard intense d'Owen pendant la réunion de quartier, le cendrier dans sa main, qui s'écrasait sur la tempe de Sean…

Il ferma les yeux. Les rouvrit. Étudia le visage en face de lui, qu'il avait du mal à reconnaître. Ses cheveux, qui avaient séché, étaient en bataille, et il y avait une trace de cendre sur son front, mais ce n'était pas là que résidait le changement. Non, c'était dans son regard. Il avait enfin vu plus loin que son petit univers clos, et son expression le révélait.

Car, au-delà du choc, de la peur et du désespoir qu'il éprouvait, il avait vaguement conscience de quelque chose d'autre en lui. Quelque chose qui faisait du bruit dans sa tête depuis des années. Depuis le lycée, en fait. Un son strident, semblable à celui d'une sirène anti-aérienne, qui avait été étouffé par le calme de la banlieue, la maturité, la vie de famille. Mais ces derniers jours, il avait recommencé à l'entendre, et ce soir-là, pour le meilleur ou pour le pire, il l'avait laissé sortir de lui. Ce soir-là, il s'était comporté en homme.

19

Après avoir longé tout doucement le couloir de l'étage, Tom se déshabilla dans la salle de bains puis entra dans la cabine de douche. Il se laissa glisser sur le carrelage en essayant de maîtriser ses tremblements. Un flot d'adrénaline déferlait dans son organisme, lui donnant l'impression que sa peau vibrait.

Il leva une main pour augmenter la température de l'eau mais, loin de le soulager, cette initiative lui fit penser à la nécessité de laver ses péchés. Dieu, s'Il existait, lui pardonnerait-Il ce qu'il avait fait ce soir ? La réponse était sans doute complexe, se dit-il. Si ses actes permettaient de retrouver Tracie, alors il était presque sûr que le Créateur comprendrait. Après tout, n'avait-Il pas envoyé des ours mutiler quarante-deux enfants qui s'étaient moqués d'Élisée parce qu'il était chauve ?

Mais si Owen et lui se trompaient sur le compte de Sean…

Non.

Tom repoussa cette pensée. Ils ne s'étaient pas trompés sur lui. Sinon…

Stop.

La porte de la salle de bains s'ouvrit sans bruit. Connie ne s'était pas donné la peine de frapper. Elle s'approcha de la paroi en verre dépoli, silhouette à la fois spectrale et angélique.

– Je t'attendais, dit-elle.

– Désolé, chuchota Tom. Retourne te coucher. J'arrive.

Elle resta silencieuse quelques instants, puis posa une main sur la vitre.

– Ça va ? Mon petit doigt me dit que non.

Tom leva le visage vers le jet d'eau chaude.

– Si, si, répondit-il.

– Il y a de la place pour deux, là-dedans ?

– Et les garçons, alors ?

– Tu veux que je te rappelle comment on les a faits ? Et puis, c'est peut-être notre dernière chance de nous envoyer en l'air avant 1990. À la réflexion, vu ton âge et la façon dont ton genou craque quand tu marches, c'est peut-être notre dernière chance de nous envoyer en l'air sous la douche tout court.

– Je peux utiliser un joker ?

– Ah, maintenant je suis sûre qu'il y a un problème ! C'était un test. Durant toutes ces années de vie commune, tu ne m'as jamais éconduite. Pas une seule fois. Tu t'astiques le manche, c'est ça ?

– Franchement, Connie ! Un peu d'intimité, c'est trop te demander ?

Elle ôta sa main de la paroi.

– Tu as oublié mes Cornetto.

Tom ferma les yeux.

– Il n'y en avait plus.

– Et le lait ?

– Pareil.

Elle garda le silence un moment. Tom se dit qu'elle allait finir par partir – il avait vraiment besoin de se retrouver seul –, mais elle s'assit sur le rebord de la baignoire.

– Si tu comptes me raconter des salades, aie au moins l'obligeance de ne pas faire insulte à mon intelligence.

– Connie…

– Lauren pense que tu as une liaison.

– J'aimerais autant que tu ne parles pas de nos histoires de couple à ta sœur.

Connie attendait une réaction de sa part, c'était évident. Elle voulait sans doute qu'il la rassure et, en d'autres circonstances, il aurait tout de suite su quels doux petits mensonges lui murmurer. En l'occurrence, il en était incapable, tant les problèmes accaparaient son esprit. Il avait l'impression que sa tête allait éclater. Quand tout serait terminé, il tâcherait de se racheter. Mais, dans l'immédiat, cette conversation n'avait pas plus d'importance pour lui que les travaux à faire pendant les vacances dont Connie avait dressé la liste : *réparer fuite dans la salle de bains, repeindre lingerie, rafistoler couple.*

– Sans vouloir te vexer, Connie, je ne suis pas sûr que ce soit une bonne idée de solliciter les conseils d'une femme qui en est à son second mariage.

– Commencer ta phrase par « sans vouloir te vexer » n'est pas une excuse pour dire des conneries. Moi, je pense au contraire que c'est une excellente raison pour suivre ses conseils. Son premier mariage a été un échec justement parce que Rod et elle ne se parlaient pas. Au fil des ans, ils ont caché de plus en plus de poussière sous le tapis, jusqu'à ce que leur foyer s'écroule. Ou parte en fumée. Ou soit noyé sous un flot de larmes métaphoriques. Bref, tout ça pour dire qu'il ne faut pas sous-estimer l'importance du dialogue. Aujourd'hui, Lauren et Dave ont mis en pratique ce qu'ils appellent le grand nettoyage de printemps émotionnel.

– Sans blague ?

– Elle a peut-être lu ça dans un magazine, et alors ? C'est loin d'être idiot. Un couple, c'est comme une maison, il faut ouvrir les fenêtres de temps en temps pour aérer les pièces.

– Tu peux me dire où tu veux en venir, ma chérie ? Parce que je n'aurai bientôt plus d'eau chaude.

– C'est simple : quand tu seras prêt à parler, je serai là pour t'écouter, répondit-elle d'une voix posée, sans la moindre trace d'agressivité. Mais n'attends pas trop longtemps, parce que mon offre ne tiendra pas éternellement.

Après sa douche, Tom se servit un bourbon sec et se posta devant la fenêtre de la cuisine pour le boire. C'était de là qu'on voyait le mieux la maison des Fryman. Si l'allée devant chez eux était encore déserte, ce n'était plus qu'une question de temps avant que Debbie rentre. Et après, que se passerait-il ? Elle découvrirait les cendres éparpillées dans le salon et – du sang ? Avaient-ils laissé des traces de sang ? – se rendrait compte que son fils avait disparu. Alors elle appellerait la police.

Ou pas. Après tout, Sean avait le même âge que Marty. Ils étaient adultes, du moins sur le papier. Si lui-même trouvait la chambre de son fils vide en rentrant un soir, il supposerait qu'il était sorti en oubliant de les prévenir, Connie et lui. Il s'inquiéterait, irait peut-être même jusqu'à passer des coups de fil aux copains de Marty, mais il n'appellerait pas forcément la cavalerie tout de suite. Cela dit, au bout de combien de temps donnerait-il l'alerte ?

Et qu'est-ce qu'ils allaient bien pouvoir faire de Sean dans l'intervalle ?

Dans le meilleur des cas, celui-ci avouerait avoir joué un rôle dans l'enlèvement de Tracie. Elle serait secourue. *Avec un peu de chance, j'écoperai d'une peine de travail d'intérêt général et je ferai figure de héros dans le quartier.*

Dans le pire des cas…

Non. N'y pense même pas.

Ils ne s'en étaient pas pris à la bonne personne. Ils s'étaient présentés au domicile d'un jeune homme innocent, l'avaient frappé puis séquestré pour…

Non.

Sean pouvait très bien mourir dans la nuit des suites de sa blessure à la tête. Après tout, c'est ce qui était arrivé à Bobbie Brown au lycée. Il avait reçu un coup sur le crâne alors qu'il jouait au foot entre midi et deux, et il était mort dans l'après-midi. *Je serai alors accusé de meurtre et peut-être envoyé à South Hallston pour le restant de mes…*

Stop !

– Relis ce texte dans dix ou vingt ans, avait-il dit à Tracie la dernière fois qu'ils s'étaient parlé. Tu comprendras mieux.

La lumière du soleil, dans laquelle dansaient des grains de poussière, avait éclairé le visage de l'adolescente quand elle s'était détournée pour regarder par la fenêtre. Dehors, il n'y avait plus que la voiture de Tom sur le parking. La plupart des élèves étaient partis, mais quelques-uns s'attardaient encore dans les locaux. Les plus sérieux quittaient la bibliothèque, ceux qui l'étaient moins sortaient de leur heure de colle.

La conversation était naturellement parvenue à son terme, pourtant Tracie ne semblait pas décidée à s'en aller.

– Tout va bien, Tracie ? lui avait-il demandé.

Elle s'était tournée vers lui.

– Pas vraiment, non.

– Tu veux en parler ? Les profs ne sont pas tenus au secret professionnel, mais je te promets que tout ce qui se dira dans cette salle restera entre nous.

Elle avait froncé les sourcils.

– Mes parents divorcent.

– Ah. Je suis désolé de l'apprendre. Qu'est-ce qui s'est passé entre eux ?

Elle avait secoué la tête.

– J'en sais rien. Ils veulent rien me dire, comme si c'était super secret. Ils n'arrêtent pas d'employer des mots comme « mutuel » et « amiable », mais moi, j'ai envie de leur répondre que tout ça, c'est des conneries.

L'index appuyé sur sa lèvre inférieure, elle avait demandé :

– Est-ce que j'ai le droit de jurer devant vous, Tom ?

– Bon Dieu, oui !

Un sourire fugace avait illuminé les traits de l'adolescente.

– Tu sais, Tracie, tu as peut-être l'impression que tes parents baissent les bras, mais parfois, il vaut mieux être seul que mal accompagné.

– Papa et maman me l'ont déjà sortie, celle-là. Ça ne m'a pas aidée.

– Je suis sûr que leur décision n'a rien à voir avec toi.

– Celle-là aussi, j'y ai eu droit.

Tom avait souri à son tour.

– Et que penserais-tu de : « La vie, parfois, ça craint » ?

– Waouh ! Vous avez trouvé ça tout seul, monsieur Witter ?

– Très drôle. Et n'oublie pas, c'est Tom maintenant.

– Alors c'est quoi la recette d'un mariage parfait, Tom ? Je pourrais peut-être la donner à ma mère, pour la prochaine fois.

– Il n'y en a pas. Vivre en couple, c'est comme construire une maison, courir un marathon ou naviguer sur une mer démontée. Je te laisse le choix de la comparaison. Ça demande beaucoup d'efforts. Et même quand on en fait, parfois, ça ne suffit pas.

– Et l'amour, dans tout ça ?

– Il en faut beaucoup aussi.

– Je ne suis même pas sûre que mes parents se soient aimés un jour.

Elle s'était mordillé la lèvre avant de regarder de nouveau dehors. Auréolée par la lumière de l'après-midi, elle était magnifique. L'image de la Sainte Vierge avait traversé l'esprit de Tom.

– Si je me fie à mon expérience assez limitée sur le sujet, avait-elle repris, quand on aime quelqu'un, on ne laisse aucun obstacle s'interposer.

Des phares illuminèrent la fenêtre, le tirant de ses souvenirs. Une Nissan Bluebird bleu ciel venait de s'arrêter dans l'allée des Fryman. Debbie était rentrée.

20

C'était la fin d'une garde de nuit des plus routinières. Bien sûr, la routine de son métier avait impliqué ce soir-là un AVC et deux arrêts cardiaques (dont le second s'était néanmoins révélé n'être que des brûlures d'estomac). Quoi qu'il en soit, Debbie n'aspirait plus qu'à se coucher. Elle rêvait de son lit. Elle n'avait pas pensé à grand-chose d'autre durant l'heure écoulée.

Elle se gara devant chez elle puis se dirigea comme un zombie vers la porte. L'air était toujours aussi étouffant, malgré l'orage récent. Sur la courte distance qui séparait sa voiture de la maison, Debbie eut l'impression de traverser une fournaise.

Ce ne fut guère mieux à l'intérieur, où régnait un silence total. Les lampes étaient allumées et une odeur de tabac froid flottait dans l'air. Debbie se sentit gagnée par un agacement bien trop familier, qui se mua rapidement en colère quand elle pénétra dans le salon. Un carnage. En plus des disques éparpillés sur le tapis, il y avait des cendres et des mégots répandus un peu partout dans la pièce. Pour le coup, Sean dépassait les bornes.

Comptait-il sur elle pour tout ranger derrière lui ? Il se comportait comme une rock star. Non, en fait, il se comportait de plus en plus comme son père. Les sautes d'humeur, la désinvolture, le manque de respect… et la rage. À quel moment avait-il commencé à changer ? se demanda Debbie. Elle baissa les yeux vers les albums de heavy metal. C'était à cause de *ça*. De cette musique. Elle l'avait rendu sombre et torturé, parce qu'elle était elle-même sombre et torturée. Qu'est-ce qui lui plaisait tant dans ces vociférations ?

Elle envisagea de laisser le salon en l'état jusqu'au lendemain. Ou de monter chercher Sean, de le traîner hors de sa chambre et de l'obliger à tout nettoyer. Mais inutile de se leurrer. Au bout du compte, ce serait à elle de le faire. Alors autant s'y mettre au plus vite.

Tout comme sa contrariété s'était rapidement muée en colère, celle-ci cédait déjà la place à la culpabilité. Bien sûr, se dit-elle, Debbie Fryman ou la championne de l'ascenseur émotionnel. D'abord elle s'emportait contre Sean, ensuite contre elle-même.

Elle aurait dû le soustraire beaucoup plus tôt à l'influence de son père. Elle avait trop attendu, laissant le temps à ce dernier de renforcer son emprise sur leur fils. Oui, elle aurait dû arracher Sean plus tôt à cet homme, et lui trouver quelqu'un d'autre. Un beau-père gentil, accommodant, facile à vivre. Un type un peu fade, peut-être, mais qui aurait su élever Sean. Un type comme Tom Witter, par exemple. Lui, il avait su s'y prendre avec Marty. Oh, bon sang ! Comment deux garçons du même âge avaient-ils pu évoluer de façon aussi différente ? La réponse était simple : il suffisait de comparer les parents.

Et voilà, songea-t-elle, elle avait réussi à se rendre responsable de la pagaille qui régnait dans le salon, ne serait-ce que de manière indirecte... Résignée, elle s'attela à la tâche. Prit une pelle et une balayette pour ramasser les cendres. Elle aurait pu sortir l'aspirateur mais, comble de l'ironie, elle ne voulait pas réveiller Sean. Elle emporta les bouteilles vides à la cuisine, revint passer l'éponge sur la table basse puis rassembla les 33 tours éparpillés sur le sol.

Une fois la pièce remise en ordre, elle monta les disques dans la chambre de son fils. Elle toqua doucement à la porte. Pas de réponse. Elle tourna la poignée. Le battant s'ouvrit en grinçant. Elle avait juste l'intention d'entrer discrètement, de poser les albums sur la commode et enfin – enfin ! – d'aller se coucher. Mais il n'en fut rien.

La lampe à col de cygne sur la table de chevet était allumée et projetait une lumière orange sur le lit défait et vide. Debbie éclaira la pièce. Couvre-lit crasseux, entortillé sur le matelas. Vêtements sales abandonnés par terre en trois tas. Herm, le python tapis, paressait sous la lampe chauffante de son terrarium, digérant sans doute une souris.

Où Sean pouvait-il bien être ? Il ne sortait jamais. Pendant les vacances, un autre jeune de son âge serait peut-être allé au cinéma voir *Karaté Kid 3* ou à la plage boire de l'alcool. Mais Sean était un solitaire. Il n'avait pas de copains à aller retrouver en douce le soir.

Elle laissa tomber les disques sur le lit. Devrait-elle s'inquiéter ? Il avait dix-huit ans, après tout. Alors, s'il commençait à découcher, c'était peut-être dans l'ordre naturel des choses. D'abord, il s'était teint les cheveux en noir, ensuite il avait commencé à fumer, après il s'était fait tatouer, et à présent...

Avec un soupir, elle s'assit par terre et s'adossa au mur, si brusquement que le bras de lecture sur le tourne-disque tressauta. Des grésillements s'élevèrent des haut-parleurs. Debbie se redressa, hésita un instant et choisit un des 33 tours sur le lit : *Shout at the Devil*, de Mötley Crüe. Elle le plaça sur la platine, posa le diamant au début du premier titre et ferma les yeux. Un grondement se fit entendre, qui prit une résonance de plus en plus troublante. On aurait dit la rumeur de la circulation dans un tunnel, mais étrangement déformée. Puis une voix étouffée s'éleva, déclamant un discours. Description de villes en perdition, évocation des forces du mal, de la haine et de l'enfer. Et brusquement, le déchaînement des guitares, le rythme sourd de la batterie, l'irruption d'un chant puissant. Oui, c'était le terme qui convenait : « puissant ». Cette musique avait un côté sombre, dérangeant, étrange et sinistre, et en même temps elle semblait posséder un pouvoir irrésistible. Elle vous envoûtait. Vous retenait captif. Était-ce ce qui attirait Sean vers les groupes de ce genre ? Avait-il délibérément cherché les ténèbres ou les ténèbres l'avaient-elles trouvé ?

Elle examina la pochette de l'album. À la lumière de la lampe, on distinguait un pentagramme sur le fond noir. Puis son regard fut attiré par une boîte à chaussures qui dépassait de sous le lit, sur laquelle figurait le même symbole dessiné au feutre. Sean avait voulu la dissimuler, de toute évidence, mais Debbie eut l'impression qu'elle l'attendait. Comme si son instinct maternel l'avait menée jusqu'à elle.

C'était peut-être là qu'il cachait sa collection de magazines porno. Pour autant qu'elle le sache, la plupart des hommes en avaient chez eux, planqués quelque part. Mais s'il s'agissait bien de revues cochonnes, elle les laissait volontiers à Pandore.

Elle n'avait aucune envie de découvrir ce qui excitait son fils. Pourtant, elle ne s'éloigna pas.

Alors que Mötley Crüe lui braillait toujours dans les oreilles, elle se pencha pour récupérer la boîte. Puis, sans hésiter, elle souleva le couvercle. À la vue de ce qu'il y avait à l'intérieur, elle fut saisie d'un brusque vertige.

– Mais qu'est-ce que…

21

Dimanche
31 décembre 1989

Irene Borschmann avait l'habitude de sortir ses chiens à six heures du matin. En général, elle ne les laissait pas vadrouiller dans la Jungle, mais Lola, le rottweiler, avait volé du salami sur la table basse la veille au soir, et Irene se doutait bien que le résultat de sa digestion ne serait pas joli-joli. Préférant éviter que la chienne se soulage dans les agapanthes de Patti Devlin ou, encore pire, sur la pelouse de Lydia Chow, elle décida de faire exception à la règle et prit la direction du bush.

Dude le chihuahua fut le premier à escalader le remblai. Lola ne tarda pas à le rejoindre, en imprimant à son pas ce dandinement gracieux qui ne manquait jamais d'amuser Irene. La fringante quinquagénaire à la peau raffermie et bronzée par de longues heures de jardinage enjamba avec précaution le flot d'eau boueuse qui courait dans la rigole d'évacuation derrière la clôture, puis gravit à son tour la pente en progressant en crabe.

Parvenue au sommet, elle s'engagea à la suite de ses chiens sur un chemin qui serpentait à travers les arbres. Des branches craquaient, les feuillages bruissaient sous la brise. Des oiseaux fouillaient les feuilles mortes. Des insectes stridulaient. La journée s'annonçait une nouvelle fois chaude et humide, mais l'air était comme d'habitude plus frais dans le sous-bois.

Devant elle, Dude et Lola furetaient ici et là, aboyaient de temps à autre et faisaient ce qu'ils avaient à faire. À un certain moment, Irene faillit avoir une crise cardiaque en voyant le chihuahua, qui avait fourré son museau dans une touffe d'herbe jaunie, reculer en serrant entre ses mâchoires ce qu'elle prit pour un serpent, avant de se rendre compte qu'il s'agissait d'un préservatif usagé – ce qui, somme toute, était préférable.

– Ah, ces jeunes, pesta-t-elle en secouant la tête.

Elle se servit d'un bout de bois pour obliger Dude à lâcher la capote, qu'elle jeta dans les fourrés. Elle pensait avoir vécu l'aventure la plus excitante de sa promenade quand un autre événement se produisit.

Ayant sans doute flairé quelque chose, Dude s'immobilisa sur le sentier, queue en l'air, truffe frémissante.

– N'y pense même pas, Dude, dit Irene en déchiffrant l'attitude du chien. Dude, ne…

Mais celui-ci ne l'écoutait plus. L'odeur qu'il avait humée devait être irrésistible, car il bondit hors du chemin pour s'enfoncer dans les hautes herbes. Et partout où allait Dude, Lola allait aussi. Le rottweiler s'élança avant qu'Irene ait pu le saisir par son collier et disparut à son tour dans les buissons.

– Lola ! appela-t-elle. Les chiens, au pied ! Revenez ici tout de suite. Je sais que vous m'entendez.

Plus loin, sous les arbres, des brindilles craquèrent et Dude se mit à japper. Irene jeta un coup d'œil à gauche, puis à droite. *Zut de zut.* Avec son short et ses sandales, elle n'était pas équipée pour s'aventurer dans le bush. Mais si les chiens avaient trouvé quelque chose de bien nauséabond ou une charogne quelconque, ils risquaient de se rouler dedans, et elle serait obligée de passer une partie de la matinée à les laver. Dude tenait dans l'évier de la cuisine, mais pour Lola il faudrait employer le tuyau d'arrosage et, comme chaque fois qu'elle avait droit à ce traitement, la chienne la regarderait ensuite pendant des heures d'un air profondément malheureux. Alors, songea Irene, avait-elle le choix ?

Résignée, elle s'aventura dans les herbes qui lui arrivaient presque à la taille. Par peur des reptiles, elle s'efforça de suivre la piste ouverte par Lola dans la végétation. En passant sous un arbre, elle se cogna la tête contre une branche basse. Un peu plus loin, des ronces se plantèrent dans le haut de sa cuisse gauche. Elle les arracha en grimaçant de douleur, et le sang perla sur sa peau.

Un instant plus tard, son pied s'enfonça dans une substance molle et spongieuse, et elle perdit l'équilibre.

– Et merde ! lâcha-t-elle.

Dans son malheur, elle avait eu la chance de tomber tête la première dans une petite clairière où l'herbe touffue, humide de rosée, avait amorti sa chute.

Elle roula sur le dos, puis s'assit et inspecta les lieux en reprenant son souffle. Ses chiens étaient bien là. Dude continuait de japper en tournant sur lui-même et Lola grattait un monticule de terre meuble.

22

Tom ouvrit les yeux, massa sa nuque douloureuse puis regarda autour de lui. Il était avachi sur la chaise qu'il avait approchée de la fenêtre de la cuisine. La bouteille de bourbon vide était toujours posée sur le plan de travail. Avait-il passé toute la nuit là ? Et s'était-il assoupi ? Il avait sans doute piqué du nez deux ou trois fois et sombré dans une somnolence alcoolisée, mais il se rappelait surtout avoir surveillé la rue et guetté l'arrivée de la police en ressassant des « si seulement » et des « j'aurais dû ».

Il se redressa trop brusquement, vacilla et dut s'appuyer sur le plan de travail pour rétablir son équilibre. Quand il voulut prendre la bouilloire pour préparer du café, il s'aperçut qu'elle était déjà chaude. Il consulta l'horloge murale. Bon an mal an, il avait réussi à dormir jusqu'à huit heures du matin. Il sortit dans le couloir. La porte d'entrée était grande ouverte.

Dehors, Connie et les garçons chargeaient les cartons de Marty dans les deux voitures. Les outils de jardinage de Connie avaient été tirés du coffre de la Toyota Corolla rouge et abandonnés sans cérémonie dans l'allée. L'heure du déménagement avait sonné. *Et merde*, songea Tom. Il n'avait qu'une envie, sauter dans sa voiture pour se rendre au lycée, mais il serait occupé toute la matinée à faire des allers et retours entre Camp Hill et Frankston.

– Tu te rends compte que, dans dix ans et un jour, on sera en l'an 2000 ? lança Keiran à son frère.

Il s'était exprimé d'un ton léger, enjoué, mais il se raidit en voyant son père.

– Oh, salut, papa.

Ils ne s'étaient pratiquement pas reparlé depuis que Keiran lui avait reproché d'être un dégonflé. Tom aurait voulu l'entraîner à l'écart pour lui raconter ce qui s'était passé la veille et l'obliger ainsi à réviser son jugement. Mais il se contenta de lui ébouriffer les cheveux – il ne se rappelait même plus la dernière fois où il avait fait ce geste – en disant :

– Salut, Keiran.

Une main en visière pour se protéger du soleil matinal qui brillait au-dessus des maisons de l'autre côté de la rue, il regarda Marty loger tant bien que mal un grand carton déformé à l'arrière du break avant de s'y reprendre à deux fois pour refermer le hayon. Il avait beau ne pas emporter grand-chose dans son nouvel appartement, les coffres des deux voitures étaient pleins.

– D'où ça sort, ce truc ? demanda Marty en brandissant la bâche à bout de bras.

Si Tom ne vit pas d'araignées sur la toile grise, il remarqua soudain une tache d'un rouge terne. Le sang séché de Sean. Il se précipita vers Marty et la lui arracha des mains.

– Donne-moi ça. Je voulais la jeter, elle est trouée.

Voilà. Parfait.

Marty haussa un sourcil interrogateur, avant de monter vérifier qu'il avait bien pris toutes ses affaires. Tom se hâta d'aller fourrer la bâche dans la poubelle. Il sentit alors quelque chose remonter le long de son bras, mais il parvint à se persuader qu'il s'agissait seulement de son imagination. En revenant vers la maison, il croisa le regard de Connie. Vêtue d'une salopette en jean, une tasse de café instantané à la main, elle l'observait.

– Tu sais, Tom, quand les couples se disputent, en général monsieur dort sur le canapé, pas sur une chaise près de la fenêtre…

– On s'est disputés ? demanda-t-il.

– Franchement, j'espérais que tu me le dirais.

D'un bref coup d'œil, il inspecta le jardin voisin. La Bluebird de Debbie était toujours dans l'allée et aucune sirène de police ne se faisait entendre. Ce n'était cependant qu'une question de temps.

Marty le rejoignit en se frottant les mains pour les débarrasser de la poussière.

– Bon, je crois que tout y est, annonça-t-il.

– Depuis quand tu es plus grand que moi ?

– Ça fait trois ans, papa, répondit Marty. T'as pas préparé un petit discours d'adieu ? Ça m'étonne.

– Si, il se résume à une question : est-ce qu'il est trop tard pour annuler ton bail ?

À sa grande surprise, Marty le prit dans ses bras. Tout en le serrant fort contre lui, Tom regarda d'abord Keiran qui, planté devant la Sigma, arborait fièrement la nouvelle paire de lunettes de soleil qu'il avait reçue à Noël, puis Connie qui les contemplait tous les deux, un sourire mélancolique aux lèvres.

Tu mets tout ça en danger, pensa-t-il. *Tu mets ta famille en danger.*

Alors qu'il s'écartait, Marty tourna la tête vers la gauche et lança :

– Bonjour, madame Fryman.

Debbie se tenait près de la clôture, les bras croisés, le dos rond. Ses yeux étaient injectés de sang et gonflés. Elle portait toujours son uniforme d'urgentiste. Il y avait une tache rose sur sa manche gauche, qui ne pouvait être que du sang.

– Salut, Marty, dit-elle. Tu n'aurais pas vu Sean, par hasard ?

Il fronça les sourcils.

– Pas depuis un moment, non. Pourquoi ?

– Et toi, Keiran ?

Celui-ci fit non de la tête.

Elle les dévisagea tous. En cet instant, ils devaient lui renvoyer l'image de la famille idéale – le tableau idyllique de la vie en banlieue.

– Il est sorti hier soir et il n'est pas encore rentré, expliqua-t-elle.

– Il a dû rester dormir chez un copain, suggéra Tom.

– Oui, peut-être.

– Les jeunes n'ont pas leur pareil pour causer du souci à leur mère, intervint Connie. Je suis sûre qu'il va bientôt revenir et te servir une excuse bidon.

Debbie parvint à lui adresser un pauvre sourire tremblant.

Tom, qui sentait le regard de sa femme posé sur lui, se tourna vers elle.

– Et si tu partais avec le premier chargement ? Emmène les garçons, je te suivrai.

Connie parut hésiter. Elle les considéra tour à tour, Debbie et lui.

– Je vais prendre le break, alors, dit-elle. Tous les sièges de la Toyota sont occupés.

– Pas de problème.

– Je te préviens, le levier de vitesse de ma voiture coince toujours, même après la révision.

– Ça va aller, Connie.

À contrecœur, manifestement, elle demanda à leurs deux fils de se serrer sur le siège passager de la Sigma, puis s'installa au volant et démarra. Debbie les suivit des yeux.

– Désolée, je n'avais pas l'intention de vous interrompre.

– Mais non, tu n'as rien interrompu, dit Tom qui, sur une impulsion irrationnelle, ajouta : Tu sembles avoir besoin de parler. Je t'offre un café ?

– Merci, mais non. Je préfère rester près du téléphone, au cas où il appellerait.

– Bien sûr.

Tom referma le coffre de la petite citadine de Connie.

– Je m'inquiète pour lui, Tom, avoua Debbie. Avec tout ce qui s'est passé ici ces derniers temps, je me demande si je ne devrais pas appeler la police.

– Non, lâcha Tom un peu trop rapidement.

Debbie le dévisagea d'un drôle d'air. Ou peut-être se faisait-il des idées.

– À mon avis, il est encore trop tôt pour ça, se justifia-t-il. Connie a raison, je suis sûr qu'il ne va plus tarder.

– Oui, sûrement. Tu dois me prendre pour une folle, hein ?

Tom afficha un grand sourire rassurant, genre « tout ça, c'est dans ta tête ».

– Tous les parents sont un peu dingues, Debbie.

Elle lui adressa un petit salut de la main avant de retourner chez elle. Tom la regarda s'éloigner. *Je suis un salaud.* Mais il se sentait soulagé, il devait bien l'admettre.

Un peu plus loin, de l'autre côté de la rue, il aperçut Betsy et Albert Keneally, le couple qui habitait au numéro 17, arrêtés sur le trottoir. Tous deux riaient en montrant quelque chose qu'il ne distinguait pas. Leur rejeton débraillé – qui portait un prénom ridicule, style Richie ou Rocky – tournait autour d'eux sur son BMX. Soudain, il sauta sur la route, freina et s'exclama :

– Waouh ! C'est trop génial !

Albert s'adressa à sa femme :

– Quand je te disais qu'on devrait emporter le caméscope partout…

– Oh, je t'en prie, c'est tout juste si tu arrives à le soulever.

– Ça ferait un malheur dans *Vidéo Gag*. Garanti !

Intrigué, Tom s'approcha de la chaussée pour voir de quoi ils parlaient. Irene Borschmann avançait vers eux avec ses deux chiens. Elle était couverte de terre, de feuilles mortes et de brindilles, et boitillait. Était-ce pour cette raison que les voisins se moquaient d'elle ? Ça paraissait cruel. Et puis, il découvrit la scène.

Dude, le chihuahua, tenait dans sa gueule le support métallique d'un casque audio. Les écouteurs étaient positionnés de telle façon qu'il semblait écouter de la musique, et son allure sautillante donnait l'impression qu'il dansait.

En dépit de tout, Tom sourit.

– Qu'est-ce qu'il écoute ? lança Betsy à Irene. Ozzy *Osbourne* ?

Albert s'esclaffa.

Irene ne se départit pas de son expression sévère.

– Ou peut-être les Mé-Doors, suggéra Betsy.

Son mari était plié en deux. Les mains sur les genoux, hilare.

– J'ai pas compris, dit leur fils.

– Les Beagles ! s'exclama son père.

– Ah non, n'en rajoutez pas, le tança Irene. Ce petit imbécile de Dude va croire qu'on l'encourage et je viens de le disputer.

Le rottweiler s'arrêta pour pisser sur les agapanthes de Patti Devlin. De toute évidence, le coin lui plaisait.

En temps normal, Tom se serait joint à la conversation en cherchant lui aussi un jeu de mots. Il était sûr de pouvoir faire mieux que « Mé-Doors », mais le temps pressait. Il devait rattraper Connie et les garçons.

Il se mit au volant de la Toyota. Au moment où il allait reculer, il aperçut dans son rétroviseur le chihuahua qui passait derrière lui, remuant la queue, le cordon du casque traînant par terre. Et soudain, quelque chose de rouge attira son regard. Il considéra l'objet une seconde, puis se retourna sur son siège. L'évidence s'imposa alors à lui. Il se revit trois jours plus tôt, assis dans le salon de Lydia, en train d'examiner pour la première fois l'affiche signalant la disparition de Tracie Reed.

Sans réfléchir, il descendit de voiture et se précipita vers Irene Borschmann. Il avait laissé la portière ouverte.

– Irene !

Les deux chiens se retournèrent en même temps.

– Oh, bonjour, Tom. Vous venez pour le spectacle, vous aussi ?

Il s'accroupit devant le chihuahua et récupéra le casque.

– Où avez-vous trouvé ça ? demanda-t-il.

Elle haussa les épaules.

– Ce petit crétin l'a déterré dans la Jungle.

– Où ?

– Je viens de vous le dire.

– Où exactement, Irene ?

– Pourquoi ? Qu'est-ce qui se passe, Tom ?

Il lui montra le morceau d'adhésif rouge qui maintenait en place l'un des écouteurs.

– Je crois que ce casque appartient à Tracie Reed.

23

À la première sonnerie du téléphone, Sharon bondit et le regretta aussitôt. Elle avait l'impression d'avoir un marteau-piqueur dans la tête. Elle avait bu un peu trop de vin la veille au soir. Son corps – et quiconque l'appelait à une heure aussi matinale – la punissait. Elle marcha comme un zombie jusqu'à la cuisine.

Elle habitait un appartement en rez-de-jardin près du poste de police. Il était meublé quand elle avait emménagé, si bien qu'elle ne s'y était jamais vraiment sentie chez elle. Tout était peint dans des tons neutres, passe-partout : taupe, blanc, beige. Quelques petits tableaux ornaient les murs. Son propriétaire les aurait sans doute qualifiés d'abstraits, mais pour elle ils ne représentaient rien. C'était le genre d'endroit où, en général, on reste le temps de trouver mieux. Sharon y vivait depuis sept ans.

Le mot « piégée » lui vint à l'esprit.

Elle décrocha le combiné juste pour que le bruit cesse.

– Allô ?

– Houlà, ça n'a pas l'air d'aller, Shaz. T'es malade ?

C'était l'agent Daniel Bradley-Shore, l'homme à la stature imposante et à la coupe de cheveux façon Lego.

Elle poussa un grognement.

– Combien de fois je t'ai dit de ne pas m'appeler comme ça ?

Il ne rit pas. Ne la charria pas. Après avoir pris une profonde inspiration, il demanda :

– T'es assise ?

Sharon ne l'était pas. Le cordon du téléphone n'allait pas jusqu'à la chaise la plus proche.

– Pourquoi ? Qu'est-ce qu'il y a, Danny ?

Elle se gara dans Novak Street. Une voiture de patrouille stationnait déjà devant un passage qui courait entre les maisons en direction de la forêt.

Un agent tendait de la rubalise bleu et blanc à l'entrée. Sharon était certaine de l'avoir déjà rencontré, sauf qu'elle ne se rappelait pas son nom. Elle songea bien à prendre ses lunettes dans la boîte à gants pour pouvoir lire son badge, mais il y avait plus urgent.

– Bonjour, collègue, dit-elle simplement.

Il lui indiqua d'un geste le passage.

– Si vous prenez à gauche de la rigole, vous verrez mon coéquipier plus loin. Je peux aussi vous montrer le chemin, si vous voulez.

Cette perspective ne semblait cependant pas l'enthousiasmer, et Sharon pensa deviner la raison de sa réticence. À en juger par la tache jaune foncé sur le devant de sa chemise et par l'odeur de vomi dans son haleine, il avait vu quelque chose de terrible dans le bush et réagi en conséquence.

– Les gars de la Scientifique vont arriver, déclara-t-elle. Dites-leur de me rejoindre et, eux, là-bas, ne les laissez surtout pas approcher.

Elle lui indiqua d'un geste la demi-douzaine de badauds qui s'étaient rassemblés sur le trottoir. Partout dans la rue, des curieux étaient sortis de chez eux et observaient la scène de leur perron, de leur pelouse ou de leur véranda.

L'agent souleva la rubalise pour permettre à Sharon de se glisser dessous. Elle avança jusqu'au bout du passage, puis gravit le remblai herbeux sur sa gauche et inspecta les alentours. Une rigole en béton qui courait le long des clôtures servait à évacuer les eaux pluviales vers une grosse bouche d'égout recouverte d'une plaque métallique. Sharon vit un riverain posté devant le portillon de son jardin. Plus loin, une femme qui tenait un bébé dans ses bras s'était immobilisée au sommet d'une pelouse en pente. Tous deux la suivaient des yeux.

Elle les ignora. Devant elle se dressait un véritable mur de végétation. Les branches grinçaient et les feuillages bruissaient sous la brise. Elle comprenait mieux à présent pourquoi les habitants de Camp Hill appelaient cet endroit sauvage la Jungle.

Soudain, l'agent Sue Lee émergea du couvert pour venir à sa rencontre. C'était une femme mince et musclée, qui devait avoir la trentaine. Sa mine était grave, mais l'ombre d'un sourire jouait sur ses lèvres.

– Salut, Guff, dit-elle.

Guff. Au moins, c'était mieux que Shaz.

– C'est loin ? demanda Sharon.

– Suis-moi.

Elles s'engagèrent sur un sentier. Au bout de quelques mètres, Lee bifurqua pour s'enfoncer dans le sous-bois. Elles passèrent près des restes d'un feu de camp autour desquels le sol était jonché de bouteilles cassées. Craignant les serpents, Sharon scrutait les longues herbes de part et d'autre.

– Une femme qui promenait ses chiens ce matin a découvert ça, déclara Lee.

Elle lui tendit un sac en papier brun. Il contenait un casque aux écouteurs sales.

– La mère de la disparue a ramassé un Walkman par ici il y a deux semaines, poursuivit-elle. On a fouillé le coin, mais on n'était même pas sûrs que l'appareil appartenait à la gamine. C'est un voisin qui a reconnu le casque pour l'avoir vu sur les affiches signalant sa disparition. La promeneuse de chiens nous a conduits jusqu'au site, j'ai donné quelques coups de pied dans la terre et, bref, ça n'a pas été difficile de la trouver.

Alors que Lee demeurait sur place, Sharon pénétra dans une petite clairière où deux autres agents en uniforme contemplaient le sol. Des grésillements s'élevaient de leurs radios. Ils se retournèrent en l'entendant approcher, puis reculèrent pour lui permettre de voir.

Elle était là, à moitié ensevelie. Le soleil qui filtrait à travers les branchages éclairait ses yeux aveugles, ses joues creuses, sa bouche grande ouverte remplie de terre, sa chevelure blond platine emmêlée, maculée de sang séché.

– C'est elle, n'est-ce pas ? murmura Lee derrière elle. La disparue.

Sharon sentit son cœur se serrer. Elle avait déjà vu des morts, mais jamais aussi jeunes. Surgi de nulle part, un mot lui vint à l'esprit : « gâchis ».

– Hein ? Qu'est-ce que tu as dit, Guff ? demanda Lee.

– Sécurise le site, ordonna Sharon. Sur vingt mètres.

– Ça va faire beaucoup de rubalise…

– Et demande des renforts. Il faut passer chaque centimètre carré de cette clairière au peigne fin en veillant à ne rien piétiner. Je veux aussi que des agents aillent interroger les propriétaires dont les jardins donnent sur la forêt.

– Compris. Autre chose ?

– Arrêtez-vous tout de suite !

Sharon leva la tête. L'un des policiers regardait quelque chose derrière elle. Elle se retourna, pour découvrir Tom Witter qui fonçait vers eux. Avant qu'elle ait pu l'interpeller, Lee s'écria :

– C'est une scène de crime ! Ne bougez plus !

Sans tenir compte de l'ordre, il continua d'avancer, les yeux fixés sur la tombe. Lee se jeta sur lui et il chuta lourdement. Les autres agents se portèrent aussitôt à la rescousse de leur collègue. Dans la mêlée qui s'ensuivit, Sharon perdit de vue le visage choqué et hagard de Tom.

– Écartez-vous, intervint-elle. Laissez-le se relever.

L'un après l'autre, les policiers se redressèrent. Lee fut la dernière à se remettre debout.

– Il est inoffensif, leur dit Sharon. Il n'aurait jamais dû débarquer comme ça sur une scène de crime. C'est un imbécile, mais il n'est pas dangereux.

Sharon le raccompagna jusque chez lui et s'assura que le portillon du jardin était bien refermé derrière eux avant de prendre la parole.

– Bon, écoute, Tom, je ne vois pas comment te le demander autrement : t'es devenu cinglé ou quoi ?

– Je suis désolé.

– Une chance qu'on ne t'ait pas tiré dessus.

– C'est elle, n'est-ce pas ? C'est Tracie ?

Un soupir échappa à Sharon, qui hocha la tête.

– Comment a-t-elle été tuée ?

Le cou et les épaules de Tom étaient parcourus de tressaillements. Sharon le vit contracter ses muscles pour tenter de maîtriser ses tics.

– On ne peut pas se prononcer pour l'instant, répondit-elle.

Elle posa une main sur la sienne.

– Navrée, Tom. Je sais que c'était une de tes élèves.

D'autres badauds avaient commencé à se rassembler au sommet du remblai qui dominait la maison de Tom. La nouvelle n'allait pas tarder à se répandre comme une traînée de poudre.

Tu fais chier, Rambaldini, songea Sharon. Il avait bien choisi son moment pour partir en vacances, celui-là.

– Je dois te laisser, dit-elle. Ça va aller ? Tu veux que j'appelle Connie ?

Il dégagea sa main et fit non de la tête.

Sharon s'éloigna.

– Est-ce qu'il y avait des dessins ? lui cria-t-il.

Elle se retourna.

– Quoi ?

– Autour de la tombe, est-ce qu'il y avait des symboles comme sur le collier trouvé dans la chambre de Tracie ? Et sur le bras de Sean Fryman ?

Sharon le dévisagea d'un air perplexe.

– Non, il n'y avait rien du tout. Tu es vraiment sûr que ça va, Tom ?

– Oui, répondit-il d'un ton cassant.

– Bon, cette fois, j'y vais. J'ai le triste privilège de devoir annoncer à une mère que sa fille de dix-sept ans est morte.

Sharon s'arrêta devant la maison de Nancy Reed en s'intimant l'ordre de ne pas pleurer. C'était la tragédie des Reed, pas la sienne. Leur chagrin, pas le sien. Son boulot consistait à informer les parents de ce qu'elle savait, à leur témoigner de la compassion et à les abandonner à leur sort. Cette approche pouvait paraître dure, mais le métier exigeait de prendre ses distances – tout comme, en cas de catastrophe aérienne, il faut d'abord mettre soi-même un masque à oxygène avant de porter secours aux autres passagers.

Même si ce n'était jamais facile d'annoncer un décès, elle pressentait que cette visite-là serait particulièrement éprouvante. Avant de descendre de voiture, elle inspira à fond en pensant à ce qu'elle ferait dans la soirée : elle prendrait un bon bain avec un verre du Johnnie Walker que lui avait offert Jim. Et elle laisserait couler ses larmes au besoin.

En approchant de la maison, elle vit que tous les voisins étaient dehors, en train de discuter ou juste d'observer les alentours. Un homme avait même apporté son Polaroid, qui pendait sur sa poitrine. Il le souleva puis, après avoir croisé le regard de Sharon, le baissa. Elle le remercia d'un signe de tête et sonna.

Ce fut le fantôme de Nancy Reed qui lui ouvrit. Elle était debout, elle bougeait et respirait, mais il n'y avait plus de vie dans ses yeux.

– Bonjour, madame Reed. Vous permettez que j'entre ?

– Il y a du nouveau, n'est-ce pas ?

Sharon hocha la tête et Nancy s'effaça pour la laisser pénétrer dans le vestibule. À l'intérieur, tout était plongé dans la pénombre. Non seulement les lumières étaient éteintes, les rideaux tirés et les stores baissés, mais l'atmosphère elle-même était sombre. Pesante. Hantée.

Les deux femmes s'installèrent dans le salon, éclairé par une unique lampe jaune dont l'abat-jour en verre teinté représentait un désert avec oasis et chameaux de rigueur. Un verre de vin à moitié plein était posé sur la table basse entre elles. Nancy le saisit et le vida d'un trait.

– Elle est morte, c'est ça ?

Sharon sentit sa bouche s'assécher.

– Vers six heures ce matin, une femme qui promenait ses chiens a trébuché sur un monticule de terre meuble dans la forêt derrière chez vous, dit-elle. Il s'agissait en fait d'une tombe.

– Depuis combien de temps ?

– Pardon ?

– Depuis combien de temps Tracie était-elle là ?

– Il est encore trop tôt pour se prononcer mais, à en juger par…

Sharon hésita une demi-seconde.

– … la décomposition du corps, je dirais qu'elle a été ensevelie à peu près au moment où elle a disparu.

– Comment est-elle morte ?

– On n'en sait encore rien. On en apprendra plus quand…

– Vous l'aurez mise sur une table et découpée.

Sharon tressaillit.

– Quand l'autopsie aura été pratiquée, oui.

– Où est l'inspecteur Rambaldini ? demanda Nancy.

– Il est indisponible.

La mère de Tracie la foudroya du regard.

– Encore ?

– Il est en vacances, précisa Sharon. Avec sa famille.

Nancy se leva d'un bond. Instinctivement, Sharon effleura l'arme sur sa hanche, avant de se détendre en voyant son interlocutrice se diriger vers la cuisine. Des portes de placard claquèrent, puis Nancy revint avec une bouteille de rouge. Elle remplit son verre et le porta à ses lèvres.

– Souhaitez-vous que je prévienne M. Reed ? s'enquit Sharon.

– Vous pouvez toujours essayer, mais il semblerait que mon ex-mari soit aux abonnés absents.

– Comment ça ?

– J'ai tenté de le joindre hier soir au motel, et encore une fois ce matin. Il n'a pas répondu et ne m'a pas rappelée. Si vous réussissez à mettre la main sur lui, vous voulez bien lui transmettre un message ?

– Bien sûr.

– Dites-lui juste : ils nous croient, maintenant.

Elle avala deux grandes lampées de vin.

– Quand je suis allée signaler la disparition de ma fille, vos collègues m'ont affirmé qu'elle avait fugué, reprit-elle. J'ai eu beau insister, répéter qu'elle avait sûrement été enlevée, j'ai bien compris à leur attitude qu'elle n'était pas « activement » recherchée. Et aujourd'hui, c'est vous, une femme, qu'on envoie chez moi. Vous êtes là, à me parler à voix basse, comme le directeur d'un funérarium, en faisant votre mea culpa. J'en déduis que vous nous croyez, maintenant.

Sharon contempla ses mains. Elle aurait pu dire à Nancy que ce n'était pas sa faute. Après tout, ce n'était même pas son enquête. Mais ça n'aurait fait qu'empirer les choses, elle en avait bien conscience. Elle aurait aussi pu prétendre que tout avait été mis en œuvre pour retrouver Tracie, sauf que, malheureusement, ce n'était pas vrai. Quoi qu'il en soit, ça n'avait plus d'importance. Les dégâts causés par leur négligence étaient irréparables. Nancy Reed ne pourrait jamais effacer le souvenir de ce moment. À de nombreux égards – les plus cruciaux –, il marquait la fin de sa vie.

Que peut-on dire à une personne dans une telle situation ? Alors Sharon opta pour une réponse simple :

– Oui, madame Reed. Nous vous croyons.

24

Tom roulait vite. Il ne prenait pas souvent la petite citadine de Connie qui, même chargée des affaires de Marty, en avait sous le capot. Il accéléra jusqu'à la limite de vitesse autorisée et la dépassa pour doubler les véhicules des estivants, tout en gardant un œil sur le rétroviseur. Il ne pensait pas être suivi, mais mieux valait rester prudent.

Il n'avait que vaguement conscience d'être à la veille du nouvel an, même si les occupants d'une voiture sur deux autour de lui semblaient écouter à plein volume la chanson de Prince, « 1999 ». Ce n'était pas du tout comme ça qu'il avait envisagé de vivre la dernière journée des années 1980 – accablé par le désespoir, piégé dans une nouvelle réalité terrifiante.

Parvenu dans l'enceinte du lycée, il longea le bâtiment principal puis suivit la route jusqu'au parking du personnel. Il le découvrit vide. La décapotable d'Owen n'était plus là.

Il serra le frein à main, puis se précipita vers l'entrée du bâtiment. Mais il eut beau pousser les battants, impossible d'ouvrir. Il chercha ses clés dans sa poche, pour s'apercevoir qu'il avait pris le trousseau de Connie. C'était elle qui avait le sien.

Il assena des coups de poing sur la porte. En vain. Pas de réponse. Où Owen pouvait-il être ? Sean était-il avec lui ? Tom se mit à faire les cent pas devant l'entrée. Frappa de nouveau. Toujours rien. Il repartit vers sa voiture.

– Tom ?

Il se retourna. Owen avait ouvert et passé la tête dans l'entrebâillement. Il balaya du regard le parking et fit signe à Tom de le rejoindre. Puis, après avoir refermé à clé derrière lui, il demanda :

– Vous n'avez pas été suivi ?

– Non.

– Vous en êtes sûr ?

– J'en suis à peu près certain.

– Comment ça, « à peu près » ?

– Non, personne ne m'a suivi, affirma Tom.

– Et les flics ? La mère les a prévenus ?

– Pas encore, répondit Tom. Où est votre voiture ?

– Je l'ai garée au coin du bâtiment. Je ne voulais pas courir le risque que quelqu'un la voie depuis la route.

– Et Sean ?

Owen était dans un triste état. Il avait les cheveux en bataille et la peau rouge et sèche. Sa chemise était trempée – de sueur, supposa Tom.

– Il y a trop d'issues ici, alors je l'ai déplacé lui aussi, répondit le père de Tracie.

– Est-ce qu'il est...

– Vivant, oui. Et réveillé. Venez, je vous montre.

Tom voulut alors lui annoncer la mort de Tracie, mais les mots lui manquèrent. Owen s'était déjà éloigné et il dut courir pour le rattraper.

Au bout du couloir, ils tournèrent à l'angle et se retrouvèrent devant une porte marquée « PISCINE ». Au moment où Owen allait l'ouvrir, Tom le retint par le bras.

– Attendez, dit-il. Laissez-moi lui parler. Vous devriez rentrer chez vous, auprès de votre femme.

Owen se raidit, rejeta les épaules en arrière et gonfla la poitrine.

– Pourquoi ? Il s'est passé quelque chose ?

Tom hésita.

– C'est Tracie...

– Est-ce qu'elle...

– Je suis désolé, dit Tom.

Il vit Owen commencer par nier la réalité et secouer la tête avec vigueur. Il devait penser que c'était une erreur. Sa fille ne pouvait pas être morte. Elle avait disparu. Elle était peut-être en danger. Mais *ça*, non, impossible. Peu à peu, cependant, une expression d'horreur se peignit sur ses traits.

Il soutint le regard de Tom encore un moment, puis jeta un coup d'œil à la porte fermée à côté de lui. Tom lui bloqua le passage.

– Rentrez chez vous, répéta-t-il. Nancy a besoin de vous.

Owen recula de deux pas, fit demi-tour et s'élança. Tom écouta le bruit de sa course précipitée, qui résonnait dans le couloir désert. Il se sentait minable, impuissant et honteux.

À peine eut-il poussé la porte que l'odeur âcre et toute-puissante du chlore l'assaillit, réveillant des souvenirs de jeunesse : piscines dans des jardins, leçons de natation, plongeons dans le grand bain à Medford Park. Mais à partir de maintenant, se dit-il, elle lui rappellerait toujours Sean, Tracie et ce terrible été 1989 où tout, *absolument tout*, était parti en vrille.

La piscine, qui faisait vingt-cinq mètres de long, était divisée en six lignes par des cordes jaune vif. L'eau était étale sous le plafond haut, dont les poutrelles s'ornaient de banderoles colorées, rouges, bleues et vertes. Une grande rangée de fenêtres occupait le mur du fond. Elle donnait sur une colline herbeuse. De l'autre côté s'étendaient des champs qui avaient été achetés par un promoteur et attendaient d'être subdivisés en lots.

Sean était recroquevillé au bord du bassin. Owen avait dû dénicher un antivol de vélo dans un casier ouvert ou dans la salle des profs, parce qu'il s'en était servi pour l'attacher. L'une des extrémités était fixée à la première marche du plongeoir, l'autre passait autour du cou de l'adolescent.

Tom eut un mouvement de recul, puis s'approcha doucement de lui. Sean leva la tête. Il était mal en point. L'entaille ouverte par le cendrier était dissimulée par un pansement brun détrempé. Il y avait du sang séché dans ses cheveux, ainsi que de la cendre de cigarette.

– Salut, Sean.

Celui-ci se voûta.

– Comment tu te sens ? demanda Tom.

Sean voulut s'asseoir mais l'antivol l'en empêcha. Il glissa ses doigts entre sa gorge et la chaîne qui l'entravait, afin de pouvoir mieux respirer, et rétorqua :

– À votre avis ?

– Tu veux quelque chose ?

– De l'eau.

– Attends-moi ici.

Attends-moi ici ? T'es sérieux, Tom ?

Il se dirigea vers le poste des maîtres nageurs, qui faisait office de local à fournitures avec ses murs couverts d'étagères et de portants. S'y entassaient des produits de nettoyage, des bouées de sauvetage, des planches, des serviettes, des chaises pliantes... Tom vit aussi un gros rouleau de corde jaune semblable à un anaconda géant.

Il y avait un évier au fond du réduit, dans lequel traînaient deux mugs sales. Sur l'un d'eux figurait l'inscription « Tu n'es qu'à une brasse de la victoire » et sur l'autre « J'ai pipiscine aujourd'hui ». Tom choisit celui-là, le rinça à l'eau chaude, le remplit et, au moment de sortir, prit également une chaise pliante. Il alla ensuite poser le mug devant Sean, avant de reculer prestement. Une précaution bien inutile : ce fut à peine si l'adolescent remua. Il se borna à boire goulûment pendant que Tom s'asseyait sur le siège.

– Maman a sûrement appelé les flics, dit-il. Ils vont se lancer à ma recherche. Et à la vôtre aussi, monsieur Witter. Combien de personnes vous ont vus entrer chez moi hier soir, hein ? Et combien vous ont vus venir ici ?

Tom répondit par une autre question :

– Qu'est-ce qui t'est arrivé, Sean ?

Le prisonnier – car c'était bien ce qu'il était, pensa Tom – déplaça la chaîne autour de son cou, cette fois pour pouvoir s'asseoir et caler son dos contre les marches du plongeoir.

– Je pourrais vous demander la même chose, monsieur Witter. Avant, vous étiez du côté des gentils.

Si Tom ne fut pas étonné par cette tentative de l'adolescent pour l'amadouer, il fut surpris en revanche de constater qu'il y était sensible.

– Vous voulez que je vous dise où est Tracie ? reprit Sean. Je l'ai enfermée dans un cachot sans eau ni nourriture. Si vous me relâchez pas, elle mourra de faim.

– Est-ce que cette méthode a fonctionné avec Owen ?

Sean secoua la tête puis esquissa un drôle de petit sourire.

Tom en eut la nausée.

– Et maintenant, vous comptez faire quoi, monsieur Witter ? Me torturer pour obtenir des aveux ?

– Personne ne va te torturer.

– Même pas le père de Tracie ?

Tom ne répondit pas.

– Il est capable de me tuer, c'est sûr, poursuivit Sean. Il est tellement triste… Et malheureux. Les hommes comme lui ne réfléchissent pas. Ils agissent, c'est tout.

– Des hommes comme ton père, c'est ça ?

Sean tressaillit.

– Vous savez rien de lui.

– Je sais qu'il t'a fait du mal. Et à ta mère aussi. Et je sais que la violence est comme une langue étrangère. Plus on l'apprend jeune, plus elle devient facile à manier.

Silence.

– Tracie est morte, Sean. Alors, le moment est venu pour toi de tout me dire.

Nouveau silence. L'adolescent paraissait abasourdi. Parce qu'il ignorait jusque-là que Tracie avait été tuée ? se demanda Tom, ou parce qu'il était surpris que lui, Tom, soit au courant ?

– Son corps a été découvert ce matin, ajouta-t-il.

Sean se mordit la lèvre.

– C'est vrai ?

– Oui.

– C'est pas une tactique pour m'obliger à parler ?

– J'aimerais bien. Owen est effondré. Il est parti rejoindre sa femme. J'ai peur de ce qu'il risque de faire à son retour si on n'a rien de nouveau à lui apprendre.

Sean fronça les sourcils. En cet instant, il avait l'air sincèrement dérouté.

– Faut croire que ça n'a pas marché, murmura-t-il.

Tom se leva.

– Quoi ? Qu'est-ce qui n'a pas marché ?

Sean prit une profonde inspiration, déplaça légèrement la chaîne autour de son cou puis retroussa une manche de son T-shirt pour lui montrer son tatouage.

– Ça.

– Qu'est-ce que tu racontes ?

– Maman n'avait que seize ans quand elle m'a eu. Vous le saviez ?

– Non.

Tom se doutait que Debbie était tombée enceinte jeune, mais il ne s'était jamais donné la peine de faire le calcul.

– Elle avait deux ans de moins que moi aujourd'hui, ajouta Sean. C'est dingue, non ? J'ai déjà du mal à me prendre en charge, alors j'imagine même pas avoir une autre bouche à nourrir et un autre cul à torcher… Elle a dû baliser à mort.

Il se pencha en avant.

– À mon avis, c'est pour ça qu'elle est restée aussi longtemps avec mon père.

– Quel rapport avec Tracie ?

– Pas une seule fois il n'a levé la main sur moi, poursuivit Sean comme s'il n'avait pas entendu. Pour maman, c'était différent. Moi, il me menaçait, mais il n'est jamais passé à l'acte. Du moins, pas dans mes souvenirs. C'est ironique, non ? Vous étiez comme le père que j'ai pas eu. Si on m'avait dit qu'un jour, ce serait vous qui me frapperiez…

Tom envisagea de plaider la légitime défense, avant d'y renoncer. L'heure était à la franchise.

– Désolé. J'ai perdu mon sang-froid.

Sean grogna sans lever les yeux.

– C'est aussi ce que disait mon père quand il avait tabassé ma mère…

Tom vit des larmes rouler sur les joues de l'adolescent.

– J'étais trop petit pour la défendre.

S'il jouait la comédie, il était doué, pensa Tom.

– Ça m'arrive encore de temps en temps, de me sentir trop petit, déclara Sean. C'est débile, hein ?

– Non, pas du tout.

Tom songea aux brutes qui l'avaient harcelé dans sa jeunesse. Le sentiment d'être trop faible, trop vulnérable – trop petit, oui – ne l'avait jamais quitté.

– C'est un de ces soirs où ça avait bardé entre mes parents que j'ai vu ce symbole pour la première fois, expliqua Sean.

Il baissa les yeux vers le pentagramme sur son bras.

– Papa venait de perdre son boulot. Je devais avoir, je sais pas, peut-être sept ou huit ans. Il était allé au pub à la fin de son dernier jour de travail et il est rentré à la maison complètement bourré. J'avais appris à reconnaître les signes, alors j'ai couru me réfugier dans ma chambre. C'est ce que je faisais toujours, comme un putain de bébé ! Je me cachais sous mon lit.

Sean ponctua ces mots d'un petit haussement d'épaules.

– Après, quand tout a été fini et que la maison est redevenue silencieuse, maman m'a rejoint. Il l'avait salement amochée. Elle m'a dit qu'elle devait aller à l'hôpital pour qu'on lui fasse des points de suture et que je devais rester avec mon père. Je l'ai suppliée de m'emmener. Je paniquais complètement. Alors elle m'a donné quelque chose pour me protéger. Un collier.

– Avec un pendentif en forme de pentagramme, devina Tom.

– C'est ça. Avant que les groupes de heavy metal se l'approprient et que les satanistes mettent la main dessus, c'était un symbole de protection dans la Wicca. Maman croyait pas à ces trucs-là, mais elle a fait semblant, pour me rassurer. Elle est restée absente six jours. D'après ce que j'ai compris en parlant plus tard à d'autres personnes de la famille, elle n'était pas allée à l'hosto ce soir-là. Elle s'était enfuie. Elle m'avait laissé avec lui.

Du dos de la main, Sean essuya ses larmes.

– Et vous voulez que je vous dise un truc ? Je lui en veux même pas. Je la comprends, en fait. Elle était paumée. Tout ce qui comptait pour elle, c'était de survivre. Il valait mieux que je sois pas avec elle.

– Mais elle est revenue, n'est-ce pas ?

– C'était trop dur pour elle d'assumer sa décision, j'imagine. Pour finir, on a réussi à partir tous les deux, et j'ai porté ce pendentif pendant des années. Je le gardais même sous la douche. À dix-huit ans, j'ai voulu le graver sur ma peau, pour l'avoir toujours sur moi.

Il baissa la manche de son T-shirt.

– Du coup, j'avais plus besoin du collier, ajouta-t-il.

– Comment s'est-il retrouvé dans la chambre de Tracie ?

– C'est moi qui le lui ai donné.

– Quand ?

Sean resta silencieux quelques secondes avant de répondre :

– Le soir où elle a disparu.

Voilà, c'était dit, songea Tom.

– Tu es allé chez elle ?

– Non, c'est elle qui est venue chez moi, révéla Sean. Elle attendait derrière le portillon du jardin quand je suis rentré.

– Tu revenais de votre espèce de séance avec la planche de ouija, c'est ça ?

L'adolescent hocha la tête.

– J'ai pas pu rester avec les autres, parce que je saignais du nez. Ça m'arrive quelquefois quand il fait très chaud.

– Keiran a cru que tu étais possédé par le diable.

Sean faillit sourire.

– Quand Tracie m'a vu, elle a flippé. Elle pensait que je m'étais bagarré, un truc comme ça. Maman était sortie, alors c'est elle qui m'a aidé à arrêter le saignement. La plupart du temps, ma mère m'enfile un de ses tampons dans la narine, mais je pouvais pas faire ça devant Tracie.

– Il était tard, non ? Qu'est-ce qu'elle te voulait ? C'était ta petite amie ?

– Non, je vous le répète, monsieur Witter, y avait rien entre nous. Elle avait passé la soirée avec sa copine Cassie. Elle devait dormir chez elle mais elles s'étaient engueulées.

– Tu sais pourquoi ?

– J'ai pas demandé. Mais si je devais parier, je dirais que c'était à cause des cheveux de Tracie. Elle les avait teints en blond platine. Moi, je trouvais que ça avait plutôt la couleur de la margarine. En temps normal, je lui aurais envoyé une vanne, genre que ça faisait vraiment bimbo. Sauf que ce soir-là, elle était différente. Je crois bien que si je m'étais moqué d'elle, elle aurait fondu en larmes.

– Pourquoi dis-tu ça ?

– C'était juste une impression. En général, elle était plutôt… légère. Insouciante. Mais ce soir-là, elle était…

– Préoccupée ?

Sean réfléchit.

– Elle n'était pas elle-même, c'est tout ce que je sais.

– Tu ne lui as pas posé de questions ?

– Si.

– Et… ?

– Elle m'a demandé si j'avais déjà eu le sentiment d'être observé. Je lui ai répondu que oui. Quand on se fringue comme moi dans un endroit comme Camp Hill, tout le monde vous regarde. Mais c'est pas ce qu'elle voulait dire. Moi, je parlais de se faire remarquer. Elle, elle parlait d'être épiée. Surveillée.

Sean leva les yeux. Devant l'expression de Tom, il grimaça.

– Ah. Vous étiez au courant, alors ?

– J'ai trouvé un tas de mégots derrière chez elle. Des Sterling Red.

– Beaucoup de gens fument cette marque-là. C'est pas moi qui la suivais.

– Alors qui ?

– Elle me l'a pas dit. À mon avis, elle l'ignorait. Mais si quelqu'un en avait réellement après elle, c'était sans doute à cause de sa manie d'espionner les autres.

– Comment ça ?

– En fait, elle voulait devenir journaliste d'investigation, alors pour s'entraîner elle fouinait partout, se planquait pour écouter les conversations… Elle était du genre à passer aux toilettes chez vous juste pour pouvoir jeter un coup d'œil dans l'armoire à pharmacie. Vous voyez ce que je veux dire ?

– Pas vraiment, non.

– Elle avait un TCM-100B.

– Mais encore… ?

– Un Walkman avec une fonction dictaphone. Elle enregistrait les gens à leur insu. Elle m'a fait écouter un de ses enregistrements ce soir-là. La conversation d'un vieux couple qui était près d'elle à l'arrêt de bus. Ils se disputaient. L'un pensait que le passager sur le siège du milieu dans un avion devait forcément avoir droit aux deux accoudoirs. L'autre était pas d'accord.

– Je ne saisis pas, là. Pourquoi les avait-elle enregistrés ?

– Elle aurait sans doute dit que c'était pour s'entraîner au journalisme. Moi, j'avais plutôt l'impression qu'elle collectionnait des petits moments. Qu'elle voulait en conserver une trace.

– En quoi ça pourrait expliquer qu'elle était suivie ?

Sean haussa les épaules.

– Peut-être qu'elle avait entendu quelque chose qu'elle aurait jamais dû entendre…

– Ou peut-être que tu inventes toute cette histoire.

– Oui, peut-être.

L'odeur de chlore qui montait de la piscine empêchait Tom de réfléchir.

– C'est pour cette raison que tu lui as donné le collier ? demanda-t-il. Parce qu'elle avait peur ?

– Elle avait l'air d'en avoir besoin. J'ai pensé que ça la rassurerait. C'est l'effet que ça avait eu sur moi.

– Et après ?

– Rien. Elle a repris son sac et elle est partie.

– En passant par la Jungle ?

– Par la porte, précisa Sean.

– Tu sais où elle allait ?

– Oui. Elle voulait rejoindre son père.

Tom se mit à faire les cent pas.

– Il y a quelque chose qui ne colle pas, Sean. Tu ne m'as toujours pas révélé ce qu'elle était venue faire chez toi ce soir-là. Si le motif de sa visite était aussi innocent que tu le prétends, pourquoi ne pas me l'avoir dit ? Et pourquoi ne pas l'avoir dit à la police non plus ?

Sean se fendit d'un petit sourire suffisant.

– Tu trouves ça drôle ?

– Oh non, monsieur Witter, je peux vous assurer que je trouve ça tout sauf drôle. Parce que, vous voyez, il n'a jamais été question de culte du diable ou de possession démoniaque. C'est bien moins compliqué ou tordu que vous le croyez. Tracie était juste venue m'acheter de l'herbe.

– Quoi ?

– Je suis pas un adorateur du diable, monsieur Witter. Je suis un dealer.

25

Il se considérerait toujours comme chez lui dans la maison de Bright Street, songea Owen, mais il n'y serait plus jamais le bienvenu. Ce n'était plus son foyer. Cette pensée suscitait en lui un sentiment étrange. Immobile devant la porte, il se demanda s'il était censé frapper. Et dans le cas contraire, s'il avait encore le droit d'entrer librement, à quel moment ce privilège lui serait-il retiré ? Quand le divorce serait prononcé ?

Pour finir, il opta pour un compromis : il commença par frapper, puis poussa la porte. L'intérieur était sombre et étouffant, ce qui paraissait logique. C'était désormais un lieu de chagrin et de deuil. Owen n'était pas spécialement croyant ni superstitieux, mais il savait que le malheur a une façon bien particulière de se répandre, d'imprégner les meubles, les tapis, les murs. Au fond, il était sans doute préférable qu'il n'habite plus ici, se dit-il. Peut-être même ferait-il mieux de craquer une allumette et de mettre le feu à cet endroit.

Il se dirigea vers le salon, pensant y trouver Nancy. Il remarqua un verre vide sur la table basse, une couverture en laine entortillée sur un fauteuil et l'album photo de Tracie bébé. En le voyant, il fut saisi d'une rage aveuglante.

Nancy n'était pas dans leur chambre non plus. Il éclaira, s'approcha de la penderie et récupéra l'étui en cuir brun sur l'étagère du haut. Il le posa sur le lit puis l'ouvrit, avant de caresser lentement, presque avec dévotion, la crosse du fusil de chasse. Il jeta un coup d'œil dans la poche intérieure de l'étui. Une seule cartouche. Bien. Il n'avait pas besoin de plus.

Owen referma l'étui, le passa en bandoulière et sortit. Dans le couloir, il s'arrêta devant la chambre de Tracie. Nancy était recroquevillée par terre dans la pièce, à côté d'une bouteille de vin. Elle semblait en état de choc. Owen la dévisagea depuis le seuil. Elle soutint son regard en silence. Ils étaient au-delà des mots. Ils appartenaient désormais à un cercle cruel, brutal et fermé : celui des parents qui survivent à leurs enfants.

Quand les yeux rougis de Nancy se posèrent sur le fusil, elle parut le considérer avec une sorte d'étonnement morose. Puis son expression se durcit et elle hocha la tête.

Owen acquiesça à son tour.

26

Pour autant que Sharon puisse en juger, Sean Fryman et Tracie Reed n'avaient pas grand-chose en commun. Ils fréquentaient le même lycée, mais comme des centaines d'autres jeunes. Quant au symbole tatoué sur le bras de Sean, et qui avait aussi été découvert dans la chambre de Tracie, on le voyait partout, comme Sharon l'avait elle-même fait remarquer à Tom pendant ce dîner chez lui.

Alors pourquoi se retrouvait-elle à toquer à la porte des Fryman ? Peut-être y avait-elle été poussée par les propos blessants de Nancy Reed, selon lesquels la police n'écoutait pas les civils. Ou peut-être commençait-elle à imaginer le pire, comme Tom.

La porte s'ouvrit.

La mère de Sean était plus jeune qu'elle ne l'avait supposé. Et beaucoup plus jolie. Avec ses yeux d'un vert saisissant et son teint laiteux, parsemé de taches de rousseur, elle possédait une beauté naturelle, pleine de charme. Sharon la détesta d'emblée, tout en se disant qu'elle passait une journée vraiment merdique et qu'elle avait sans doute besoin de se défouler sur quelqu'un.

– Vous êtes Deborah Fryman ? demanda-t-elle.

– Debbie, oui.

– Sean Fryman est bien votre fils ?

Son interlocutrice s'appuya contre l'encadrement de la porte-moustiquaire et fronça les sourcils.

– C'est à quel sujet ?

– Inspectrice Guffey, dit Sharon en lui montrant sa plaque. J'aurais quelques questions à lui poser.

La mère de Sean ne réagit pas.

– Nous serions sans doute mieux à l'intérieur pour parler, insista Sharon.

Elle indiqua d'un geste la rue où les voisins se pressaient sur les trottoirs. Certains affichaient une mine sinistre, d'autres souriaient ou riaient. Pour ne rien manquer du spectacle, un petit malin particulièrement grassouillet avait installé une chaise longue et une glacière portative sur la pelouse devant sa maison. En un sens, Sharon les comprenait. Des drames pareils n'étaient pas censés se produire dans des endroits comme Camp Hill, paradis des pelouses verdoyantes et des minuscules arcs-en-ciel scintillant au-dessus des arroseurs automatiques. Les riverains avaient l'impression d'assister à une représentation théâtrale, et ils adoraient ça – du moment que l'action ne les touchait pas.

– Madame Fryman ? insista-t-elle.

– D'accord, venez.

Debbie la fit entrer dans un foyer familial où il y avait de la vie, sinon de l'ordre. Sans lui proposer de s'asseoir, elle alla se planter au milieu du salon et attendit en silence.

– Sean est là ? s'enquit Sharon.

– Expliquez-moi d'abord ce que vous lui voulez, répondit Debbie.

Ah, songea Sharon. C'est comme ça qu'elle le prenait.

– Vous saviez qu'une jeune fille de Camp Hill avait disparu ? Elle s'appelait Tracie Reed et habitait de l'autre côté de la Jungle.

– Pourquoi en parlez-vous au passé ?

– Elle est morte.

Debbie accusa le coup. Elle glissa les mains dans les poches de son jean troué aux genoux et se mordilla la lèvre. Elle cachait quelque chose, se dit aussitôt Sharon.

– Quel rapport avec Sean ?

– Je voudrais juste lui parler.

– Eh bien, c'est impossible.

Sharon hésita un instant. Confrontée à une telle attitude, elle avait le choix : pousser son interlocutrice dans ses derniers retranchements ou battre en retraite. Or elle n'était pas du tout d'humeur à battre en retraite.

– Bien. Dans ce cas, je vous invite à m'accompagner au poste pour un entretien plus formel.

Un pli soucieux apparut sur le front de Debbie.

– Non, vous n'y êtes pas, déclara-t-elle. Vous ne pouvez pas lui parler parce qu'il n'est pas là.

– Où est-il ?

– Je n'en sais rien. Il n'est pas rentré hier soir.

Debbie sortit les mains de ses poches et se laissa tomber sur le canapé.

– J'ai une espèce d'horrible pressentiment, avoua-t-elle. Je n'arrête pas de penser qu'il lui est arrivé quelque chose de terrible, que le ravisseur de la petite Reed – son meurtrier – l'a enlevé lui aussi.

La fenêtre au-dessus du poste de télévision donnait sur la maison de Tom. Sharon se demanda à quoi ressemblait le foyer des Witter un dimanche matin. Il devait y avoir des dessins animés à la télé, des rires à la table du petit déjeuner où tout le monde était encore en pyjama… Une atmosphère bien différente de celle qui régnait chez Debbie Fryman.

– Je vois un autre scénario possible, dit-elle. Le corps de Tracie Reed a été découvert plus tôt dans la matinée. Si Sean l'a appris, il a peut-être décidé de fuir parce qu'il avait peur des conséquences.

Le regard de Debbie s'assombrit.

– Pourquoi aurait-il fait ça ?

Sharon ne répondit pas.

– Vous n'êtes pas venue pour parler à mon fils, n'est-ce pas ? reprit Debbie. Vous êtes là pour l'accuser de je ne sais trop quoi.

– Disons que j'ai eu vent d'une rumeur.

– À propos de Sean ?

– Oui.

– Qui en est à l'origine ?

– Peu importe.

Sharon laissa le silence se prolonger quelques secondes. Puis elle se décida à s'asseoir en face de Debbie.

– Certaines personnes le soupçonnent d'être mêlé à ce qui est arrivé à Tracie, expliqua-t-elle. Et vous conviendrez que sa disparition soudaine ne joue pas en sa faveur…

À peine eut-elle prononcé ces mots qu'elle se prépara à une attaque. Pas physique, même si ce n'était pas complètement exclu, plutôt une agression verbale motivée par le désespoir.

Contre toute attente, Debbie fondit en larmes.

Pour Sharon, les situations de ce genre étaient toujours délicates à gérer, en tant que flic mais aussi en tant que femme. Devait-elle prendre Debbie dans ses bras, lui tapoter la main et lui dire que tout allait s'arranger ? Ou au contraire enfoncer le couteau encore plus profondément ?

– À votre avis, Sean est-il capable de faire du mal à quelqu'un ?

Les larmes roulaient sur les joues de Debbie, sans qu'elle cherche à les essuyer.

– Avez-vous la moindre raison de supposer qu'il aurait pu commettre un crime, madame Fryman ?

Rien.

– A-t-il déjà manifesté un penchant pour la violence ?

Toujours aucune réaction.

– Madame Fryman ?

Les sanglots de son interlocutrice redoublèrent.

– Debbie ?

– Je n'en sais rien ! s'écria enfin cette dernière. Et je ne sais pas non plus ce que ça dit de moi en tant que mère, sur la façon dont je l'ai élevé…

Elle regarda Sharon droit dans les yeux.

– Mais je sais qu'il ne s'est pas enfui.

– Comment pouvez-vous en être sûre ?

Silence.

Sharon s'adossa au fauteuil, dont le tissu empestait le tabac froid.

– Je croyais que Tracie Reed avait fugué, avoua-t-elle. J'en étais persuadée, jusqu'à ce que je voie son corps ce matin. Sa mère nous affirmait pourtant que ce n'était pas le cas. Elle nous l'a répété encore et encore. Et nous l'avons ignorée.

En cet instant, elle avait du mal à soutenir le regard de Debbie.

– Une mère sent ce genre de chose, je l'avais oublié, poursuivit-elle. Peut-être parce que je n'en suis pas une moi-même. Ou parce que ma propre mère ne valait rien. Quoi qu'il en soit, je ne referai pas la même erreur. Si vous me dites que Sean ne s'est pas enfui, je veux bien vous croire, Debbie. Mais vous devez être franche avec moi. Il ne faut rien me cacher.

Cette fois, les larmes de Debbie se tarirent.

La vache ! songea Sharon quand Debbie éclaira la pièce. La chambre de Sean évoquait l'antre d'un serial killer. Outre des disques et des posters de heavy metal partout, Sharon remarqua des sculptures en bois bizarres, un crapaud mort dans un bocal et un serpent vivant dans un terrarium. Mais un objet attira plus particulièrement son attention : un vieil échiquier posé sur la commode.

Il représentait manifestement le paradis et l'enfer. Le combat de Dieu contre Satan. Les rangs des blancs se composaient d'anges aux boucles blondes et aux ailes déployées. Ils avaient pour reine la Vierge Marie. Les noirs étaient des créatures démoniaques aux pieds fourchus. Leur reine était une femme à l'air farouche et aux cheveux roux flamboyants, vêtue d'une cape noire.

– C'est Lilith, indiqua Debbie.

Toutes les pièces étaient en place, à l'exception d'une seule : le roi du côté des pions blancs (Dieu ?) était tombé à moitié en dehors de l'échiquier. Ça ne ressemblait pas à un accident, plutôt à une déclaration de guerre. Si toute cette affaire prenait la tournure qu'elle supposait et s'achevait par l'arrestation de Sean, se dit Sharon, il suffirait aux jurés de voir cette chambre pour le juger coupable.

Debbie la tira de ses réflexions en lui montrant une boîte à chaussures sur le lit. Un pentagramme était dessiné sur le couvercle.

– Hier soir, quand je me suis rendu compte que Sean n'était pas là, j'ai… enfin, j'ai fouillé dans ses affaires, avoua-t-elle. Et j'ai trouvé ça.

Elle ouvrit la boîte.

Celle-ci était remplie de billets de banque.

– Il y a presque huit mille dollars, précisa Debbie. J'ai compté.

– Où a-t-il eu cet argent ?

– Aucune idée. Mais si vous étiez ado et que vous aviez décidé de vous enfuir, est-ce que vous auriez renoncé à une telle somme ?

Sans laisser à son interlocutrice le loisir de répondre, elle ajouta :

– Vous avez dit que vous vouliez tout savoir ?

Sharon hocha la tête.

– Quand je suis rentrée du boulot hier soir, j'ai découvert le salon sens dessus dessous. Il y avait de la cendre partout sur la moquette. Sur le moment, j'ai pensé que c'était Sean le responsable de cette pagaille, alors j'ai nettoyé. Pas de gaieté de cœur, croyez-moi. Mais j'en viens maintenant à me demander si ce n'était pas, eh bien… des traces de lutte.

Elle prononça ces mots en ouvrant de grands yeux terrifiés.

– Qui pourrait lui vouloir du mal, à votre avis ? questionna Sharon.

– Je ne vois pas.

– Est-ce qu'il a des ennemis ?

Debbie fit non de la tête.

– Vous n'avez rien remarqué d'autre en rentrant ? Un détail étrange ? Quelque chose d'inhabituel ?

Debbie esquissait un nouveau signe de dénégation quand, soudain, elle se figea.

– Ce n'est peut-être pas « étrange » à proprement parler, mais j'étais de garde hier soir, et dans ces cas-là je pars vers dix-neuf heures. En sortant de chez moi, j'ai vu la moitié des habitants de la rue se diriger vers la maison de Lydia Chow.

– Ah bon ? Il y avait une petite fête ?

– C'était une réunion de quartier, expliqua Lydia Chow.

Elle était assise dans l'un des fauteuils anciens de son salon, le dos bien droit, les mains posées à plat sur les cuisses. Tout, chez elle, était irréprochable, jusqu'à sa peau ferme et sans défaut. Sa tenue parvenait à donner d'elle une image à la fois classique et sexy. Son intérieur était à l'avenant. Murs d'un blanc immaculé, sols brillants, température ambiante idéale. Même l'air sentait bon.

Sharon avait l'habitude de voir ses interlocuteurs devenir nerveux quand ils avaient affaire à la police, même s'ils n'avaient rien à se reprocher. C'était humain. Mais Lydia Chow, elle, semblait tout excitée.

– En général, on se réunit une fois tous les quinze jours, expliqua-t-elle. Mais avec tout ce qui se passe en ce moment, et en tant que présidente du comité de surveillance de Keel Street, j'ai estimé nécessaire de rassembler les voisins pour mettre nos informations en commun.

Après son entretien avec Lydia Chow, Sharon se rendit chez la voisine, Norma Spurr-Smith, pour lui poser des questions similaires. Elle ferait de même avec tous les habitants de la rue. La recherche de la vérité impliquait de répéter la même chose, encore et encore. C'était l'essence même du métier de policier : une épreuve de ténacité.

– Le père de Tracie Reed était là, lui révéla Norma Spurr-Smith sur le pas de sa porte.

Sharon jeta un coup d'œil au vestibule derrière elle. Son intérieur offrait un contraste saisissant avec celui de Lydia Chow. Il était chaotique, bruyant et animé mais, contrairement à celui des Chow, il possédait une âme.

– Owen Reed a assisté à la réunion ? s'étonna-t-elle.

– Oui, il est venu, confirma Ingrid Peck, dans la maison d'en face. Il est du genre solide, mais taciturne. Vous me direz, on peut le comprendre, le pauvre…

– Vous étiez combien, hier soir ? demanda Sharon.

– Il y avait tous les habitués ou presque. Gary Henskee était absent. J'avoue, j'ai moi-même bien failli me faire porter pâle. Je veux dire, deux réunions en une semaine, c'est un peu excessif, non ? Mais bon, en fin de compte, je suis contente d'y être allée. J'ignorais tout de ces histoires de satanisme.

– C'était ça, l'objet de cette réunion ? Le satanisme ?

– Plus ou moins.

– Vous pouvez préciser ?

– Ça concernait Sean Fryman, en fait, déclara Betsy Keneally.

– Il a été question de ce gamin bizarre qui s'habille tout en noir, dit James Fellers.

– Il achète des souris mortes ! s'exclama Alyssa Lindley.

– J'ai plus ou moins joué les trouble-fête, je le reconnais, confia Irene Borschmann à Sharon. Je n'aime pas beaucoup qu'on parle des gens derrière leur dos. C'est trop souvent le cas dans cette ville. Mais maintenant qu'on a retrouvé le corps de cette pauvre gamine, je ne sais plus quoi penser…

– J'étais loin d'imaginer qu'il se passait des choses pareilles ici, juste sous notre nez, affirma Karina Alvarez. Après la réunion, je suis rentrée directement chez moi et j'ai eu une longue conversation avec mon fils. Je lui ai bien recommandé d'éviter Sean Fryman, mais c'était inutile. Mon Michael savait déjà que ce garçon n'était pas fréquentable.

– Ah bon ? Pourquoi ?

– Eh bien, apparemment, il cultive de la ma-ri-jua-na…, répondit-elle en étirant chaque syllabe du mot. Bon, c'est vrai, Michael ne m'a pas dit qu'il en « cultivait », mais en tout cas il en vend. Attention, mon fils n'en a jamais acheté. Il me l'a juré sur la Bible.

Sharon songea à la boîte à chaussures sous le lit de Sean.

– Un trafic de drogue dans ma rue, vous vous rendez compte ? reprit Karina en secouant la tête. J'ai l'impression d'avoir fait l'autruche jusque-là. Remarquez, je crois que tout le monde a eu cette impression. Enfin, tout le monde sauf Tom.

– Tom Witter ?

– C'est ça. Il nous a tenu une espèce de discours hier soir, surtout pour nous mettre en garde, en fait. Depuis, j'ai interdit à mon fils de jouer à *Donjons et Dragons.*

– Pourquoi ? Que vous a dit Tom Witter au juste ?

– Je ne voudrais pas me montrer grossier, lança Bill Davis, mais vous en avez pour longtemps ? Ma femme et moi, on organise une petite fête ce soir, pour le réveillon, et on est en plein dans les préparatifs. Si vous n'avez rien prévu, vous êtes la bienvenue, inspectrice.

– Non, merci, déclina Sharon.

– Bon, alors, de quoi s'agit-il ?

– Sean Fryman a disparu, annonça Sharon.

Cheree Gifford étouffa une exclamation de stupeur en plaquant une main sur sa poitrine.

– Ah bon ?

– Il n'est pas rentré chez lui hier soir. Sa mère est très inquiète.

– À sa place, je le serais aussi, répliqua Cheree Gifford, qui haussa un sourcil. Vous avez parlé à Ellie Sipple ?

– Non, pas encore, répondit Sharon. Pourquoi ?

– J'ai vu quelque chose hier soir, déclara Ellie Sipple.

– Vous pouvez préciser ? lui demanda Sharon.

– Eh bien, en revenant de la réunion de quartier, j'ai aperçu Tom Witter et Owen Reed qui discutaient. Ils étaient dans la voiture de M. Reed et, apparemment, ils buvaient des bières.

Elle fronça les sourcils.

– Ça m'a intriguée, alors je les ai gardés à l'œil. La fenêtre au-dessus de l'évier donne sur la rue, vous comprenez. Oh, je ne cherche pas à espionner les voisins ni rien, mais quand je fais la vaisselle, il m'arrive de… de remarquer certaines choses.

Tiens donc.

– Et qu'avez-vous remarqué hier soir ? la pressa Sharon.

Son interlocutrice s'éclaircit la gorge.

– Ils sont allés frapper chez les Fryman.

– Tous les deux ?

– Oui.
– Vous en êtes sûre ?
– Certaine.
Sharon sentit sa bouche s'assécher.
– Et que s'est-il passé ensuite, mademoiselle Sipple ?

27

Bang bang !

Tom se leva d'un bond et se tourna dans la direction d'où venaient les coups. Il attendit.

Bang !

– Tom ?

Il poussa un soupir de soulagement. C'était Owen, qui frappait à la porte au bout du couloir. Tom alla lui ouvrir. Le père de Tracie s'engouffra dans le bâtiment, le bousculant au passage. Les battants claquèrent derrière lui tandis que Tom s'élançait à sa suite. Il vit bien l'étui qu'Owen portait en bandoulière, mais il lui fallut quelques secondes pour l'identifier.

– C'est une arme ? lança-t-il.

Le père de Tracie ne prit pas la peine de répondre. Si les plafonniers étaient éteints, une succession de petites fenêtres carrées, tous les deux ou trois mètres, laissait entrer la lumière du dehors, créant un effet stroboscopique. La silhouette d'Owen disparaissait, puis reparaissait, encore et encore.

– Qu'est-ce que vous faites avec ça ? insista Tom.

Owen lui jeta un coup d'œil éloquent par-dessus son épaule, l'air de dire : « C'est évident, non ? » Mais non, ça ne l'était pas.

Avait-il l'intention d'effrayer Sean ? De le tuer, peut-être ? Au fond, Tom n'était pas certain de vouloir connaître la réponse.

Lorsqu'ils approchèrent de la porte donnant accès à la piscine, il barra le passage au père de Tracie.

– Écartez-vous, ordonna celui-ci.

– Attendez…

– J'ai dit, écartez-vous.

– Juste une minute, d'accord ? J'ai parlé avec Sean.

– Et… ?

Tom lui raconta tout : le trafic d'herbe, le pendentif, l'impression qu'avait Tracie d'être suivie. Owen l'écouta d'un air impénétrable, paupières mi-closes, lèvres pincées.

– Il ment, décréta-t-il. Tracie n'aurait jamais touché à la drogue.

– Ce n'est pas de l'héroïne, souligna Tom. Des tas de gosses de son âge fument un joint au moins une fois, pour essayer.

– Les vôtres aussi ?

Tom faillit répondre « non », avant de se raviser et d'éluder la question.

– Tracie et sa copine Cassie Clarke se sont disputées le soir où elle a disparu. Vous le saviez ?

Owen fit non de la tête, puis haussa les épaules.

– La police a entendu Cassie. Je ne me rappelle pas qu'elle ait mentionné une dispute. Il ment, répéta-t-il, hors de lui.

– Et si c'était vrai, hein ? répliqua Tom. Vous ne voulez pas en avoir le cœur net ? Laissez-moi interroger Cassie, elle sait peut-être quelque chose. Son adresse doit être dans mon bureau. Je serai de retour dans une heure. Deux maximum.

Owen se tourna vers la porte. Tom avait presque l'impression d'entendre s'activer les rouages de son cerveau.

– Vous voulez la vérité, Owen ? Ou vous cherchez juste à vous défouler sur quelqu'un ?

Même si Tom refusait d'envisager la possibilité que Sean soit innocent, il ne pouvait pas non plus l'ignorer. Le déni avait ses limites.

Owen serra les mâchoires. Tom patienta, sans trop savoir à quoi s'attendre. Owen se contenterait-il d'acquiescer en silence ? Ou alors, le plaquerait-il brutalement contre l'un des casiers, comme le faisait autrefois Steve McDougal, avant d'aller appuyer le fusil contre la tempe de Sean et de presser la détente ?

N'y tenant plus, il finit par dire :

– Laissez-moi essayer.

– Deux heures, déclara Owen. Après, on fera les choses à ma manière.

Tom s'éloigna.

– Tom ?

Ce dernier se retourna.

– Si vous ramenez les flics…

– Aucun risque.

– Je le tuerai avant qu'ils puissent m'arrêter.

Tom voulait bien le croire. Un homme n'est jamais aussi dangereux que lorsqu'il n'a plus rien à perdre.

Il ressortit dans la chaleur matinale. Des sons joyeux lui parvenaient de toutes parts, révélateurs de l'impatience générale de fêter la nouvelle année : musiques, éclats de voix et de rire…

Ce fut seulement en voyant tous les cartons entassés dans la Toyota qu'il se rappela le déménagement de Marty. Il avait dit à Connie et aux garçons qu'il les suivrait de près, mais ça remontait déjà à plus d'une heure. Il se glissa au volant, démarra en trombe et fonça vers l'autoroute. La circulation était chargée et les occupants des voitures manifestaient bruyamment leur enthousiasme. Tom slaloma entre les véhicules, les mains crispées sur le volant. Le soleil cognait dur.

« Avant, vous étiez du côté des gentils », lui avait dit Sean.

Il songea de nouveau à ces ours que Dieu avait envoyés mutiler les quarante-deux enfants qui s'étaient moqués d'Élisée. Était-il l'un de ces ours ? L'heure de la repentance avait-elle sonné ?

Cette question en tête, il envisagea de prier. Depuis quand ne l'avait-il pas fait, en toute sincérité ? Il y avait bien eu des prières d'adieu chuchotées lors des enterrements, ponctuées d'un amen, mais ce n'étaient que des paroles débitées machinalement. Des prières-corvées. À bien y réfléchir, il ne se souvenait même pas de la dernière fois où il s'était agenouillé pour s'adresser au Très-Haut.

Depuis quelque temps, lorsqu'il pensait à Dieu, c'était souvent pour se demander comment un tel être pouvait exister. Dieu était la seule « vérité » qu'on était censé croire sur parole et aussi la seule qui allait à l'encontre de toute logique. En cet instant, cependant, il avait besoin de se raccrocher à l'idée qu'Il existait bel et bien. Sinon, il serait seul dans cette épreuve. Ne disait-on pas qu'il n'y avait pas d'athées dans les tranchées ?

Il arriva trop vite au croisement de Carlyle Street et de Dolin Street, et freina trop brutalement. Il n'était pas habitué à la nervosité de la Toyota. Les roues se bloquèrent, laissant des traces de gomme sur le bitume. Le pare-chocs de la voiture s'arrêta à quelques centimètres du véhicule devant lui. L'un des cartons de Marty tomba du siège passager et se renversa, déversant un contenu hétéroclite sur le plancher : un radio-réveil, une photo format carte postale (découpée dans un magazine) de Cindy Crawford vêtue d'un haut blanc moulant, la carte de Noël que lui avaient donnée ses parents cette année-là.

– Merde, marmonna Tom.

Le feu passa au vert. Il cala en voulant redémarrer. Le levier de vitesse était HS. Foutue bagnole ! Connie l'avait portée à la révision quelques semaines avant Noël, mais apparemment ils n'avaient rien fait au garage. Il devrait peut-être y passer pour leur dire deux mots. Et s'ils ne voulaient rien entendre, il...

Stop !

Calme-toi. Respire.

Il redémarra.

Quelques secondes plus tard, un 4 × 4 noir apparut derrière lui. Et encore quelques secondes plus tard, il distingua les lueurs rouges et bleues d'un gyrophare. Son cœur s'affola. Il jeta un coup d'œil dans le rétroviseur pour essayer de voir le conducteur. C'était Sharon. Sur le coup, il faillit accélérer et prendre la fuite, mais le bon sens l'emporta. De toute façon, jusqu'où aurait-il pu aller avant qu'elle le rattrape ?

Il se déporta vers la bande d'arrêt d'urgence et coupa le moteur à l'ombre d'un eucalyptus tacheté. Sharon se gara derrière lui, descendit de voiture, rajusta son pantalon et s'avança dans sa direction. Il posa son avant-bras sur l'encadrement de la vitre et se força à sourire.

– Je roulais trop vite, m'sieur l'agent ?

– Tu sais, Witter, la plupart des gars de ton âge optent pour une décapotable rouge, mais bon, je dois reconnaître que cette petite citadine te va bien.

– C'est celle de Connie, expliqua Tom. Elle a pris la Sigma. On aide Marty à déménager aujourd'hui. Non, sérieux, j'étais en excès de vitesse ?

– J'en doute. Je te vois plutôt comme un conducteur pépère, du genre à toujours placer tes mains à dix heures dix sur le volant. Quoi qu'il en soit, même si c'était le cas, je te rappelle que je ne suis pas chargée de la circulation. Je te cherchais, en fait. Alors, quand je t'ai aperçu, je me suis dit, pourquoi ne pas abuser de mon autorité de flic pour t'obliger à t'arrêter ?

Toujours fermement campée sur le bas-côté, elle croisa les bras, comme si elle comptait rester un moment sur place.

Tom s'efforça de réprimer son impatience.

– Tu me cherchais ? Pourquoi ?

Elle se passa une main dans les cheveux.

– J'aurais quelques questions à te poser sur la réunion du comité de surveillance hier soir.

– Ah bon ?

– La première me paraît évidente : tu n'as donc rien retenu de ce que nous a raconté autrefois Mme Hastings sur le procès des sorcières de Salem ?

– Il n'était pas question de chasse aux sorcières, Sharon. On essayait juste d'identifier des suspects.

– OK, alors venons-en à la deuxième question : qu'est-ce qui t'est passé par la tête, bon sang ? Tu ne sais pas à quel point c'est dangereux de monter un groupe de personnes contre un individu ? Tu te prends pour un justicier ?

– Il ne me manque plus que la cape et le masque, hein ?

Sa tentative d'humour tomba à plat.

– Bon, écoute, reprit-il. Tu as parlé à mes voisins, j'imagine. Ils gardent un œil sur le quartier. J'ai pensé que quelqu'un avait peut-être remarqué quelque chose. Si j'avais appris quoi que ce soit d'utile, je t'en aurais fait part.

Sharon garda le silence quelques instants, puis fronça les sourcils.

– Parle-moi d'Owen Reed.

– Que veux-tu que je te dise ?

– D'abord, pourquoi réagis-tu aussi fortement quand je prononce son nom ?

– Tu sais très bien que j'ai des tics.

– Et je sais aussi qu'ils empirent quand tu es stressé ou inquiet.

Elle pencha la tête sur le côté – pour éviter la lumière du soleil ou pour mieux étudier son expression, Tom n'aurait pu le dire.

– Je cherche aussi M. Reed. Je suis passée au motel où il a pris une chambre mais il n'y était pas. Le gamin à la réception m'a dit qu'on ne l'avait pas vu depuis hier. Tu as une idée de l'endroit où il aurait pu aller ?

– Pourquoi tu me demandes ça, Sharon ?

– Parce que, comme tu l'as souligné toi-même, tes voisins remarquent des choses.

Tom sentit son rythme cardiaque s'accélérer. La peur lui nouait l'estomac.

– Owen Reed était à la réunion d'hier soir, n'est-ce pas ? reprit Sharon.

– Oui.

– Et il était très agité quand il est parti.

– On peut dire ça.

– Et après, que s'est-il passé ?

– Quand ?

– Après la réunion.

– Après la réunion ?

– Il y a de l'écho, par ici !

Tom lui décocha un grand sourire factice.

– Après, je suis rentré chez moi, répondit-il.

– Directement ?

– Oui.

– Donc, tu n'as pas bavardé avec Owen Reed dans sa voiture.

Paniqué, Tom inspira à fond en essayant de s'éclaircir les idées.

– OK, oui, je suis allé le voir pour me présenter. Il était déçu, parce qu'il n'avait rien appris pendant la réunion. Je l'étais moi aussi. On a eu une discussion entre pères. Entre hommes.

– Et après ?

– Rien.

– Tu en es bien sûr ? Parce que cette même voisine qui vous a vus écluser des bières dans la bagnole d'Owen Reed vous a aussi vus vous diriger vers la maison de Sean Fryman.

Merde, pensa Tom. Était-ce le début de la fin ? Son cœur cognait de plus en plus fort dans sa poitrine. Il avait envie de vomir et devait lutter contre la tentation de démarrer en trombe.

– Qu'est-ce que tu veux savoir au juste, Sharon ?

– Si j'ai bien compris, tu as pris la parole hier soir devant tous tes voisins et tu as accusé Sean Fryman d'avoir kidnappé Tracie Reed pour l'offrir en sacrifice au diable.

– Ce n'est pas exactement ce que j'ai…

– Et aujourd'hui, Sean Fryman a disparu.

Voilà. Elle avait tout découvert. Même si Tom s'était mentalement préparé à cette éventualité – pour autant qu'on puisse se préparer à une telle situation –, la déclaration de Sharon lui causa un choc. Il s'efforça néanmoins de lui opposer une expression neutre.

– Que s'est-il passé hier, Tom ?

– Rien.

– Donc, tu n'es pas allé chez les Fryman ?

– Owen et moi avions besoin de réponses à certaines questions.

– Au sujet de Sean ?

– Oui.

– Et… ?

– Et on est allés chez lui. Pour discuter.

– Et ensuite ?

– On a parlé.

– De… ?

– Tracie Reed.

– Et… ?

– Et quoi ?

– Qu'est-ce qu'il vous a dit ?

– Pas grand-chose. Il nous a affirmé qu'il ne la connaissait pas. On s'est bien rendu compte que cette conversation ne menait nulle part, alors on est partis.

– La voisine vous a vus entrer, souligna Sharon. Elle ne vous a pas vus ressortir.

Ellie Sipple, songea-t-il. C'était forcément elle. La reine des mouchardes.

– Je ne sais pas quoi te dire, répliqua-t-il. On a dû rester en tout et pour tout cinq minutes chez les Fryman. Après, je suis rentré à la maison, j'ai regardé la télé un moment et je suis monté me coucher. Si ça se trouve, Sean s'est enfui parce qu'on lui a fait peur. Il a dû comprendre que c'était juste une question de temps avant que vous l'arrêtiez.

– Connie peut confirmer que tu es resté avec elle toute la soirée ?

La panique menaçait de le submerger et il dut fournir un gros effort pour ne pas la laisser transparaître sur ses traits. Soudain, Sharon leva la main et assena un coup de poing sur la portière. S'il n'avait pas bouclé sa ceinture de sécurité, Tom aurait sans doute fait un bond sur son siège.

– Désolée, dit-elle. Il y avait une araignée.

– Oui, répondit-il. Connie confirmera.

Une expression de tristesse voila le regard de Sharon.

– On se connaît depuis longtemps, Tom. Je peux te parler en tant qu'amie ? Oublie la flic une minute.

– Ce n'est pas si facile, avec cette arme sur ta hanche…

Une nouvelle fois, sa tentative pour détendre l'atmosphère laissa Sharon de marbre.

– Il arrive que des gens bien fassent quelque chose de mal, déclara-t-elle posément. Si c'est le cas, s'il y a un truc que tu me caches, c'est le moment de tout me dire.

Il prit une profonde inspiration. Son cœur tambourinait toujours comme un fou, il avait l'impression que ses poumons allaient éclater et il se sentait inondé de sueur. Quelque part derrière ses yeux, les larmes s'accumulaient. Puis, brusquement, mobilisant toutes ses ressources, il parvint à sourire.

– Bonne année, Sharon.

Elle le dévisagea.

– Bonne année, Witter.

28

Cassie Clarke habitait le faubourg voisin de Camp Hill, dans un environnement socio-économique moins favorisé, constitué pour l'essentiel de petits pavillons en brique entourés de clôtures grillagées.

Il faisait si chaud que Tom sentit la sueur dégouliner dans son dos quand il gravit les quelques marches devant chez les Clarke. La porte-moustiquaire était fermée, mais derrière, la porte principale, grande ouverte, offrait une vue dégagée sur l'intérieur. Tom vit de grosses bottes de travail dans l'entrée, des jouets en plastique éparpillés sur le sol et, sur une console, une réplique kitsch du heaume de Ned Kelly qui, apparemment, faisait office de décapsuleur. Il fut surpris d'entendre de la musique classique.

Il frappa. Quelques instants plus tard, un homme trapu, arborant une moustache en guidon de vélo, apparut dans le vestibule. Il dévisagea Tom à travers la moustiquaire avant d'aboyer :

– Ouais, c'est pour quoi ?

– Bonjour, je m'appelle Tom Witter et…

– On n'a besoin de rien.

Tom se força à sourire.

– Je ne suis pas là pour vous vendre quelque chose, j'enseigne dans le lycée de Cassie et j'aurais voulu lui parler.

– Pourquoi ?

Une petite voix s'éleva derrière lui.

– Monsieur Witter ?

Cassie était une jeune fille menue, dégingandée, aux cheveux roux et au teint crayeux. Elle écarta l'homme que Tom supposait être son père, déverrouilla la porte-moustiquaire et l'entrouvrit.

– Qu'est-ce que vous faites là ? s'enquit-elle.

– J'aurais des questions à te poser sur Tracie. J'aide les personnes qui essaient de comprendre ce qui a pu lui arriver.

C'était plus ou moins la vérité.

– Je le sais, moi, ce qui lui est arrivé, déclara-t-elle.

– Ah bon ?

– Elle est partie vers le nord. À Sydney, probablement. Peut-être dans le Queensland. Elle a toujours voulu voir Byron Bay. C'est ce que j'ai dit aux flics, d'ailleurs.

Tom grimaça. De toute évidence, Cassie ignorait que son amie était morte.

– Tu permets que j'entre ?

Elle hocha la tête.

Il se dit que le père de Cassie allait peut-être protester ou au moins demander pourquoi un prof du lycée de sa fille se présentait chez eux pendant les vacances, mais il n'en fit rien. S'il était surpris ou intrigué par cette visite, il ne le montra pas. Sans un mot, il se dirigea vers le tourne-disque dans le salon, où Bach et une bière fraîche l'attendaient.

Tom suivit l'adolescente jusqu'à la cuisine. Les deux fenêtres au-dessus de l'évier donnaient sur un petit jardin où il ne vit que de l'herbe jaunie et une caravane délabrée. Cassie prit une bière dans le frigo, dont la porte était couverte de magnets qui, pour la plupart, retenaient des factures en retard.

– Vous en voulez une ? proposa-t-elle.

– Non, merci, répondit Tom. Ton père te laisse boire de l'alcool ?

– Dave est pas mon père, c'est le petit copain de ma mère. Ça durera pas entre eux. Et puis, de toute façon, je suis presque majeure.

Elle avala une gorgée de bière. Tom avait du mal à croire que ce soit la meilleure amie de Tracie, mais au fond, il n'avait pas vraiment connu cette dernière. Il n'avait d'elle qu'une image innocente, sans doute idéalisée.

– Ça me fait bizarre de vous voir chez moi, déclara-t-elle. Je sais bien que les profs ont une vie et tout, mais j'étais pas sûre que vous existiez en dehors du bahut.

Tom s'efforça de sourire. Cassie but encore un peu de bière.

– J'ai déjà tout dit à la police, reprit-elle. Tracie et moi, on est sorties ce soir-là. Le soir où elle a « disparu », ajouta-t-elle en traçant des guillemets dans l'air. Elle est restée ici quelques heures, je l'ai aidée à se décolorer les cheveux. Dave a piqué une crise parce qu'on avait taché le tapis de bain. Je m'en fous, je l'emmerde.

Même s'il y avait une cloison entre eux, elle lui fit un doigt d'honneur.

– Après, on est allées au ciné, poursuivit-elle. Tout le monde pense que je garde le secret sur ses projets et tout, mais elle m'a rien raconté.

– Elle devait dormir chez toi, c'est ça ?

Elle haussa les épaules.

– Je me rappelle pas.

– Cassie...

– OK, OK. Oui, elle devait passer la nuit ici.

– Pourquoi a-t-elle changé d'avis ?

L'adolescente but sa bière à longs traits, puis plaça une main sur sa bouche pour étouffer un rot. Charmant.

– C'est bien la spécialité des femmes, non ? répliqua-t-elle.

– Vous vous êtes disputées, toutes les deux, n'est-ce pas ?

Elle tressaillit.

– Je vois pas de quoi vous voulez parler.

Tom la regarda droit dans les yeux. Il se plaisait à penser qu'il passait pour un prof sympa. Il mettait toujours un point d'honneur à garder son sang-froid. À rester impassible en toutes circonstances. Les élèves l'aimaient bien parce qu'il était coulant avec eux. Par conséquent, les rares fois où il s'exprimait avec fermeté, ils l'écoutaient.

– Tu ne joues pas franc-jeu avec moi, jeune fille.

Il regretta aussitôt ce « jeune fille », qui était de trop, mais les mots lui avaient échappé.

– Sans vouloir vous vexer, monsieur Witter, on n'est pas en cours, là.

Tom décela néanmoins un tremblement dans sa voix. Il soutenait toujours son regard, et elle fut la première à détourner les yeux. Elle posa sa bière et baissa la tête.

– C'était quoi, la raison de cette dispute ? insista-t-il.

Elle reprit sa canette et la fit tourner entre ses mains en scrutant l'ouverture.

– Tracie me bassine à longueur de temps avec ses parents qui divorcent, OK ? Bon, moi, d'accord, je peux comprendre, c'est tout récent, alors c'est encore douloureux, mais vous avez vu où j'habite ?

D'un geste circulaire, elle engloba son univers de vaisselle sale et de longues herbes jaunies.

– Vous trouvez que ça ressemble à la maison du bonheur, ici ?

– Je croyais que vous étiez amies, Tracie et toi.

– C'est le cas, affirma-t-elle. Et les vraies copines se parlent franchement, alors je lui ai dit que tout ça c'était banal. Que si on était en compétition pour le prix de la vie la plus merdique, c'est sûrement moi qui le remporterais. Que si ses parents se séparaient, c'est parce que son père est pas foutu de garder sa queue dans son pantalon.

Tom ne fut pas étonné par cette remarque. Owen lui avait dit qu'il y avait quelqu'un d'autre.

– Comment sais-tu que le père de Tracie a trompé sa femme ?

– Parce que les mecs font tout le temps ça, monsieur Witter. D'ailleurs, mon paternel s'en est pas privé.

De nouveau, elle indiqua le mur les séparant du petit ami de sa mère.

– Dave, là, il a sûrement une autre nana. Vous autres, vous êtes comme des bêtes.

– Tous les hommes ne sont pas comme ça, Cassie.

Elle lui jeta un regard noir avant de porter de nouveau la canette à ses lèvres.

– Si je comprends bien, Tracie n'a pas apprécié que tu critiques son père. C'est ça ?

– Elle m'a sorti que j'avais pas de cœur. Je l'ai envoyée se faire foutre.

Pour une jeune fille dont la meilleure amie avait disparu, Cassie ne semblait pas trop inquiète, songea Tom.

– D'après toi, où est-elle allée ?

– Je vous l'ai déjà dit, sûrement à Byron Bay. Tout ça, c'est pour emmerder son père. Le punir. Et sa mère aussi, peut-être. Elle se doute bien que plus elle attend pour rentrer, plus le comité d'accueil sera heureux de la revoir.

– Est-ce que tu sais si elle avait peur ?

Cassie sourit.

– Oh, pour ça oui ! À l'entendre, y a toujours quelqu'un qui l'espionne, la suit ou réapparaît dans des endroits pas possibles. Un jour, elle a répondu au téléphone et, comme y avait personne au bout du fil, elle a pensé que c'était un violeur qui appelait pour voir si elle était chez elle.

– Elle était parano, donc.

Cassie éructa de nouveau, cette fois sans prendre la peine de mettre la main devant sa bouche.

– Y a de ça, je suppose. Mais elle a ni frère ni sœur, vous comprenez ? Les enfants uniques ont besoin de plus d'attention que les autres, alors ils dramatisent, ils exagèrent tout, ils inventent des histoires pour se rendre plus intéressants.

– Tu as une drôle de façon de parler de ta meilleure amie.

– Ce que je vous dis là, je suis prête à le lui répéter en face, rétorqua Cassie. Ça sert à ça, les vraies amies : à pas laisser passer les conneries.

À ce stade, Tom estima qu'il lui devait la vérité.

– Écoute, Cassie, Tracie est… elle est morte.

– Quoi ?

– Son corps a été retrouvé ce matin.

– C'est pas drôle, monsieur Witter.

– Je ne plaisante pas, malheureusement. Je suis désolé.

Tom vit les yeux de l'adolescente s'embuer. Sa bouche s'ouvrit et se referma comme celle d'un poisson hors de l'eau.

– Est-ce que je dois aller chercher Dave ? demanda-t-il. Où est ta mère ? Je peux lui téléphoner, si tu veux.

Cassie secoua la tête.

– C'est à cause de moi, murmura-t-elle.

– Non, bien sûr que non.

– J'ai… j'ai pas voulu la croire, bredouilla-t-elle, les joues sillonnées de larmes. C'est ma faute. Tout est ma faute. Mais je savais pas…

– Tu n'y es pour rien, Cassie, lui assura-t-il.

Elle leva vers lui un regard à la fois désespéré et suppliant.

– J'étais certaine qu'il lui ferait pas de mal.

Tom se figea.

– Hein ? De qui parles-tu ?

29

Tom se gara devant un immeuble en brique à Frankston. Il verrouilla les portières, et préféra vérifier deux fois avant de s'éloigner. Le quartier où s'était installé son fils ne lui inspirait guère confiance.

Il était presque seize heures et le soleil amorçait son déclin derrière le bâtiment, projetant de longues ombres sur le ciment brûlant de l'allée. Alors qu'il se dirigeait vers l'entrée, Tom sentit l'odeur de la marijuana. Il leva les yeux vers un petit balcon au premier, où s'entassaient quelques jeunes d'une vingtaine d'années en train de chanter – sans surprise – « 1999 » en même temps que Prince. Par la fenêtre ouverte de l'appartement en dessous d'eux, il vit un sapin de Noël artificiel avec pour seule décoration un ange au sommet. Quelque part derrière l'arbre en plastique, un bébé pleurait.

Arrivé à la porte, il croisa un homme maigrichon, torse nu, qui sortait. Il tenait d'une main une bouteille de bière et, de l'autre, un petit téléviseur portatif en noir et blanc. Un des nouveaux voisins de Marty, sans doute..., pensa Tom. L'homme lui jeta un coup d'œil peu amène au passage. Il puait la transpiration et l'herbe.

Qu'était venu faire son fils dans un endroit pareil ? se demanda Tom.

Il entra, suivit un étroit couloir entre deux rangées de boîtes aux lettres puis gravit une volée de marches grinçantes. Parvenu devant l'appartement numéro 4, il prit une profonde inspiration et frappa à la porte.

Ce fut un jeune rouquin efflanqué avec des poches sous les yeux qui lui ouvrit.

– Laissez-moi deviner, dit-il d'une voix traînante. Z'êtes un témoin de Jéhovah ou le père de Martin.

Martin ?

– La seconde réponse est la bonne, déclara Tom.

– Allez-y, entrez. Moi, je vais acheter du PQ. Martin est dans sa chambre. C'est la plus grande, tout au fond. Je m'appelle Gordo, au fait.

Gordo lui tapa dans la main, le contourna et fila. Tom pénétra dans l'appartement. Les nouveaux quartiers de Marty – ou Martin – avaient grosso modo la taille et la forme d'une boîte à chaussures. Dans la pièce principale, qui servait à la fois de salon, de salle à manger et de cuisine, le mobilier se réduisait à un canapé en similicuir tout craquelé et à un vieux fauteuil élimé. Il n'y avait pas de balcon, mais une large fenêtre qui offrait une vue imprenable sur un mur de briques. Grande ouverte, elle laissait entrer l'odeur de l'herbe fumée par les voisins.

L'une des portes des chambres était entrebâillée. Tom trouva Marty à l'intérieur, occupé à sortir ses vêtements des cartons pour les ranger dans une penderie branlante qui semblait avoir été récupérée sur le trottoir un jour de collecte des encombrants.

– Salut, mon grand.

Marty leva les yeux et sourit.

– Tiens, papa ! Tu t'es perdu en route ? Maman et Keiran sont déjà repartis. Elle était en rogne.

– Je m'en doute.

– Où t'étais passé ?

– J'ai été retardé, éluda Tom. C'est ton nouveau colocataire qui m'a fait entrer. Pour info, il est parti acheter du PQ.

Marty éclata de rire.

– Un vrai charmeur, celui-là, hein ?

– Il t'a appelé Martin.

– C'est mon prénom.

– Sur ton certificat de naissance, oui. Mais personne ne t'a appelé comme ça depuis… Jamais, en fait.

Marty haussa les épaules avant de se replonger dans ses cartons.

– C'est juste un truc que je voulais essayer. Maintenant que je suis officiellement adulte, je me suis dit, je sais pas, que j'avais envie de changement. Qu'est-ce que t'en penses ?

Tout est éphémère, songea Tom.

– Je m'y habituerai, j'imagine, répondit-il.

– Où sont mes affaires ?

– En bas.

Tom prit place sur le lit.

– Mais d'abord, il faut qu'on ait une petite conversation, tous les deux, déclara-t-il.

– T'as pas laissé les portières ouvertes, j'espère…

– Assieds-toi, Marty. Euh, *Martin*.

Son fils s'exécuta.

– Ça me fait tout drôle quand je t'entends le dire.

– Je reviens de chez Cassie Clarke, révéla Tom.

Marty n'eut pas plus de réaction qu'au moment où il lui avait annoncé, quelques soirs plus tôt, la disparition de Tracie.

– Cassie Clarke ? répéta-t-il en feignant de chercher dans sa mémoire. Du lycée ?

– Quand lui as-tu parlé pour la dernière fois ?

Marty fit semblant de réfléchir.

– Je suis même pas sûr de lui avoir adressé la parole un jour. Ou alors, c'était au bahut.

– Tu en es certain ?

– Quasiment, oui. Pourquoi ?

– Tu ne les as pas vues sur la piste de roller il y a quelques semaines, Tracie et elle ?

Son fils cilla à plusieurs reprises.

– Je crois pas… Je me rappelle pas.

– Ni à la soirée des terminale il y a un mois ? Elles y étaient aussi.

Marty se figea, comme si une main invisible avait appuyé sur le bouton Pause. Puis Tom remarqua qu'il avait les doigts légèrement tremblants.

– Et tu ne les croisais pas près des grilles du lycée en semaine ? insista-t-il. Ni au centre commercial de Frankston le week-end ? Ni près de l'arrêt de bus dans Novak Street ?

Un silence. Tendu. Pesant.

– Et tu ne les as pas vues non plus au cinéma il y a trois semaines ? acheva Tom. Le soir où Tracie a disparu ?

– Je veux pas en parler avec toi.

– Dommage, parce qu'on est vraiment en train d'avoir cette conversation, riposta Tom. C'est la réalité, pas un mauvais rêve.

Ces mots n'étaient pas seulement adressés à son fils.

– Tracie s'était aperçue que quelqu'un la suivait, enchaîna-t-il. Elle n'a jamais su qui c'était. Contrairement à Cassie.

– Papa…

Tom inspira à fond avant de déclarer :

– Rappelle-toi, mon grand, faute avouée…

Marty cilla de nouveau, cette fois pour chasser ses larmes.

– Quand Tracie a disparu, je… je me suis dit que les flics allaient venir me poser des questions. J'étais sûr que Cassie allait me balancer.

– Elle est persuadée que tu n'es pas impliqué dans la disparition de Tracie, alors elle t'a protégé. À mon avis, elle a le béguin pour toi.

Marty secoua la tête.

– La première fois que j'ai mentionné Tracie, tu as fait comme si tu la connaissais à peine, poursuivit Tom.

Lentement, son fils se leva pour aller fermer la porte de sa chambre. Lorsqu'il reprit la parole, ses épaules s'affaissèrent et sa poitrine se creusa, comme si ses poumons s'étaient totalement vidés de leur air.

– Au début, je l'avais même pas remarquée, raconta-t-il. Et puis, soudain, j'ai eu l'impression de ne plus voir qu'elle. J'avais jamais connu ça. Ça m'est tombé dessus d'un coup. Tu sais, comme dans ces documentaires sur la nature où le lion traque la gazelle dans la brousse. Quand il bondit sur elle, il est trop tard, elle peut plus rien faire.

Tom trouva la métaphore troublante. Marty était-il le lion ou la gazelle ?

– Elle te plaisait, en somme.

– C'était plus fort que ça. Beaucoup plus fort.

Tom repensa à ses années d'adolescence. Lui aussi avait ressenti quelque chose pour Sharon Guffey, autrefois. De l'amour ou du désir, il n'aurait su le dire ; à cet âge, les deux étaient interchangeables. Mais c'étaient des émotions à vif, complexes et douloureuses, que personne ne pouvait comprendre, se disait-il. Comme le chantait le groupe Nazareth, « Love hurts », l'amour blesse. Et Marty avait été blessé, Tom le lisait sur son visage.

– Tu lui as avoué tes sentiments ? demanda-t-il.

Marty fit non de la tête.

– J'ai pas osé. J'étais un vrai loser à l'époque. Sean et moi, on traînait toujours ensemble, on passait pour des gros nazes. Alors j'ai décidé de changer. Je me suis mis à la muscu et j'ai commencé à fréquenter des mecs plus cools en me disant que si je devenais quelqu'un d'autre, Tracie s'intéresserait peut-être à moi.

– C'est pour ça que tu as coupé les ponts avec Sean ?

Une lueur coupable brilla dans le regard de Marty, qui se ressaisit et haussa les épaules.

– C'était un boulet. Avec lui, je serais jamais arrivé à rien.

– Et ce que tu voulais, c'était sortir avec Tracie.

– J'ai jamais eu le cran de lui dire ce que j'éprouvais pour elle. Et puis, j'ai eu mon bac. J'ai tenté de passer à autre chose, de l'oublier. Mais c'était impossible, je pouvais pas me l'enlever de la tête.

– Alors tu t'es mis à la suivre ?

– Pas au début. Au début, j'avais seulement envie de la regarder. Elle habite juste de l'autre côté de la Jungle. C'était pas un truc de pervers, je cherchais pas à la mater en train de se déshabiller ni rien. Tout ce que je voulais, c'était me rapprocher d'elle, voir le monde où elle vivait.

Comme dans une boule à neige, songea Tom.

– Alors les mégots dans la vieille boîte à café, c'étaient les tiens ? dit-il. Je ne savais même pas que tu fumais.

Marty haussa de nouveau les épaules, puis baissa les yeux.

– J'essaie d'arrêter.

– Revenons-en au soir où Tracie a disparu. Cassie m'a raconté qu'elle t'avait aperçu dans la salle de cinéma, assis tout seul au dernier rang.

– À la moitié du film, Cassie s'est levée. Elle a fait semblant d'aller aux toilettes, mais en réalité elle voulait me parler.

– Qu'est-ce qu'elle t'a dit ? demanda Tom, surpris.

Cassie n'avait pas mentionné cette rencontre.

– « Tu vaux mieux que ça. »

Marty contempla ses mains et soupira.

– Après, elle est retournée s'asseoir à sa place.

Tom rassembla tout son courage pour poser la question qui le taraudait :

– Est-ce que… tu as revu Tracie, plus tard ce même soir ?

Les yeux fixés sur le mur de briques de l'autre côté de la fenêtre, Marty esquissa un hochement de tête impuissant. La rumeur de la circulation et l'écho d'une musique distante leur parvenaient.

– Quoi que ce soit, quoi qu'il se soit passé, Marty, je peux te protéger.

– Pas de ça, répliqua Marty.

Tom se sentait transi, accablé et effrayé.

– Tu as traversé la Jungle cette nuit-là, Marty, c'est ça ? Pour aller observer Tracie chez elle ?

Son fils tourna la tête vers lui.

– En fait, c'est elle qui est venue chez nous.

– Quoi ?

– Il était tard, expliqua Marty. Toi, t'étais parti à ta soirée quiz et maman était déjà couchée. Alors, quand Tracie a frappé à la porte, j'ai ouvert. J'ai cru que Cassie m'avait balancé et qu'elle était là pour me demander des comptes.

– Et ce n'était pas le cas ?

– Non, elle était stone. Ça se voyait à ses yeux et j'ai bien senti l'odeur sur elle. Là-dessus, elle a commencé à parler et c'est devenu encore plus évident. Elle radotait, répétait sans arrêt qu'elle se sentait coupable, que ça la rongeait et qu'elle devait le dire à quelqu'un…

– Dire quoi ?

– Elle m'a tout raconté, papa.

Tom se passa une main sur le visage.

– Qu'est-ce qu'elle t'a raconté ?

– Elle m'a parlé de la liaison.

– Quelle liaison, Marty ?

Celui-ci le regarda bien en face.

– La tienne, papa. Avec elle.

30

– Je… C'est ridicule, bafouilla Tom. Écoute, Marty, quoi que t'ait dit cette fille…

– C'est pas seulement ce qu'elle a dit, papa.

Tom sentit un tic nerveux convulser son visage.

Dans le silence de la chambre étouffante, ils entendirent le colocataire de Marty rentrer. Il devait avoir trouvé son papier-toilette, car il poussait des cris de joie.

– « Monsieur Witter ? Je peux vous parler une minute ? » chuchota Marty.

– Hein ?

Tom vit de nouveau des larmes briller dans les yeux de son fils, puis rouler sur ses joues. Il voulut lui poser une main sur l'épaule, mais Marty s'écarta.

– « Il est seize heures passées, continua-t-il sur le même ton. Qu'est-ce que tu fais encore ici ? »

Sa lèvre supérieure tremblait. Il serra les poings.

– Mais qu'est-ce que tu me chantes, Marty ?

– « J'ai vu votre Sigma sur le parking et je voulais vous dire au revoir. »

– Écoute, je ne vois vraiment pas ce que tu…

Tom s'interrompit net. Il venait de comprendre.

– Elle t'a enregistré, papa. Tout est sur cassette.

Et là, dans cet immeuble hideux de Frankston, l'univers de Tom commença à s'écrouler.

– Et l'amour, dans tout ça ? lui avait demandé Tracie lors de cet après-midi dans la salle de classe.

– Il en faut beaucoup aussi, avait-il répondu.

– Je ne suis même pas sûre que mes parents se soient aimés un jour. Si je me fie à mon expérience assez limitée sur le sujet, quand on aime quelqu'un, on ne laisse aucun obstacle s'interposer.

– Tu es déjà tombée amoureuse, Tracie ?

Il avait souri. Tracie avait rougi.

– Qui est l'heureux élu ? avait-il questionné. Il en a de la chance.

– Je ne dirais peut-être pas ça.

Elle l'avait dévisagé avec une telle intensité que le jour s'était fait dans son esprit.

– Oh.

– C'est tout ? « Oh » ?

– Je suis flatté, Tracie. Vraiment. Mais je suis ton prof.

– Plus maintenant.

– J'ai le double de ton âge.

– Presque le triple, en fait, avait-elle rectifié avec un sourire. Mais je voudrais tellement savoir ce qu'on ressent quand on aime vraiment quelqu'un, même si c'est juste pour un petit moment.

– Tracie…

– Ça restera entre nous…

Tom ferma les yeux en essayant de refouler le souvenir de ce qui était arrivé après. La porte de la salle qu'il était allé verrouiller. L'odeur des cheveux de Tracie. Le goût de ses lèvres. La pression de son corps menu contre le sien.

Pourtant, il n'y avait jamais eu de « liaison » entre eux. Le terme désignait une relation durable qui avait un sens. Or ce qui s'était passé entre Tracie et lui n'en avait pas. Ça ne s'était produit qu'une fois. C'était juste une erreur. Par la suite, à sa grande surprise, il n'avait pas eu à batailler beaucoup pour la minimiser à ses propres yeux. Il n'avait eu qu'à recadrer la scène dans son esprit, lui donner un nouveau fil conducteur et l'orienter sous le bon angle pour pouvoir dormir la nuit. Il avait eu un moment d'égarement, de toute évidence, mais rien que de très banal. De l'ordre du réflexe. Un événement inhérent à sa condition masculine.

Et les rares soirs où il ne parvenait pas à se trouver de justifications, il enfouissait sa faute au plus profond de sa tête. En cet instant, cependant, il se sentait pris dans la tourmente. Parce que Marty savait. Il savait, et ça l'avait anéanti.

Tom se leva. Se rassit. Posa une main sur son cœur. Une douleur sourde lui comprimait la poitrine. Des spasmes lui contractaient l'estomac. Un flot de bile remonta dans sa gorge. Il se voyait déjà tout perdre – sa femme, les garçons, sa vie.

– Je... je peux tout t'expliquer, dit-il avec l'accent du désespoir.

– Non, papa.

Tom eut l'impression que le regard de Marty le brûlait.

– Quand t'es rentré l'autre soir avec cette foutue affiche, j'ai pas compris, poursuivit son fils. J'avais l'impression que tu me balançais ton aventure à la figure.

– Attends, ne…

– Tu voulais pas lâcher l'affaire. Tu t'es même mis en colère contre ta copine flic parce qu'elle en faisait pas assez pour retrouver Tracie. Pourquoi t'étais si obsédé, hein ? Tu te souciais vraiment d'elle ou t'avais peur que quelqu'un découvre ton petit secret ?

– Marty…

– T'avais des sentiments pour elle, papa ? T'étais amoureux ?

– Non, répondit Tom avec sincérité.

En un sens, ça ne faisait qu'aggraver son cas, pensa-t-il.

– Ta mère est au courant ?

– À ton avis ?

C'est déjà ça, songea Tom.

– Merci de n'avoir rien dit. De… de m'avoir protégé.

– C'est elle que j'ai protégée, papa. Et Keiran aussi. Ce genre de truc aurait pu faire exploser notre famille. Je voulais pas avoir ça sur la conscience. Mais je pouvais plus rester à la maison dans ces conditions.

Tom s'efforça de se ressaisir.

– Où est cette cassette ?

Marty secoua la tête.

– J'y crois pas… C'est ça qui t'inquiète ?

Tom considéra son fils, qui n'était plus un garçon mais un homme.

– Tracie Reed est morte, lui révéla-t-il. Son corps a été découvert ce matin. Quelqu'un l'a tuée et enterrée dans la Jungle.

Le visage de Marty se ferma.

– Tu n'as pas l'air surpris, fit remarquer Tom.

– Plus rien ne peut me surprendre.

– Cassie sait que tu tournais autour de Tracie. Elle ne t'a pas dénoncé avant parce qu'elle pensait que Tracie avait fugué. Mais maintenant, tu ne peux plus compter sur son silence. Alors s'il y a quelque chose que tu m'as caché… Tu étais furieux le soir où Tracie a disparu. Tu venais de découvrir que la fille dont tu étais amoureux avait…

Tom ne put aller au bout de cette phrase-là.

– Qu'elle t'avait brisé le cœur.

– Qu'est-ce que tu veux savoir exactement, papa ?

– Je ne pourrai pas te protéger si j'ignore la vérité, déclara Tom en se levant. Alors qu'est-ce qui est arrivé au juste ce soir-là ?

Dans le silence qui suivit, il songea au fusil sur l'épaule d'Owen.

– Merde, Marty, c'est important ! Plus que ça, même, c'est peut-être une question de vie ou de mort. Vous avez écouté cette cassette, et après, il s'est passé quoi ?

– J'ai fait ce que t'aurais dû faire, répondit Marty. Je l'ai envoyée balader.

Tom n'aspirait qu'à le croire, mais il avait bien remarqué sa réticence à le regarder dans les yeux. Et la façon dont il pinçait les lèvres après chaque réponse. Et le voile de transpiration sur son front.

Lorsqu'ils étaient chez les Fryman, se rappela Tom, Owen avait parlé de « tics révélateurs ».

– Est-ce que tu me mens, Marty ?

– Non.

Mais ce fut au tour de son fils d'être agité de tressaillements.

31

Sharon se gara en face de chez les Witter. Elle laissa tourner le moteur pour ne pas couper la climatisation. Le soleil se couchait au-dessus du petit coin de paradis où vivait Tom. Le ciel avait pris une teinte orange foncé qui virait peu à peu au noir. Les lampadaires ne tarderaient pas à s'allumer. Bill Davis lui avait dit qu'il organisait une fête, et elle voyait de nombreuses personnes se diriger vers la grande maison du numéro 4, attirées par une chanson du groupe Journey – « Don't Stop Believin' » – comme des rats par le joueur de flûte de Hamelin. On disait de Steve Perry qu'il avait cet effet sur ses fans.

Sharon aurait pour sa part trouvé bien d'autres manières plus agréables d'aborder l'année 1990.

Elle se sentait toujours ébranlée par son échange avec Tom. Il lui avait donné toutes les bonnes réponses, lui avait dit tout ce qu'elle voulait entendre. Mais elle avait vu ses tics s'aggraver comme jamais. Leur discussion avait ouvert dans son esprit une voie obscure, étroite et sinueuse, sur laquelle elle tentait désespérément de ne pas s'engager.

La Sigma de Tom, reconnaissable à sa couleur caca d'oie, apparut dans la rue et s'immobilisa dans l'allée devant la maison. La femme et le fils cadet de Tom en descendirent. Sharon les observa un moment et se fit une promesse : si Connie confirmait – et elle confirmerait – la version de son mari, elle laisserait tomber cette piste. Sur-le-champ. Et si son intuition lui soufflait de continuer à creuser de ce côté, elle se répéterait que la famille Witter était pareille à une mare aux eaux paisibles. Un pavé comme celui qu'elle tenait dans sa main risquait d'y propager des remous à jamais.

Si elle avait cru en Dieu, elle aurait sans doute fait le signe de croix. Mais elle n'était pas croyante. Sans plus tarder, elle sortit de son 4 × 4 et rejoignit la mère et le fils devant la porte.

– Connie ?

Celle-ci tourna la tête. Une lueur méfiante brilla dans son regard. Sharon lui adressa un sourire qui parut la rassurer un peu.

– Bonjour, Sharon.

– Alors, comment s'est passé le déménagement ?

– C'était encore plus déprimant que je l'avais imaginé, répondit Connie. Vous pourriez me prêter vos menottes, pour que je puisse enchaîner celui-là au radiateur ?

Elle gratifia Keiran d'un regard appuyé. Il leva les yeux au ciel, puis monta dans sa chambre, laissant les deux femmes seules sur le seuil.

– Tom n'est pas là, dit Connie.

– Ce n'est pas grave. En fait, c'est à vous que je voulais parler.

– Il y a un problème ?

– Il me reste juste quelques cases à cocher avant de pouvoir profiter de mon 31. Vous permettez que j'entre ?

Connie ouvrit le frigo et prit une bouteille de Moët & Chandon sur la clayette du haut. Tout en la débouchant, elle demanda :

– Je vous offre un verre ?

– Je suis en service, répondit Sharon. Alors, un grand oui.

En riant, Connie essuya deux flûtes avec un torchon, puis les remplit de champagne.

– Je gardais cette bouteille pour la boire avec Tom ce soir, expliqua-t-elle. Il était censé nous rejoindre chez Marty avec un second chargement, mais il a dû être retardé. Je suis sûr qu'il est mort de honte et qu'il va s'engouffrer dans la maison en se confondant en excuses d'ici à trois, deux, un... Et voilà, ça ne marche jamais.

Elles trinquèrent et burent.

– Ça lui arrive souvent de s'absenter sans raison ?

Connie haussa les épaules.

– Non, mais il est un peu à côté de la plaque en ce moment. Je ne sais pas si c'est la crise de la cinquantaine qui s'annonce ou le début d'une dépression. Peut-être les deux, à vrai dire.

– Vous lui en avez parlé ?

– J'ai essayé, répondit Connie, avant d'avaler une gorgée de champagne. Le départ de Marty l'a secoué. Il devait s'imaginer que rien ne changerait jamais.

– Vous êtes au courant, pour Tracie Reed ?

– Non.

– Je pensais que Tom vous l'aurait dit.

– Je ne l'ai pas revu depuis ce matin.

Sharon prit un air grave.

– Son corps a été découvert dans la forêt.

– Oh mon Dieu...

Connie détourna les yeux en portant sa flûte à ses lèvres.

– Quelle tragédie ! Ses pauvres parents... Tout le monde dans le quartier était convaincu qu'elle avait fugué et qu'on la retrouverait en train de faire du stop pour aller à Sydney, quelque chose comme ça.

– Tout le monde sauf Tom, souligna Sharon. Lui, il était d'avis qu'elle avait été enlevée par des satanistes.

Son interlocutrice leva les yeux au ciel.

– C'est un suicide ou… autre chose ?

– Autre chose, répondit Sharon. Mais je ne vous ai rien dit.

Un morceau de Bon Jovi se fit entendre dans l'une des maisons voisines, suivi par des acclamations enthousiastes. Connie jeta un coup d'œil dans la direction d'où provenait la musique.

– Et pourtant, la vie continue, observa-t-elle.

– Ça promet d'être une sacrée fête.

– Bill et Vicky Davis en organisent une tous les ans pour le réveillon, dit Connie. Avec Tom, on a décidé de ne pas y aller cette fois-ci, parce que celle de l'année dernière était épouvantable, mais si je dois choisir entre ça et passer la soirée seule…

Elle but une nouvelle gorgée de champagne. Puis son expression se durcit.

– Mais j'ai comme l'impression que vous n'êtes pas venue me rendre une visite de courtoisie.

– Non, reconnut Sharon. Je suis là pour l'enquête.

– C'est au sujet de Tracie Reed ?

– Non, de Sean Fryman.

Adossée à la cuisinière, Connie haussa les sourcils.

– Tom avait raison, alors ?

– À quel propos ?

– Est-ce qu'il est impliqué dans ce qui est arrivé à Tracie ?

– Il a disparu.

Connie se raidit brièvement.

Sharon finit son verre pour se donner du courage, puis demanda :

– À quelle heure Tom est-il rentré de la réunion de quartier hier soir ?

32

Owen inséra des pièces de monnaie dans le distributeur installé à l'entrée des vestiaires.

– Un Snickers ? lança-t-il.

– Non, je suis allergique aux cacahuètes ! lui cria Sean.

Alors Owen sélectionna un Mars. Il avait aussi acheté un soda au distributeur de boissons, et il apporta les deux à Sean. Ce dernier devait mourir de faim, car il déchira le papier d'emballage et ne fit qu'une bouchée de la barre chocolatée. Une seconde plus tard, il ouvrait la canette et buvait bruyamment.

– Où est M. Witter ? demanda-t-il après avoir roté.

– Je ne sais pas. Je suis sûr qu'il ne va plus tarder.

– Il est peut-être allé chez les flics...

– Tais-toi, ordonna Owen, qui s'assit sur la chaise pliante et posa son fusil sur ses cuisses.

– Je suis désolé pour votre fille, dit Sean.

Owen le foudroya du regard.

– J'irais pas jusqu'à prétendre que je la connaissais bien, mais je la trouvais sympa. Elle dégageait une sorte d'énergie chaleureuse.

– Ne parle pas ! Et surtout pas de ma fille.

– OK.

Sean but de nouveau.

– Désolé.

Owen ferma les yeux, puis les rouvrit.

– Je vois ce que tu veux dire. À propos de son énergie. Elle était comme ça depuis toute gosse. Sa présence faisait du bien. Comme un bon feu de cheminée qui vous réchauffe.

Cette fois, Sean garda le silence.

– Sauf que, depuis quelque temps, je n'arrivais plus à la cerner aussi bien qu'avant, poursuivit Owen. C'était peut-être toutes ces discussions autour du divorce qui la rendaient triste ou, je ne sais pas, la vie en général. Quoi qu'il en soit, j'avais peur qu'elle déprime.

Il posa les mains bien à plat sur l'étui du fusil.

– Il y a deux jours, j'ai été convoqué à la morgue pour identifier un corps. C'était celui d'une suicidée qui avait à peu près le même âge que Tracie. Avant d'entrer dans le bâtiment, et de voir que ce n'était pas ma fille, j'ai éprouvé un étrange sentiment de… d'inéluctabilité. Je savais qu'elle avait eu de la peine, et que j'étais passé à côté.

– Je crois pas qu'elle était déprimée, intervint Sean. À mon avis, elle avait la trouille. Et la rage. Comme nous tous.

– La rage ?

– Vous vous rappelez comment vous étiez à notre âge, monsieur Reed ?

Owen ne répondit pas. Il voyait bien ce qu'était en train de faire Sean : il tentait de l'amadouer en se montrant poli, en feignant de lui manifester de l'intérêt.

– Vous savez, quand on commence à mieux comprendre ce qu'est la vie, expliqua Sean. Et à s'apercevoir que c'est pas ce que nous promettaient la télé, les livres, la société et les adultes. C'est pas exactement de la dépression, je comparerais plutôt ça au remords de l'acheteur.

– Le « remords de l'acheteur », hein ? fit Owen en écho. C'est pour ça que tu t'habilles bizarrement et que tu écoutes de la musique de sauvages ?

– En partie.

– Et c'est quoi, l'autre partie ?

– J'ai toujours eu un côté sombre, admit Sean. Mon père avait un sale caractère. Et un penchant pour la violence. Je crois qu'il me l'a transmis. Il se défoulait sur ma mère et j'avais la trouille de finir comme lui. Alors j'ai décidé de m'approprier ma part d'ombre. Je me suis mis à écouter du heavy metal et à porter du noir. Ça m'a permis de me construire une identité. De reprendre le contrôle.

Il marqua une brève pause avant d'ajouter :

– L'herbe, ça m'aide aussi.

En dépit de tout, Owen éclata de rire.

– Je suis pas un méchant, monsieur Reed, reprit Sean. Je vendrais pas de l'herbe si je pensais que ça faisait vraiment du mal aux gens. Je voulais juste gagner de quoi me payer un billet d'avion pour me tirer d'ici.

– Pour aller où ?

– À Londres. Je me disais que je trouverais peut-être ma place dans cette ville. Le plus dingue, c'est que j'ai mis assez d'argent de côté depuis déjà plusieurs mois.

– Pourquoi t'es pas parti, alors ?

– C'est nul…

– Vas-y, je t'écoute.

– En fait, je voulais pas laisser ma mère. Pas parce que j'avais peur qu'elle s'en sorte pas sans moi – c'est la femme la plus forte que je connaisse – mais parce que moi, j'avais peur de pas m'en sortir sans elle.

Il changea de position, et Owen entendit la chaîne de l'antivol racler les marches du plongeoir.

– Si vous me laissez rentrer chez moi, j'achèterai ce billet dès demain. Je m'en irai, monsieur Reed, et je ne reviendrai pas.

Une hésitation, puis :

– Je ne raconterai à personne ce qui s'est passé ici.

Owen garda le silence.

– C'est quoi votre plan ? demanda Sean. Parce que vous avez le choix entre me tuer ou me libérer, et je suis sûr que vous voulez pas me tuer. Vous savez que je suis innocent, je le vois dans vos yeux.

– Ce n'est pas à ça que je pensais, répliqua Owen en se levant. Non, je pensais à ma fille. À sa bonne odeur de bébé, dont je ne me lassais pas. À son premier jour de maternelle, quand je l'ai regardée s'éloigner, sa menotte glissée dans la main de la maîtresse. À ses sautes d'humeur et à ses bouderies au moment de la puberté, qui ne l'empêchaient pas d'embrasser son vieux père tous les soirs avant d'aller se coucher…

Il fit un pas vers Sean, puis un autre.

– Tu prétends que je dois te tuer ou te libérer. Mais moi, je vois une troisième option.

– Laquelle ?

Owen retroussa ses manches.

– T'obliger à me dire la vérité.

33

Keiran descendait l'escalier lorsque Tom rentra.

– Papa ? Je peux aller chez Ricky pour voir le feu d'artifice ?

Tom s'immobilisa au bas des marches et s'efforça d'adopter un ton neutre.

– Où est ta mère ?

– Elle est partie à la fête de Bill et Vicky.

– Ah bon ?

– Elle m'a dit de te dire qu'elle rentrerait après minuit et qu'il fallait pas l'attendre.

Tom fit aussitôt demi-tour.

Il avait besoin de sa femme. Il fallait qu'elle l'aide à gérer la situation. Plus il obligeait Owen à patienter et plus les risques de dérapages violents augmentaient, il en avait conscience, néanmoins le moment était venu d'impliquer Connie. Il ne savait pas trop où les mènerait cette conversation. La seule idée qu'elle sache tout le blessait au plus secret, au plus sacré de lui-même, mais cette perspective avait aussi quelque chose de réconfortant. Il lui avouerait tout, s'expliquerait, la supplierait de lui pardonner en espérant que leur couple résisterait. Et s'il tenait le choc, alors Connie assumerait une partie du fardeau.

Il serait ainsi soulagé d'un poids. N'était-ce pas la raison d'être du mariage ?

Et puis, Connie aussi aurait besoin de lui pour affronter les jours sombres à venir.

– Papa !

Tom se retourna.

– Quoi ?

– Je peux aller chez Ricky ou pas ?

– Bien sûr. Et…

– Je sais. Évite la Jungle.

– J'allais juste dire, profite bien du spectacle.

Il ébouriffa les cheveux de son fils avant de le serrer dans ses bras.

– À l'année prochaine, fiston.

– À la *décennie* prochaine, plutôt ! plaisanta Keiran.

Un instant plus tard, il avait disparu.

Une fois seul, Tom prit le temps de laisser se manifester tous les tics et tressaillements qui le mettaient au supplice. Son menton partait vers la droite par brusques saccades, le côté gauche de sa bouche se mettait à trembler de façon incontrôlable, ses sourcils tressautaient comme des chenilles sous amphètes.

Lorsqu'il ressortit dans la rue, un petit vent frais s'était levé, qui rendait enfin la chaleur plus supportable.

La maison de Bill et Vicky était éclairée comme un parc d'attractions. Ils avaient laissé en place toutes les guirlandes lumineuses de Noël, créant ainsi une explosion kitsch de clignotements rouges et verts. Ils avaient aussi installé une dizaine de mini-torches de jardin de part et d'autre de la petite allée dallée qui menait à l'entrée. Plus près de la maison, une grande pancarte peinte à la main dans des couleurs vives clamait : « BIENVENUE EN 1990 ! » Derrière, une étrange figurine de lutin en fibre de verre, affublée de lunettes noires fantaisie, accueillait les invités.

Apparemment, le réveillon cette année-là avait pour thème tout ce qui avait plu à Bill dans le magasin d'articles de fête. Mais Tom devait le reconnaître, les Davis ne faisaient pas les choses à moitié quand ils recevaient.

La porte était maintenue ouverte par un cale-porte en bois figurant un sapin de Noël. Tom entra. Le salon était des plus animés, avec la musique à plein tube et les conversations qui allaient bon train. Tom reconnut la plupart des personnes présentes. Cheree Gifford était en train de faire une démonstration de limbo. À l'initiative de Betsy Keneally, apparemment, une petite piste de danse avait été improvisée près d'une longue table couverte de divers plats apportés par les invités. Ingrid Peck (la divorcée désespérée) était engagée dans une discussion fervente avec Gary Henskee (juste désespéré).

Pour autant que Tom puisse en juger, tout le monde était déjà bien éméché.

Ce constat lui donna l'impression d'avoir pénétré dans une dimension parallèle, où les gens avaient leur lot de petits problèmes normaux, qu'ils comptaient bien oublier le temps d'une soirée de beuverie.

Il se fraya un passage au milieu de la foule pour chercher Connie.

– Tom !

Il se retourna. C'était Bill Davis, vêtu d'une chemise hawaïenne criarde à moitié boutonnée et d'un jean bleu foncé.

Sans doute son plus beau jean, se dit Tom. Tous les hommes d'un certain âge en avaient un dans leur penderie. Il tenait un verre rempli d'un liquide bleu, d'où dépassaient plusieurs petites ombrelles en papier.

– Salut, Bill, dit Tom. Écoute, pour hier soir…

– Excuses acceptées ! rugit Bill afin de couvrir le vacarme de la musique.

Il se servit de son bras libre pour l'enlacer et le serrer contre lui, ce que Tom ne trouva pas si déplaisant. Bill l'étreignit quelques secondes de plus que nécessaire, avant de le libérer.

– En un sens, c'est moi qui devrais m'excuser ! cria-t-il. Je vais être franc avec toi, vieux. Hier soir, après notre échange, je suis rentré à la maison un peu contrarié. J'ai tout raconté à Vicky et, eh bien, on a eu une conversation assez instructive. Elle m'a dit des choses sur moi que j'avais besoin d'entendre.

Lui, peut-être, mais pas moi, songea Tom.

– En fait, je…, commença-t-il.

– Elle m'a comparé à une bouteille de whisky, l'interrompit Bill. Un alcool merveilleux à petites doses, mais qui donne mal au crâne si on en boit trop. Et, tu vois, j'ai compris l'idée. Si, si, je t'assure, j'ai compris.

Son haleine devait titrer à cent degrés, pensa Tom. Qu'y avait-il donc dans ce punch ?

– Bref, je suis content que tu sois venu, vieux, reprit Bill. T'es un de mes meilleurs copains et cette fête n'aurait pas été la même sans toi. Sérieux, t'es le meilleur des meilleurs copains du monde.

– Merci, Bill, mais je…

– Et cette gamine qu'on a retrouvée morte, tu te rends compte ? Juste là, dans la Jungle. Pratiquement dans notre jardin. Si elle était restée plus longtemps sur place, on aurait peut-être été alertés par l'odeur. Tiens, j'imagine bien Lydia montant sur ses grands chevaux à la prochaine réunion de quartier…

Il prit une voix haut perchée pour imiter leur voisine :

– « La personne qui a laissé ce cadavre pourrir dans la Jungle pourrait-elle nous en débarrasser ? Oui, c'est bien toi que je regarde, Gary Henskee. Une rue sans macchabée est une rue plus gaie. »

Vicky, qui venait de les repérer, fonça vers eux. Cette petite femme trapue rayonnait dans sa robe vert pomme garnie d'épaulettes.

– Tu lui as ressorti ta blague de la réunion de quartier, c'est ça ? lança-t-elle. C'est hilarant, mon chéri, mais il va vraiment falloir te renouveler.

Elle se tourna vers Tom.

– Quel drame ! Quand je pense qu'elle n'avait que dix-sept ans. On a envisagé d'annuler la soirée, par égard pour la famille, et puis je me suis dit que les gens auraient plus que jamais besoin de ces réjouissances chez nous. Comment vas-tu, Tom ? Tu veux boire quelque chose ? Tu as goûté le punch ?

– Tu as vu Connie ? lui demanda Tom.

– Je crois l'avoir aperçue dehors.

Il s'éclipsa.

La musique était moins forte dans le jardin, où d'autres torches plus grandes avaient été disposées en un large arc de cercle. Elles baignaient les visages d'une lumière mouvante, presque irréelle.

Tom vit Rob Chow plonger la main dans une piscine gonflable pleine de glaçons et de bouteilles. Sa femme Lydia bavardait avec Irene Borschmann. Chacune tenait un gobelet en plastique rempli de punch bleu, également orné de minuscules ombrelles en papier.

– Est-ce que l'une de vous a vu Connie ? s'enquit-il.

– Elle était dans le coin tout à l'heure, répondit Irene. Vous avez un problème à l'œil, Tom ?

– Non, ce n'est rien. Vous savez où elle est allée ?

Irene fit non de la tête. Lydia le prit par le bras pour l'inclure dans la conversation.

– Il faut que tu entendes ça, Tom, déclara-t-elle. C'est Irene qui a conduit la police jusqu'au corps.

Elle s'adressa ensuite à Irene.

– Vas-y, dis-lui.

– Tu viens de le faire, répliqua l'intéressée. Et, de toute façon, il était là.

– On sait si elle a été assassinée ? lança Lydia. J'ai appelé mon amie Betty Garland, dont le fils travaille au poste de police de Frankston, mais apparemment ils ne laissent rien filtrer. Betty pense que cette pauvre fille a eu la gorge tranchée. Quand je lui ai demandé d'où lui venait une telle idée, elle m'a répondu que, si elle devait tuer quelqu'un, c'est comme ça qu'elle ferait. Rappelez-moi de ne jamais rester seule avec Betty Garland !

Elle s'interrompit le temps d'avaler une gorgée de punch et de reprendre son souffle.

– Quoi qu'il en soit, le plus mystérieux, ce n'est pas la façon dont il l'a tuée mais plutôt ce qu'il a pu lui faire avant de l'enterrer…

Tom grimaça. Le « il » dans la phrase se référait de toute évidence à Sean, pas à Marty, pourtant Tom sentit son estomac se nouer.

– Mon Dieu, tout ça est tellement tragique ! s'exclama Lydia. En même temps, et je ne crois pas me tromper en affirmant qu'on le pense tous, c'est aussi un brin excitant, non ?

– Tu es la seule à le penser, souligna Irene.

– Oh, je t'en prie ! Ne me dis pas que tu es insensible à toute cette attention qu'on te porte. Tu es devenue une vraie célébrité dans le quartier. Ah, mais attendez, j'ai gardé le meilleur pour la fin…

– Stop ! intervint Tom.

Les deux femmes le regardèrent.

– Il n'y a rien de « meilleur », Lydia. Une jeune fille est morte.

Elle le dévisagea encore un instant, bouche bée, avant de prendre une mine atterrée. Irene sourit.

Tom les abandonna pour poursuivre ses recherches parmi les groupes d'invités. Les torches projetaient dans le jardin d'immenses ombres dansantes semblables à des démons se tordant dans les flammes de l'enfer. Au-delà, les arbres de la Jungle se balançaient sous la brise – silhouettes noires oscillant sur un fond encore plus noir.

– Ils vont la faire brûler à minuit.

Surpris, Tom tourna la tête. Ellie Sipple se tenait à quelques pas de lui. C'était apparemment la seule à ne pas avoir un verre à la main.

– Qui ?

– L'effigie, répondit-elle. Bill va y mettre le feu après le compte à rebours.

Elle lui indiqua d'un geste quelque chose sur la pelouse. Tom découvrit alors une sorte d'épouvantail à taille humaine, habillé d'un T-shirt d'un rouge décoloré et d'un short de foot bleu ayant sans doute appartenu à Bill. Fabriqué avec de la paille et du papier journal, il était affublé des mêmes lunettes noires fantaisie que le lutin à l'entrée de la maison. Sur le devant du T-shirt, quelqu'un avait tracé à la bombe de peinture blanche : « 1989 ».

– Je cherche Connie, dit-il. Vous l'avez vue ?

Ellie jeta un coup d'œil autour d'elle comme pour s'assurer que personne ne les écoutait. Puis elle déclara à voix basse :

– Je sais ce que vous avez fait, Tom. Owen Reed et vous.

Tom sentit son estomac se contracter de plus belle.

– Entre nous, je comprends pourquoi. Cette pulsion, je peux la concevoir. Mais je veux vivre dans un monde où règne l'ordre et cette voie-là mène au chaos.

– Je ne vois pas de quoi vous voulez parler, Ellie.

Il s'éloigna d'elle, franchit la rangée de torches et s'immobilisa près de l'épouvantail. Celui-ci était érigé sur un socle de bûches et de paille, constata-t-il. Une odeur âcre flottait dans l'air, qu'il huma.

– C'est de l'essence à briquet, dit une petite voix dans l'obscurité. Bill va probablement déclencher un incendie, ce soir. Si ça se trouve, à cette même heure demain, la Jungle sera réduite en cendres.

– Ce ne serait peut-être pas plus mal, répliqua Tom. Le feu est censé avoir une action purificatrice, pas vrai ?

Connie émergea de l'obscurité. Elle paraissait à la fois spectrale et magnifique dans la lumière vacillante des torches. Elle portait une petite robe noire toute simple et tenait l'inévitable gobelet de punch bleu.

Tom le montra du doigt.

– À propos de produits inflammables…

Elle lui adressa un sourire fugace.

– Qu'est-ce que tu fais là ? demanda-t-il.

– Je fuis la soirée.

– Et qu'est-ce que tu fais à cette soirée ?

– Je fuis la vie.

Elle but. Le punch laissa une trace bleue sur ses lèvres.

– Désolé d'avoir été absent aujourd'hui.

– Ça t'arrive souvent, depuis quelque temps.

Il leva les yeux vers l'épouvantail, au-dessus duquel se déployait le ciel étoilé.

– J'ai commis une erreur, Connie. Toute une série d'erreurs, à vrai dire. J'ai besoin de ton aide, mon ange. Pour les corriger.

À peine avait-il prononcé ces mots que ses muscles se relâchèrent enfin. Un calme étrange l'envahit. Il se tâta machinalement le visage, pour s'apercevoir qu'il pleurait. Il ne se souvenait même pas de la dernière fois où il avait versé des larmes, mais il avait l'impression que quelqu'un avait ouvert une vanne dans sa tête et il les laissa couler librement derrière ses mains. Dans l'obscurité du jardin de Bill et Vicky, Connie l'enlaça.

– Chuuut, murmura-t-elle.

– J'ai des choses à te dire, ma chérie. Ce ne sera pas facile à entendre.

Elle l'embrassa sur le front.

– Non.

– Quoi ?

– Tu as raté le moment, déclara-t-elle d'un ton ferme, catégorique. Hier soir, tout ce que je voulais, c'était la vérité. Un grand nettoyage émotionnel de printemps. Mais aujourd'hui, il s'est passé quelque chose qui m'a fait changer d'avis.

Tom sentit sa tension revenir en force. Tous ses muscles se contractèrent.

– Quoi ? Qu'est-ce qui s'est passé ?

– Sharon est venue me voir. Elle voulait savoir où tu étais hier soir, à quelle heure tu étais rentré, si tu étais ressorti après... Quand je lui ai demandé pourquoi elle me posait toutes ces questions, elle m'a répondu que Sean Fryman avait disparu.

– Qu'est-ce que tu lui as dit ?

– J'ai menti pour toi, Tom.

Il s'efforça de ne pas laisser transparaître son soulagement.

– J'ai fait quelque chose de mal, avoua-t-il. Et je crois que Marty aussi.

Elle se raidit à la mention de leur fils.

– C'est réparable ?

– Je l'ignore.

– Ce n'est pas ça que je veux entendre, Tom. J'ai besoin que tu te comportes en homme. Que tu répares tes erreurs.

Elle recula d'un pas.

– Un parent se doit de protéger sa famille, tu comprends ?

Il s'accorda le temps de réfléchir.

– Oui, répondit-il. Oui, je crois.

34

Il était presque vingt-deux heures. L'année 1990 approchait à grands pas. Les boutiques fermaient – Tom ne se rappelait pas les avoir jamais vues rester ouvertes aussi tard – et les retardataires se hâtaient de rejoindre leurs soirées respectives pour être sûrs d'arriver avant minuit.

Tom se tenait dans une cabine téléphonique, les épaules rentrées, le combiné serré dans les mains. Un peu plus tôt, au lycée, il avait noté le numéro du poste des maîtres nageurs. Il le composa et attendit. Il était venu en voiture au centre-ville de Camp Hill pour passer ce coup de fil. Il ne savait pas trop si les flics pouvaient tracer les appels comme ils le faisaient dans les films, mais il ne voulait pas prendre de risques.

Il en avait déjà pris tellement...

Les parois vitrées de la cabine étaient couvertes de graffitis. Parmi les plus marquants figuraient « Lisa est une connasse », « Drôle de pissotière – tant pis, je pisse quand même » et le bon vieux « Pour un moment coquin, appelez le... ». Y avait-il vraiment des personnes pour appeler ces numéros ? Auquel cas, qui était à l'autre bout de la ligne ? Distrait par ces pensées, il jeta un coup d'œil dans la rue où traînaient des dizaines de jeunes en train de boire et de rire.

Il y avait quelque chose de bizarre, d'absurde même, à regarder ainsi les autres mener une vie normale. La sienne le redeviendrait-elle un jour ? se demanda-t-il. Non, sans doute pas. Même si son plan pour « réparer ses erreurs » fonctionnait – et à ce stade, c'était un « si » de taille –, lui-même avait changé en profondeur. Et pour toujours. Il avait fait tomber la barrière invisible qui entourait son univers protégé et il s'était aventuré de l'autre côté. De l'extérieur, il en avait désormais une image beaucoup plus claire.

Qu'avait-il compris ? La plupart des gens, surtout ceux qui vivaient dans des endroits comme Camp Hill, suivaient les règles établies. Mais il avait découvert un secret important cette semaine-là : rien ne les y obligeait. Alors comment pourrait-il un jour reprendre sa place dans un tel système ? Il se représenta un chimpanzé échappé du zoo, qui goûte à la liberté avant d'être ramené de force dans sa cage.

– Tom ? C'est vous ?

Owen paraissait fatigué. Sa voix était étranglée par la peur.

– Il y a du nouveau ? le questionna Tom.

– Vous êtes parti depuis des heures. Où étiez-vous, bon sang ? Vous avez appris quelque chose ?

– Je vous le dirai en personne, répondit Tom. Je serai sur place dans vingt minutes. Je vous en prie, ne faites rien avant que j'arrive.

– Pourquoi ? Qu'est-ce qui se passe, bordel ?

– Dans vingt minutes, vous aurez toutes les réponses dont vous avez besoin. Il faut juste que je m'arrête quelque part avant.

Tom raccrocha, sortit de la cabine et considéra l'abri de bus de l'autre côté du parking, où il avait scotché l'une des affiches signalant la disparition de Tracie Reed. Quand il avait vu cette photo pour la première fois, il avait trouvé son sourire radieux, magnifique. Il lui paraissait à présent forcé. Dans son regard auparavant chaleureux et confiant se lisait une accusation. Il scruta les yeux de la jeune fille quelques instants, le cœur étreint par la culpabilité et la honte. Puis il regagna la cabine et décrocha de nouveau.

Une fois sa mission accomplie, il ressortit dans l'air frais. Autour de lui, le parking commençait à se vider. Il avait laissé la Sigma devant le marchand de journaux tout au bout du centre commercial. Lorsqu'il l'atteignit, il vit une voiture garée à côté de la sienne. Une BMW noire lustrée, avec des plaques d'immatriculation personnalisées : STVMCD.

– Tic-Toc ?

Tom se retourna. Steve McDougal. Par quelle étrange ironie du sort fallait-il qu'il croise deux fois en trois jours son ancien tortionnaire du lycée ? Bienvenue à Camp Hill.

Steve tenait un pack de bières. L'homme qui l'accompagnait en portait deux, comme s'il y avait une compétition entre eux. Ce dernier parut vaguement familier à Tom. Il l'imagina vêtu des couleurs du lycée catholique de Camp Hill, lui ôta quelques kilos et lui ajouta beaucoup de cheveux. Un nom lui vint alors : Adam Bartlett. Le deuxième membre du trio des Carnivores. Le troisième, Benny Cotter, était fort heureusement en prison.

– Deux fois en trois jours, fit remarquer Steve. Tu me colles au train, Tic-Toc ?

– Ha ha. Non, bonjour, Steve. Salut, Adam.

Celui-ci ne semblait pas le reconnaître. Mais soudain, son visage s'éclaira et il se fendit d'un grand sourire.

– Tic-Toc Witter. Bon sang, ça fait un bail ! T'es toujours bourré de tics, à ce que je vois.

Après avoir passé son pack dans son autre main, Steve inséra sa clé dans la serrure du coffre. Il l'ouvrit et les deux hommes y rangèrent leurs bières.

– T'as pas une fête où aller, ce soir ? lança Steve.

– Pas vraiment, non.

Les Carnivores échangèrent un coup d'œil qui paraissait dire « Pas étonnant », puis éclatèrent de rire.

– Rien n'a changé, observa Steve.

– Tu te souviens de la fois où on l'avait ligoté avec du Scotch au four à céramique dans la salle des travaux manuels et laissé dans le noir ? lui demanda Adam.

Puis il interpella Tom :

– Eh, Tic-Toc, tu te souviens de la fois où on t'a ligoté au four à céramique et laissé dans le noir ?

– Oui, je m'en souviens, répondit Tom. C'est le veilleur de nuit qui m'a libéré. Je suis resté des heures enfermé dans le noir. J'étais terrifié.

Nouvel accès d'hilarité.

– C'était génial, quand même, le bahut, dit Steve.

– Pas pour moi, répliqua Tom.

Il fut le premier surpris par cet aveu.

– Le lycée, c'était l'enfer, poursuivit-il. Il ne se passait pas un jour sans que je chiale tellement j'avais la trouille. Pas un jour. Vous me harceliez, tous les deux. Vous m'avez torturé. Traumatisé. Toutes ces saloperies que vous m'avez faites, et que vous trouviez si marrantes, m'ont laissé des cicatrices indélébiles. Vous devriez avoir honte.

Les deux hommes échangèrent cette fois un regard médusé par-dessus le toit de la BMW.

– Il y a un problème, là, Tic-Toc ? lança Adam.

– Oui.

Le mot avait jailli de la bouche de Tom avant qu'il ait eu le temps de songer aux conséquences.

– Oui, je crois qu'il y a un problème, confirma-t-il.

Au début, Adam et Steve parurent perplexes, comme deux ours au bord d'une rivière qui se seraient fait mordre par le saumon qu'ils venaient tout juste d'attraper. Puis Steve contourna la voiture pour venir se placer à côté d'Adam. Il bomba le torse, les coudes rejetés en arrière. La posture typique du mâle alpha.

– Prépare-toi à avoir des cicatrices toutes fraîches, Tic-Toc, menaça-t-il.

Tom sentit un gloussement monter dans sa gorge. Il le laissa échapper.

– Pourquoi tu te marres ? demanda Adam, qui se tourna vers Steve. Hein ? Pourquoi il se marre ?

Après s'être approché de l'arrière de la Sigma, Tom ouvrit le hayon. Alors que les deux autres semblaient figés sur place, il souleva le bout de moquette qui dissimulait la roue de secours, récupéra le cric et l'empoigna à deux mains. La sensation du métal froid et lourd était merveilleuse.

– Qu'est-ce que vous attendez ? s'écria-t-il.

Il avança d'un pas en brandissant l'outil devant lui. Les deux hommes reculèrent, et soudain, ils lui parurent minuscules. Plus imposants que lui sur le plan physique, mais tellement insignifiants au regard des événements survenus durant les trois jours précédents... Deux petits bonshommes dans une boule à neige. S'il ne s'en était pas aperçu avant, c'était parce qu'il était jusque-là enfermé à l'intérieur avec eux.

– Alors, on fait quoi maintenant ?

Des curieux s'étaient rassemblés sous l'auvent du magasin de spiritueux.

– Il en vaut pas la peine, marmonna Steve. Viens, Adam.

Les Carnivores s'engouffrèrent dans la BMW et démarrèrent sur les chapeaux de roues. Tom les regarda partir puis rangea le cric, se réinstalla au volant de la Sigma et tourna la clé de contact.

Il s'engagea dans une allée pour aller frapper à une porte. Il recula ensuite d'un pas et attendit. Des odeurs de marijuana et de grillades lui parvenaient d'un jardin voisin. Il lui sembla qu'une querelle d'ivrognes éclatait dans une maison proche, mais elle se mua rapidement en fou rire.

Il frappa de nouveau. Des pas traînants se firent entendre à l'intérieur, et enfin le battant s'entrouvrit, retenu par une chaînette de sécurité. Une bouffée d'air vicié aux relents d'alcool éventé lui assaillit les narines. Nancy Reed paraissait plus dévastée que jamais. Ses yeux étaient deux puits d'ombre dans son visage émacié aux pommettes saillantes. Elle avait les lèvres sèches, gercées, et les dents tachées de violet par le vin rouge.

Elle le dévisagea quelques instants, son cerveau embrumé par l'alcool peinant manifestement à le remettre. Puis son expression se durcit. Elle portait un peignoir en éponge court et pas grand-chose dessous. Elle en resserra la ceinture.

– Qu'est-ce que vous voulez, monsieur Witter ?

– Je suis venu vous présenter mes condoléances.

– Bien. Considérez que c'est fait.

Elle voulut refermer la porte mais Tom glissa la pointe de sa chaussure dans l'entrebâillement pour la bloquer.

– Vous permettez que j'entre une minute ?

– Il est presque onze heures du soir.

– Je sais. Je n'en aurai pas pour longtemps.

Elle regarda le pied de Tom puis la rue derrière lui. Pour finir, elle ôta la chaînette et recula.

La pagaille à l'intérieur n'avait fait qu'empirer depuis sa dernière visite. La pile de courrier sur la console était tombée par terre. Les empreintes boueuses dans le vestibule n'avaient pas été nettoyées, le tas d'éclats de verre sur le sol continuait de prendre la poussière et le salon paraissait encore plus encombré. Tom imagina la maison devenant de plus en plus crasseuse et désordonnée, jusqu'au moment où il n'y aurait plus de place pour son occupante.

Quand Nancy se laissa tomber dans le fauteuil à oreilles, un petit nuage de saletés et de miettes s'éleva de l'assise. Tom remarqua un album photo ouvert sur la table basse, montrant Tracie à différents stades de sa vie : bébé, faisant ses premiers pas, à l'école primaire. L'autel que lui avait consacré sa mère était toujours là : le portrait, les fleurs séchées, la poupée de chiffon hideuse, le Walkman et le pendentif en forme de pentagramme.

– Vous croyez au diable, monsieur Witter ? demanda Nancy, qui avait suivi la direction de son regard.

– Je crois que certaines personnes y croient. Ce qui les rend dangereuses.

– À d'autres. Vous ne vous mouillez pas beaucoup.

Il lui adressa un sourire triste et las.

– Et vous ? En quoi croyez-vous ?

– C'est ce que je m'efforce de déterminer, assise toute seule ici. Si ma fille a été sacrifiée à Satan, vaut-il mieux considérer qu'il existe ou pas ? S'il existe, alors elle est en enfer avec lui en ce moment, en train de hurler et de se tordre de douleur. Et s'il n'existe pas, alors elle est morte pour rien.

Cette femme était ivre de chagrin et d'alcool. Tom vit un verre plein et une bouteille vide sur la table basse. Et d'autres cadavres dessous, fourrés à l'envers dans le porte-revues comme s'ils attendaient d'être emportés par un serveur.

– Si on part du principe que le diable est réel, alors Dieu doit l'être aussi, affirma Tom. Auquel cas, je suis sûr que Tracie est avec Lui.

Puis, jugeant ses propos insuffisants, il ajouta :

– Votre fille avait toutes les qualités de Dieu Lui-même : la gentillesse, la générosité et l'amour.

– Vous parlez de ce même Dieu qui a cautionné l'esclavage ? rétorqua-t-elle.

– Mieux vaut s'abstenir de lire la Bible pour croire en Dieu.

Tom jeta un coup d'œil vers la cuisine. De la musique et des bribes de conversations se faisaient entendre dans le voisinage.

– Je pense avoir deviné pourquoi vous êtes ici, déclara soudain Nancy.

Tom en doutait.

– Vous voulez me demander ce que je sais, poursuivit-elle. Et ce que je lui ai dit.

– À qui ?

Nancy but une gorgée de vin.

– Je vous sers un verre, monsieur Witter ?

Il déclina d'un signe de tête et attendit.

– Il y a une heure, l'inspectrice en charge de l'enquête m'a appelée.

– Sharon.

– Ah oui, c'est vrai, vous étiez ensemble au lycée…

– Qu'est-ce qu'elle voulait ?

– Elle avait des tas de questions à me poser sur Owen. Et aussi quelques-unes sur vous.

Tom s'efforça de refouler sa panique.

– À quel sujet ?

– Elle m'a parlé de la réunion de quartier organisée hier soir. Elle voulait savoir ce qu'avait fait Owen après. Si je l'avais vu. Elle a aussi mentionné la disparition d'un autre adolescent.

– Que lui avez-vous répondu ?

Et surtout, se demanda Tom, qu'avait-elle appris ?

Les yeux fixés sur l'album photo ouvert devant elle, Nancy but une nouvelle fois, à grands traits. Le cliché qu'elle contemplait montrait Owen beaucoup plus jeune : il devait avoir dans les vingt-cinq ans, ses cheveux lui arrivaient au menton et il arborait un semblant de barbe. Il avait l'air heureux. Sincèrement heureux. Il tenait un bébé dans les bras. Sous la photo, d'une écriture soignée, quelqu'un avait inscrit : « Le début d'une belle amitié. »

– Owen est tombé en adoration devant sa fille à l'instant même où il l'a vue, dit Nancy. Ça peut paraître évident, parce que c'était son enfant, mais ils ont tout de suite créé un lien particulier. Quelque chose de profond, que je suis incapable d'expliquer. Vous, vous êtes prof de littérature, alors ça vous parle peut-être, mais moi je n'ai pas les mots pour ça. Quelquefois, et je n'en suis pas fière, j'étais jalouse de cette relation.

– Je comprends, c'était pareil pour moi avec mes fils lorsqu'ils étaient plus jeunes, confessa Tom. Tous les deux avaient une préférence pour leur mère. Dans ces conditions, c'est difficile de ne pas se sentir un peu rejeté.

– On a beau essayer de se mettre sur un pied d'égalité, il y a forcément un parent qui se retrouve cantonné dans le rôle du méchant flic. C'était moi, et j'imagine que vous aussi.

Tom hocha la tête.

– Je pensais que ça changerait avec les années, poursuivit Nancy. Que je n'avais qu'à attendre mon tour, en somme. Même si, petite, elle idolâtrait son père, que se passerait-il quand elle aurait ses règles ? Quand elle commencerait à avoir de la poitrine et à s'intéresser aux garçons ?

Elle porta de nouveau son verre à ses lèvres.

– En fait, leur lien s'est encore renforcé. Ils étaient comme les deux doigts de la main.

Elle se pencha vers la table basse pour refermer l'album, dont la couverture retomba avec un bruit sourd.

– Et puis, tout s'est écroulé lorsque nous nous sommes séparés, Owen et moi. Il a insisté pour qu'on lui présente ça comme une décision prise d'un commun accord.

– Mais ce n'était pas le cas ?

Elle fit non de la tête.

– Il y avait quelqu'un d'autre, précisa-t-elle.

– Il avait une liaison ?

– Non, pas lui.

– Oh.

– Tracie le savait, reprit Nancy. Je lui en ai parlé le soir où elle a disparu. Le soir où…

Sa voix se brisa.

– Elle est morte en me détestant, monsieur Witter. À juste titre.

– Pourquoi me racontez-vous tout ça ?

– J'ai trahi mon mari une fois. Ça ne se reproduira plus. Je n'ai rien dit à cette policière, ni sur lui ni sur vous. Je me suis trompée sur votre compte, monsieur Witter. Vous ne vouliez que le bien de ma fille, et vous avez été l'un des rares à agir dans ce sens. Vous êtes du côté des gentils.

Debbie Fryman lui avait dit à peu près la même chose, se rappela Tom.

Comme quoi, on ne connaît jamais vraiment son prochain.

Il saisit le collier.

– J'ai fait quelques recherches sur ce symbole, dit-il. Vous aviez raison. Il est utilisé par les satanistes mais il a aussi d'autres significations. Certaines civilisations lui attribuent des pouvoirs protecteurs. C'est peut-être pour ça que Tracie vous l'a laissé.

Elle leva vers lui ses yeux cernés.

– Vous y croyez vraiment, monsieur Witter ?

– Je vous en prie, appelez-moi Tom.

Il lui montra le verre de vin.

– Votre proposition tient toujours ?

Elle hocha la tête.

– Rouge ou blanc ?

– Surprenez-moi.

Nancy Reed alla dans sa cuisine, prit un nouveau verre qu'elle remplit de vin rouge, puis compléta le niveau du sien. Quand elle revint dans le salon, Tom Witter n'était plus là.

35

La nuit était tombée depuis longtemps sur Camp Hill. Il faisait noir derrière la rangée de vitres en verre dépoli. Owen ne pouvait pas prendre le risque d'allumer les plafonniers mais, à la lueur de la lune qui pénétrait par les fenêtres et se réfléchissait sur l'eau du bassin, il distinguait les traînées de sang sur ses phalanges.

Il jeta un coup d'œil à Sean, qui gisait au pied du plongeoir. Malgré la raclée qu'il lui avait collée, il n'avait rien obtenu de plus de sa part, à part une litanie de « Non, pitié », « Laissez-moi partir » et « Je lui ai rien fait ». Il était prêt à recommencer, mais Tom lui avait dit d'attendre.

Alors il attendait.

Sean pleurait derrière ses mains. Ses sanglots étouffés se répercutaient sous le haut plafond.

– Pitié..., hoqueta-t-il encore une fois. Dites-moi juste ce que vous voulez entendre et je vous le dirai. Ça m'est égal, maintenant.

Ses larmes redoublèrent.

– Tout ce que je veux, c'est rentrer chez moi. Je... je veux retrouver ma mère.

Owen s'efforça de ne pas penser à cette femme.

– Et moi, répliqua-t-il, tout ce que je veux, c'est la vérité.

– Non, c'est faux.

Sean parvint à s'asseoir.

– Pourquoi il vous a appelé, M. Witter ?

Bang !

Ils sursautèrent tous les deux. Quelqu'un tapait à la porte au bout du couloir.

– Il arrive, répondit Owen. T'auras qu'à lui demander.

Il se sentait de plus en plus nerveux à l'idée que son destin ainsi que celui de Sean étaient entre les mains de Tom Witter. Comment réagirait-il si ce dernier lui apportait la preuve que Sean avait tué Tracie ? Ou s'il essayait de le convaincre de se rendre à la police et de libérer l'adolescent ?

Il reporta son attention sur Sean.

La porte s'ouvrit. Owen entendit le déclic des interrupteurs et des dizaines de rampes au néon s'éclairèrent. Ébloui, il cilla.

– Éteignez, bon sang ! s'écria-t-il. On risque de nous voir de la rue. Merde ! Qu'est-ce que vous foutez ?

Puis, lorsque ses yeux se furent accoutumés à la lumière crue, il se raidit. Ce n'était pas Tom.

Une peur panique s'empara de lui.

Une très grande femme se tenait seule à l'extrémité du bassin, une arme à la main. Owen leva son fusil et le pointa sur elle. Elle le regarda, avant de considérer le garçon tremblant et terrifié enchaîné à la première marche du plongeoir.

– Police ! aboya-t-elle. Posez votre arme.

– Il l'a tuée, affirma Owen.

– Pitié ! gémit Sean. J'ai pas tué Tracie !

– Monsieur Reed, si vous ne posez pas votre arme tout de suite, je tire.

– Dis-lui, ordonna Owen à Sean. Vas-y, dis-lui ce que tu as fait.

– Monsieur Reed, répéta la policière. Owen. Des renforts vont arriver. Vous ne sortirez pas d'ici tant que vous n'aurez pas lâché votre arme.

– Dis-lui ! s'écria Owen. Avoue ! AVOUE !

Il détacha son regard une seconde de la femme pour se tourner vers Sean, qui était agenouillé, les bras tendus derrière lui, la tête levée vers le plafond, les joues sillonnées de larmes. Il reporta son attention sur la policière. Elle aussi pleurait.

Il desserra légèrement sa prise sur le fusil. La femme souffla. Il la remit en joue.

Elle eut encore le temps de crier :

– Owen, non !

Puis :

– S'il vous plaît.

Il tira.

Elle aussi.

Son projectile creusa un vilain trou dans la poitrine d'Owen. Celui d'Owen sectionna le tronc cérébral de Sean Fryman.

36

Tom ne voulait pas se garer devant le lycée, alors il laissa sa voiture dans Butler Avenue et fit le reste du trajet à pied en veillant à éviter les zones éclairées. Au passage, il jeta un coup d'œil dans les salles de classe et y vit des pupitres et des chaises vides, des inscriptions à la craie sur les tableaux noirs, des dessins d'adolescents affichés sur les murs.

Le lycée était différent dans l'obscurité, constata-t-il. Il prenait un autre aspect, étrange et presque irréel, comme s'il faisait partie d'un rêve. Tom repensa à toutes ces années où il y avait été élève. C'était un lieu cauchemardesque à l'époque et ça l'était encore ce soir-là.

Lorsqu'il atteignit la galerie qui reliait le bâtiment principal au gymnase et à la piscine, il s'écarta de l'allée pour marcher dans l'herbe. Derrière l'établissement se dressait une colline pentue qui donnait sur des champs dont on ne voyait pas la fin dans le noir. Parvenu au sommet, il longea la crête une quarantaine de secondes avant de s'arrêter et de baisser les yeux.

De son poste d'observation, il voyait la piscine à travers la rangée de fenêtres. Elle grouillait déjà de policiers et ils seraient bientôt plus nombreux encore : enquêteurs, techniciens de la Scientifique, photographes judiciaires… Mais lui ne serait plus là à leur arrivée. Il était juste venu s'assurer que son plan avait fonctionné.

Il repéra Sharon parmi les agents sur place. Puis il découvrit les corps.

Le second coup de fil qu'il avait passé de la cabine avait été un appel anonyme au poste de police de Frankston. Il avait affirmé avoir entendu quelqu'un crier à l'aide à l'intérieur du lycée. Sa stratégie se fondait sur la menace d'Owen de tuer Sean si les flics débarquaient. Son intuition ne l'avait pas trompé sur ce point. Il avait en revanche commis une erreur d'appréciation dans un autre domaine. Il y a plus dangereux qu'un homme qui n'a rien à perdre : un homme qui a tout à perdre.

En retournant vers sa voiture, Tom plongea la main dans la poche de son jean pour y prendre la cassette qu'il avait volée chez Nancy Reed.

37

Alors qu'il retraversait lentement le quartier, Tom baissa sa vitre. Partout autour de lui, les réjouissances allaient bon train. Il entendait des cris de joie, des acclamations, des rires…

Il tourna devant chez lui, appuya sur le bouton de la télécommande et attendit que la porte du garage se lève. Il y avait de la lumière dans leur chambre à l'étage. Connie était à la maison.

Une fois la voiture rentrée, et la porte refermée, il demeura assis au volant un moment, à savourer le silence relatif.

Puis il remit le contact, mais sans démarrer. À la lueur du tableau de bord, il regarda la cassette. C'était l'album *Shadows and Light*, de Joni Mitchell. Sur les cassettes préenregistrées qu'on achetait en magasin, les petites languettes étaient ôtées, laissant deux trous, pour éviter qu'on puisse enregistrer quelque chose dessus. En l'occurrence, sur celle de Tracie, une petite bande d'adhésif recouvrait les vides. Il la glissa dans le lecteur, la rembobina et posa son front sur le volant en se disant qu'il devait aller jusqu'au bout. Il ne voulait pas écouter, il n'avait aucune envie de revivre ce souvenir, mais il fallait qu'il en ait le cœur net. Il ne pouvait plus reculer.

Un déclic l'informa que la bande était revenue au début. Tom se prépara mentalement à ce qui allait suivre – « Monsieur Witter ? Je peux vous parler une minute ? » –, puis appuya sur *Play*. Or ce fut d'abord un bruit de moteur qu'il entendit. Et ensuite une voix qui n'était pas celle de Tracie.

« … que je te dépose ? »
Un bref silence.

« Ne t'inquiète pas, je ne suis pas une tarée qui sillonne les parages la nuit à la recherche de jeunes filles égarées à assassiner. De toute façon, même si c'était le cas, je ne te le dirais pas, hein ? »

Tom, qui avait parfaitement reconnu la voix, contempla le lecteur. Il se sentait saisi de vertige. S'il n'avait pas été assis, il serait sans doute tombé. Il arrêta la cassette. Appuya de nouveau sur *Play* pour écouter la réponse de Tracie :

« Vous êtes la femme de M. Witter, c'est ça ? »

38

« J'espère que tu ne m'en voudras pas pour ça ! Et, s'il te plaît, appelle-moi Connie. C'est quoi ton prénom ?

– Tracie.

– Je t'ai entendue parler à Marty tout à l'heure. Bon, je vais faire appel à mes remarquables pouvoirs de déduction et supposer que vous vous êtes disputés, tous les deux. Le temps que je descende, tu étais partie et Marty avait claqué la porte de sa chambre. Mais moi, l'idée que tu puisses rentrer toute seule à pied en pleine nuit ne me plaisait pas. Allez, viens, monte.

– Vous êtes sûre ? Ça ne me dérange pas de marcher.

– Monte, je te dis. Tu habites Camp Hill ?

– Oui, mais je ne rentre pas chez moi. Vous pouvez me déposer au motel ?

– Tu as quel âge ?

– Dix-sept ans.

– Tu ne pourras pas prendre de chambre.

– Je sais. En fait, je vais rejoindre mon père. Il vit plus ou moins là-bas. Mes parents sont en train de divorcer.

– Oh. Désolée. »

Tom écouta le silence qui suivit. Il entendit le tic-tac du clignotant de la Toyota. Le bruit de fond était plus fort. La circulation, sans doute. Connie reprit la parole :

« Depuis combien de temps tu sors avec mon fils ?

– Je ne sors pas avec lui.

– Tu veux que je reformule ma question, c'est ça ? Depuis combien de temps êtes-vous proches, tous les deux ? Ou ensemble, si tu préfères. Ou en couple… J'y suis, cette fois ? »

Le rire de Tracie s'éleva, causant un choc à Tom. C'était un son à la fois merveilleux et tragique.

« C'est pas mon petit copain, madame Witter. Euh, Connie. Il est sympa et je l'aime bien, mais surtout parce qu'il me fait penser à quelqu'un d'autre.

– Alors pourquoi cette dispute ?

– Qu'est-ce que vous avez entendu ?

– Juste la partie où il t'a dit de dégager et de ne plus jamais revenir.

– Je n'étais pas venue chez vous pour voir Marty. C'est lui qui m'a ouvert, c'est tout.

– Qui voulais-tu voir, alors ?

– Vous, en fait. Mais Marty m'a aidée à comprendre un truc : en général, quand on avoue quelque chose, ça ne soulage pas vraiment.

– Et qu'avais-tu à avouer, Tracie ? »

Le silence qui suivit fut pesant, chargé d'une tension presque palpable. Apparemment, Tracie s'était mise à pleurer.

« Vous êtes tellement gentille, madame Witter… Euh, Connie. Vous êtes, trop, trop gentille. Et trop jolie. J'ai pensé à vous, vous savez. Beaucoup. Et chaque fois, je vous imaginais comme une personne horrible, hideuse. Je n'avais pas le choix, parce que…

– Il y a des Kleenex dans la boîte à gants, ma chérie. Tout va bien.

– Non. Pas du tout. Je crois que je suis amoureuse de votre mari, madame Witter.

– Oh, alors c'est ça ? Tu sais, moi aussi j'ai eu le béguin pour un de mes profs autrefois. M. Leng.

– C'est plus qu'un béguin.

– Écoute, tu n'as peut-être pas envie que je t'en parle, mais j'ai connu ça. Je m'en souviens encore. À ton âge, quand on aime, on souffre, c'est douloureux. Mais…

– On a couché ensemble. »

Au début, Connie ne répondit pas. Puis la voiture freina et s'arrêta, et Tom n'entendit plus que le bruit du moteur qui tournait au ralenti.

« Tracie…

– Quoi ?

– C'est une accusation grave. Ce que tu dis là, c'est le genre de chose qui peut faire éclater une famille et ruiner une carrière. Je veux que tu le comprennes bien. Alors, s'il s'agit d'une espèce de farce ou de mensonge, ou si tu essaies de te venger parce qu'il t'a collé une mauvaise note…

– Ma mère a trompé mon père. Ça craint, hein ? Je l'ai appris ce soir et ça m'a obligée à réfléchir à ce qui s'était passé. À ce que j'avais fait. Avec un homme marié. »

Silence.

« Je me disais que j'avais de la chance. Que M. Witter – Tom – m'avait choisie. Qu'il m'avait donné quelque chose. Mais aujourd'hui, je me rends compte que c'est l'inverse : il m'a pris quelque chose. Il ne m'a pas fait l'amour, il m'a baisée.

– Tracie…

– Il m'a prise.

– S'il te plaît.

– Sans penser à vous.

– Arrête.

– Ni à ses gosses.

– Je t'interdis de parler de mes enfants. Qui d'autre est au courant ?

– Personne. Pour le moment. »

Nouveau silence.

« Sors de cette voiture, Tracie. »

Tom entendit la portière s'ouvrir et se refermer dans un claquement. Il distingua ensuite le bruit des pas de Tracie sur le bitume, puis sur le gravier du bas-côté. Quelques secondes s'écoulèrent, guère plus de trois, avant que le moteur rugisse.

Puis…

La voix de Connie s'éleva de nouveau, mais cette fois dans la tête de Tom, pas sur la cassette.

« Un parent se doit de protéger sa famille, tu comprends ? »

… un choc sourd. Affreux.

Celui d'un corps frêle percuté par le capot.

Il réécouta tout l'enregistrement. La conversation, la collision, les efforts de Connie pour effacer toute trace de ce qui s'était passé. Le coffre qui s'ouvrait et se refermait. Le frottement d'une charge traînée sur le sol. Les cris des chauves-souris et les sifflements des opossums – les sons familiers de la Jungle la nuit. Une pelle qui s'enfonçait dans la terre. Puis, à la fin de la cassette, du bruit blanc. Un silence lourd, chargé de noirceur.

Tom éjecta la cassette et la fit tourner dans ses mains.

Une fois descendu de voiture, il s'agenouilla lentement. Posa la cassette sur le ciment froid. Récita une prière pour demander à Dieu de lui pardonner non seulement ce qu'il avait fait mais aussi ce qu'il allait faire.

Il se redressa, laissant la cassette par terre. Puis il leva un pied et l'écrasa de toutes ses forces sous sa semelle. Des bouts de plastique s'envolèrent, qui disparurent sous la voiture et les étagères. Il piétina le boîtier encore et encore, jusqu'à le broyer, avant de réduire la bande en lambeaux.

Voilà. Cette erreur-là était réparée.

Soudain, une détonation assourdie lui arracha un tressaillement. Sur le moment, il pensa à un coup de feu, puis il prit conscience de l'heure, rouvrit la porte du garage et sortit. Une gerbe de fusées d'artifice explosait au-dessus de Keel Street, éclairant le ciel de scintillements rouges et bleus.

39

Lundi 1er janvier 1990

Un paquet fourré sous le bras, Keiran s'engagea dans Keel Street. Il avait passé la nuit chez Ricky et s'était coulé hors de la maison alors que les autres dormaient encore. Il voulait rentrer chez lui avant que ses parents se réveillent, car il n'avait pas vraiment demandé la permission de rester coucher chez son copain. En même temps, il n'avait pas envie de se presser. Il faisait déjà chaud à cette heure matinale. Le soleil levant teintait d'orange toutes les maisons, c'était magique. Alors il voulait prendre son temps. Profiter du moment. C'était le premier jour de l'année 1990, après tout. Presque le futur.

Et puis, il y avait autre chose. Au fond, il ne se souciait plus trop de ce que pouvaient penser ses parents. C'était un sentiment nouveau, un peu effrayant mais aussi étrangement libérateur.

En arrivant devant chez Sean, il tourna la tête. Debbie était là, assise dans la véranda. Elle avait le teint pâle et les traits tirés, comme si elle n'avait pas fermé l'œil de la nuit. Keiran lui adressa un petit signe de la main, qu'elle lui rendit. Il s'apprêtait à poursuivre son chemin quand il se ravisa. Elle avait l'air si triste, si désespérée… Il avait des scrupules à la laisser toute seule.

Il s'engagea dans l'allée, puis s'immobilisa sur la première marche de la véranda.

– Bonne année, Debbie.

– Bonne année, Keiran.

En la voyant de plus près, il se rendit compte qu'elle avait pleuré.

– Sean est rentré ?

Elle fit non de la tête.

– Vous êtes au courant, pour Tracie Reed ? demanda-t-il.

– Oui.

– J'étais chez mon copain quand j'ai appris ça. J'ai encore du mal à le croire. Hier soir, avec le feu d'artifice et tout, ça paraissait super bizarre. Comme si c'était pas bien de faire la fête. Vous voyez ce que je veux dire ?

– Oui, je vois.

– On a passé une drôle de semaine, ajouta-t-il, presque pour lui-même. Il y a quelques jours, j'avais peur qu'on ait déconné avec la planche de ouija et réveillé quelque chose de… maléfique. Mais maintenant que Tracie Reed est morte, je sais plus. J'ai l'impression que le mal est partout dans le monde.

Debbie lui adressa un sourire qui n'était ni joyeux ni amusé. Il ressemblait plutôt à une grimace.

– C'est drôle, je pensais justement à ça, dit-elle.

Keiran contempla leur rue, qui lui paraissait soudain plus petite.

Dans les années à venir, il se rappellerait ce moment comme la fin de quelque chose et le début d'autre chose. Il était encore un enfant quand il avait posé le pied sur cette marche. Lorsqu'il en était redescendu, il n'était pas encore tout à fait un homme, mais il avait changé.

– Sean va rentrer, déclara-t-il.

– Qu'est-ce qui te rend si sûr de toi ?

Il haussa les épaules.

– Où qu'il soit, il sait forcément que vous vous faites du souci pour lui. C'est quelqu'un de bien.

Il s'interrompit une seconde pour réfléchir.

– Un homme bien.

Debbie sourit. Puis, après avoir lu sur le paquet qu'il tenait le nom de la bourse aux disques de Frankston, elle demanda :

– Qu'est-ce qu'il y a là-dedans ?

– Un album des Mötley Crüe, répondit-il. Sean me les a fait découvrir.

Un 4 × 4 noir venait de s'arrêter dans la rue. Sharon Guffey en descendit. Keiran l'appréciait, il l'avait trouvée sympa et marrante quand elle était venue dîner. Ce matin-là, cependant, elle avait l'air grave.

Debbie se leva d'un bond.

– Vous avez des nouvelles ?

Sharon jeta un coup d'œil à Keiran avant de reporter son attention sur elle.

– On sera mieux à l'intérieur.

Keiran regarda les deux femmes entrer dans la maison. Il resta encore un moment posté sur la première marche pour essayer d'entendre ce qu'elles disaient. Il ne distingua pas leurs paroles mais, lorsque Debbie poussa un hurlement, il comprit que son ami était mort.

40

Tom se réveilla tôt. Il avait pensé ne jamais pouvoir s'endormir la veille au soir – ou plutôt, au petit matin –, mais il avait sombré dans un sommeil lourd, sans rêve, quelques secondes seulement après s'être couché. Il se leva. Connie était toujours assoupie à côté de lui et il la contempla un moment. Elle ne remua pas.

Il descendit lui préparer du café instantané, tout en se disant qu'il ne comprendrait jamais comment elle pouvait préférer ça à du vrai. Mais bon, quand on aime, on ne discute pas. Il se servit ensuite un jus d'orange qu'il but près de la fenêtre donnant sur la maison des Fryman. Le 4 × 4 de Sharon était garé devant.

Tout était tranquille dans la rue. La plupart des voisins devaient encore cuver. Vu l'aspect et l'odeur du punch bleu servi chez Bill, se dit-il, certains ne se réveilleraient peut-être plus jamais… Même la fenêtre d'Ellie Sipple, de l'autre côté de la rue, était désertée par l'occupante des lieux.

Son attention fut soudain attirée par quelque chose sur la pelouse devant chez lui. Il se pencha vers la vitre pour mieux voir. C'était une espèce de petit amas brun et rouge. L'herbe dessous avait noirci. Il balaya du regard les alentours, pour découvrir d'autres débris du même genre devant chez lui et éparpillés dans la rue.

Intrigué, il emporta son café dehors et s'approcha du cercle de cendres, au milieu duquel il reconnut un lambeau de T-shirt sur lequel on distinguait encore « 89 ». C'étaient les restes de l'épouvantail de Bill. Il y en avait partout. Nul doute que Lydia aurait beaucoup à dire sur le sujet à la prochaine réunion du comité de surveillance.

– Witter.

Il tourna la tête. Sharon, qui venait de sortir de chez les Fryman, s'avançait vers lui à grandes enjambées. Elle paraissait « lessivée », comme aurait dit Connie. Elle n'avait sans doute pas dormi de la nuit, songea Tom.

– Salut, dit-il. Un problème ? ajouta-t-il en montrant la maison de Debbie.

Sharon le regarda droit dans les yeux.

– Hier soir, on a reçu un coup de fil anonyme au poste pour nous informer qu'Owen Reed retenait Sean Fryman en otage au lycée de Camp Hill. Quand on est arrivés sur place, Owen Reed a abattu Sean.

Elle prit une profonde inspiration.

– Lui aussi a été tué.

Tom feignit de tomber des nues.

– Mon Dieu ! Bon sang, c'est… c'est horrible.

– On a trouvé des stupéfiants dans le sac à dos de Tracie. Apparemment, Sean Fryman vendait de l'herbe aux gamins du quartier. Mes supérieurs pensent qu'elle a menacé de le dénoncer. Que toute cette histoire est la conséquence du fléau de la drogue et de la détermination d'un père à se venger.

– C'est aussi ton avis ?

– Ça me paraît trop simple. La vie et la mort le sont rarement.

Elle détourna les yeux.

– J'ai vu le corps de Tracie. Ecchymoses multiples. Traumatisme dû à un choc violent. Aucune trace de blessures défensives. Son assassin n'a pas hésité. C'était peut-être Sean. Ou peut-être pas. Maintenant qu'il est mort, on n'aura sans doute jamais de certitudes.

Tom indiqua la maison des Fryman.

– Comment va Debbie ?

– Qu'est-ce que tu crois ? riposta Sharon.

Il recula de quelques pas.

– Écoute, si j'ai dit ou fait quelque chose qui t'a contrariée, je...

– Quand je suis arrivée au lycée, je me suis bien rendu compte qu'Owen attendait quelqu'un. Certainement un complice. Qu'en penses-tu ?

Il secoua la tête et fronça les sourcils.

– Peut-être quelqu'un qui avait les clés, ajouta-t-elle.

Déterminé à ne pas se laisser démonter, Tom tenta de sourire.

– Et c'est moi qu'on accuse d'être parano...

– Ne me prends pas pour une idiote, s'il te plaît, répliqua Sharon.

Elle était blessée, il le lisait sur son visage. S'y reflétait également un mélange de peur et d'indignation.

– Hier, tu étais convaincu qu'un sataniste habitait à côté de chez toi, et aujourd'hui tu voudrais me faire croire que c'est moi qui suis folle ? Tu as menti, Tom. Ta femme aussi. Je ne peux pas le prouver, et cette part tordue et malsaine en moi s'en réjouit. Mais c'est terminé entre nous. Tu comprends ? On a passé vingt-cinq ans sans se voir et je pense qu'on devrait pouvoir établir un nouveau record.

Ne sachant pas quoi répondre, Tom garda le silence.

– Et tu veux que je te dise ce qui m'emmerde le plus ? reprit-elle. Là, maintenant, j'aurais vraiment besoin du soutien d'un ami.

Elle repartit vers la maison de Debbie.

– Sharon…

Elle ne s'arrêta pas.

– C'est vraiment fini ?

Cette fois, elle se retourna.

– Pour le moment.

Elle le dévisagea quelques secondes, puis inclina la tête.

– Tiens, tiens… Voyez-vous ça.

– Quoi ?

– Tu n'as plus de tics.

En rentrant, Tom découvrit Connie dans le salon. Elle avait enfilé sa tenue de gym. Elle glissa la cassette de Jane Fonda dans le magnétoscope et appuya sur *Play*.

– Non, sérieux ? lança-t-il.

Sur les instructions de Jane, Connie se mit à quatre pattes et leva la jambe droite sur le côté, encore et encore, avant de renouveler la manœuvre à gauche. Comme un chien pissant contre un arbre.

– C'est la meilleure façon de faire passer la gueule de bois, déclara-t-elle. Tu devrais essayer.

– Je n'ai pas la gueule de bois.

– Et tu n'as pas envie de rentrer dans ton beau veston brun ?

– Pas à ce point.

– Je t'ai vu discuter avec Sharon, dit-elle, les yeux toujours rivés sur la télé.

– Oui. Tout est fini.

Elle interrompit ses exercices, et Tom vit bien, à sa posture et à son expression, qu'elle était soulagée d'un poids. Après avoir poussé un soupir, elle se concentra de nouveau sur Jane Fonda.

Tom se mit à quatre pattes devant le téléviseur pour suivre l'entraînement lui aussi.

– Tu es un sportif-né, c'est évident, plaisanta Connie.

– Tu trouves ? Moi, j'ai plutôt l'impression d'aller droit à la crise cardiaque.

Bon, apparemment, le sujet était clos, songea Tom. Mais était-il possible que ce soit aussi simple ? Connie n'avait rien dit, alors qu'elle était au courant depuis des semaines de l'erreur qu'il avait commise avec Tracie. Combien de temps encore garderait-elle le silence ? se demanda-t-il. La réponse lui parut soudain évidente : elle protégerait le secret de son mari aussi longtemps que lui protégerait le sien. Pour sa part, il l'avait rangé dans une boîte qu'il avait verrouillée et enfouie au plus profond de son esprit. Connie avait fait la même chose et Marty y viendrait lui aussi.

De la musique s'éleva dans la chambre de Keiran. Tom et Connie levèrent les yeux vers le plafond.

– Il est rentré à quelle heure, hier soir ? s'enquit-il.

– Bien après le couvre-feu, c'est certain.

– J'irai lui parler tout à l'heure, décréta Tom.

Il s'interrompit le temps de boire une gorgée du café de Connie.

– Beurk. Bon sang, comment tu peux boire ce jus de chaussette ?

– Que veux-tu, chacun ses faiblesses. Oh, avant que j'oublie, j'ai invité Marty à déjeuner dimanche prochain. Je me suis dit que ça pourrait devenir une habitude.

– Qu'est-ce qu'il en pense ?

– Il est d'accord.

Tom laissa échapper un soupir de soulagement.

– Les déjeuners du dimanche en famille..., murmura-t-il. Ça y est, on est officiellement vieux, hein ?

– J'avais peur que tu ne l'aies pas remarqué.

– Il veut qu'on l'appelle Martin, à propos.

– Ça, je ne m'y ferai jamais.

Ils poursuivirent leur conversation sur le même mode, jetant tour à tour des phrases comme des pelletées de terre pour combler une fosse, en même temps qu'ils s'activaient devant Jane Fonda. Tom éprouvait bien des émotions, mais avant tout de l'étonnement. La peur, la culpabilité et la honte avaient beau être bien réelles et intenses, elles commençaient déjà à s'atténuer, tout comme le souvenir de son infidélité s'était estompé. À la place, il sentait naître en lui l'exaltation nouvelle de la liberté.

ÉPILOGUE

Mardi
23 janvier 1990

Trois semaines plus tard, la police rendit à Nancy le sac à dos de Tracie, que la jeune fille avait sur elle quand elle avait été tuée et enterrée dans la Jungle. L'inspecteur Rambaldini, qui était rentré de vacances, le lui apporta en personne. Les flics avaient sans doute prélevé tous les indices qui s'y trouvaient, se dit-elle.

À moins qu'ils n'aient même pas pris la peine de l'ouvrir…

Officiellement, le meurtre de Tracie était élucidé : elle avait été assassinée après avoir acheté de l'herbe à un jeune du quartier. Mais quelque chose clochait dans cette version. Nancy essayait de ne pas y penser, de se concentrer plutôt sur ses souvenirs. C'était tout ce qu'il lui restait. Alors elle errait de pièce en pièce en revivant certains moments. Elle les ressuscitait pour mieux les préserver dans sa mémoire.

Là, elle revoyait Tracie à quatre ans le matin de Pâques, examinant d'un air perplexe la moitié de carotte laissée par le lapin. Ici, elle l'entendait crier dans la salle de bains qu'elle voulait « plus de mousse » dans son bain. Ou encore, elle se rappelait Owen le jour où ils avaient emménagé, insistant pour lui faire franchir le seuil dans ses bras.

Autant de scènes drôles, idiotes, joyeuses. L'odeur dans la maison avait déjà changé. Le parfum de Tracie s'atténuait de jour en jour. La senteur d'Owen, mélange de cuir et d'après-rasage, s'était dissipée depuis longtemps. Mais les souvenirs demeuraient. Ce seraient les dernières choses qui disparaîtraient. Les dernières qu'elle laisserait filer.

Et merde, pensa-t-elle. Elle s'était remise à pleurer.

Elle regarda la table basse : la photo de Tracie, la poupée de chiffon que, toute petite, sa fille avait repérée dans une brocante et dont elle n'avait plus voulu se séparer, le collier avec le pentagramme en pendentif, le Walkman. Et le sac à dos.

Elle en ouvrit la fermeture éclair. Il y avait des habits à l'intérieur, des sous-vêtements, une poignée de T-shirts… et une cassette. Tracie y avait collé une étiquette sur laquelle elle avait écrit : « M. W. » Des petits cœurs étaient dessinés de chaque côté de l'inscription.

Nancy prit le Walkman, le sortit du sachet en plastique et l'ouvrit. Il était vide, ce qui l'étonna. N'avait-elle pas vu un enregistrement de Joni Mitchell à l'intérieur ?

Elle inséra la cassette, coiffa le casque – l'inspecteur Rambaldini le lui avait rapporté aussi – puis emporta l'appareil dans la chambre de Tracie. La grande fenêtre au-dessus du lit donnait sur la Jungle, dense et immuable sous le soleil couchant.

Nancy s'allongea sur le lit, posa la tête sur l'oreiller de sa fille, inspira à fond pour s'imprégner de son odeur, puis appuya sur *Play*.

« Monsieur Witter ? Je peux vous parler une minute ? »

NOTE DE L'AUTEUR

Tous ceux qui ont lu mes livres savent que j'aime glisser une petite note à la fin pour y remercier mes lecteurs. C'est un peu comme un bonus dans les DVD. Vous allez me prendre pour un vieux schnock, mais vous avez saisi l'idée.

Puisque vous êtes là, j'aimerais vous parler de ce qui m'a inspiré ce roman. En général, la recette que j'applique pour écrire est la suivante : prendre un élément criminel, y ajouter un ingrédient bizarre et intéressant qui m'interpelle, mélanger le tout et ajouter de la glace. *Le Mystère Sammy Went* raconte l'histoire d'un enlèvement par des charmeurs de serpents pentecôtistes. *L'Épouse et la veuve* est un roman policier avec des échangistes (la partie sur les échangistes a été écrite parce qu'elle n'avait aucun sens, mais qui sait, il y aura peut-être un quatrième roman). *Sous l'œil des voisins* est un roman à suspense dans le style de *Fenêtre sur cour*. L'ingrédient spécial, la « panique satanique », fait référence à une vague d'hystérie et d'indignation morale qui a déferlé sur le monde dans les années 1980 et 1990.

Je m'y suis intéressé dès que j'ai entendu parler des West Memphis Three, un groupe d'adolescents condamnés à tort pour plusieurs meurtres au début des années 1990, en grande partie à cause de leur façon de s'habiller et du genre de musique qu'ils écoutaient. Mais que des adultes instruits, normaux en apparence, puissent soudain être terrifiés par de prétendus cultes sataniques, sans rien de concret pour justifier leurs craintes, cela me paraissait tellement ridicule. Je ne comprenais pas. Je ne pouvais pas me mettre à leur place, alors j'ai remisé l'idée dans un coin.

Puis la pandémie de Covid-19 s'est abattue.

Au début du premier confinement, j'ai été sidéré par la vitesse à laquelle les théories conspirationnistes émergeaient : le virus de la Covid se propageait *via* les ondes de la 5G ; Bill Gates avait fait introduire des micropuces dans les vaccins afin de pouvoir nous suivre à la trace ; Hillary Clinton buvait le sang de jeunes enfants… Si les histoires étaient nouvelles, le phénomène de l'hystérie ne l'était pas. J'assistais à l'évolution naturelle de la panique satanique.

Et brusquement, le puzzle s'est mis en place. J'ai compris comment certaines personnes pouvaient croire à ces inepties. Au cœur de tout, il y a la peur. Plus les gens sont effrayés, furieux ou indignés, moins ils se montrent exigeants en matière de preuves. Les meilleures théories du complot exploitent quelques faits avérés autour desquels elles brodent un tissu d'absurdités. Mais ce ne sont pas des absurdités ordinaires. Non, elles sont fascinantes, captivantes et dérangeantes. Et, en général, elles désignent un bouc émissaire. J'ai imaginé un quadragénaire banal, plutôt de bonne composition, armé d'une fourche qu'il cherchait à pointer sur quelqu'un. C'est ainsi que *Sous l'œil des voisins* est né.

Comme d'habitude, si vous voulez me joindre, écrivez-moi un mot à l'adresse christian@christian-white.com. L'un des plus grands plaisirs que me procure la publication d'un livre, c'est d'avoir de vos nouvelles. J'ai pris mes distances avec les réseaux sociaux (parce que c'est le diable), si bien que je suis moins présent sur la Toile, mais je lis tous les mails que je reçois. Alors, continuez à m'en envoyer !

Prenez soin de vous, gardez la tête froide et à bientôt !

REMERCIEMENTS

C'est mon troisième roman. C'est dingue, non ? Qui aurait pu penser que je serais capable d'en sortir un, alors trois, je vous laisse imaginer... Par chance, une foule de personnes merveilleuses m'ont apporté leur aide.

Tout d'abord, un grand merci à tout le monde chez Affirm Press. Martin Hughes et Mic Looby ont passé d'innombrables heures à faire de ce livre ce qu'il est. Keiran Rogers, Grace Breen et Laura McNicol Smith en ont passé tout autant à convaincre les gens de le lire. Si l'un de vous cinq a un jour besoin d'un rein, je suis votre homme.

Je vais maintenant vous livrer un petit secret : je ne connais rien à l'aspect commercial de tout ça. Heureusement pour moi, je peux compter sur deux agents incroyables. Jenn Naughton et Candice Thom, je me sens en sécurité et protégé grâce à vous. Si vous n'étiez pas là, je ne pourrais pas faire ce que je fais.

Sur le front des recherches, un merci spécial à mon beau-frère, Jeremy Smith, qui m'a appris plus de choses que je ne l'aurais voulu sur les blessures par arme blanche. À l'origine, j'avais envisagé une scène où Tom poignarde Sean qui, étant le fils d'une urgentiste, lui donne ensuite des instructions pour le soigner en se servant d'objets qu'on ne trouvait qu'en 1989. Jeremy m'a donné une liste de scénarios, tous plus délirants les uns que les autres. Là-dessus, comme un crétin, j'ai complètement réécrit le passage, rendant tous ses efforts inutiles. Désolé, vieux, je te dois une bière. Merci aussi à David Mahony, qui s'est plongé pour moi dans le monde étrange de la panique satanique, ce qui lui vaut sans doute aujourd'hui de figurer sur quelques listes noires gouvernementales.

Merci à mes amis et à ma famille, je vous aime. Vous êtes trop nombreux pour que je puisse tous vous nommer (non, sérieux, ça fait vraiment beaucoup de monde), mais je tiens à citer quelques-uns d'entre vous. Maia Smith et Roy Asquith, bienvenue parmi nous ! Chris De Roche, merci de m'avoir rendu accro aux donuts pendant la rédaction de ce livre.

Merci à mes parents, Ivan et Keera White. Ma vie durant, j'ai toujours pu compter sur votre amour, votre soutien, votre fierté et vos compliments. Même quand je travaillais pour des livres pornos ! Ça compte plus que tout.

Merci à Issy, ma fille à quatre pattes, ma meilleure amie. Pour paraphraser The Fauves, les chiens sont vraiment les plus belles personnes. Puisqu'on parle de filles, ma petite famille compte un membre de plus depuis mon dernier livre. Merci, Zee, d'avoir apporté tant d'amour, de joie et de merveilleux bouleversements dans notre vie. Ne lis pas ce roman avant d'avoir quinze ans. Non, quatorze. Bon, on en reparlera quand tu en auras douze.

Enfin, un immense merci à Sum, mon épouse, ma meilleure amie et ma collaboratrice. À ce stade, personne ne sera étonné d'apprendre que ce livre te doit ses rebondissements les plus réussis. Et que tu es également douée pour les jeux de mots. Redoutablement douée. Après avoir lu une version antérieure de la scène chien/noms de groupes dans *Sous l'œil des voisins*, tu m'en as proposé suffisamment pour faire mon choix.

Tu te rappelles cette scène de *Wayne's World*, où Wayne regarde Cassandra alors que passe la chanson « Dream Weaver » ? C'est l'image de ma vie avec toi, Sum.

DU MÊME AUTEUR

Aux Éditions Albin Michel

L'ÉPOUSE ET LA VEUVE, 2021

Composition : Nord Compo
Impression : Imprimerie Floch, octobre 2025
Éditions Albin Michel
22, rue Huyghens, 75014 Paris
www.albin-michel.fr
ISBN : 978-2-226-47685-2
N° d'édition 25125/01 – N° d'impression : 107749
Dépôt légal : novembre 2025
Imprimé en France